PERSONNE N'EST VENU

Toni Maguire dans Le Livre de Poche :

ILS ONT LAISSÉ PAPA REVENIR

NE LE DIS PAS À MAMAN

TONI MAGUIRE

ROBBIE GARNER

Personne n'est venu

Mon enfance dans l'orphelinat de l'horreur

TRADUIT DE L'ANGLAIS PAR ANNE BLEUZEN

LE LIVRE DE POCHE

Titre original :

NOBODY CAME
Publié par HarperCollins, 2008.

ISBN : 978-2-253-19465-1 – 1re publication LGF

Prologue

Je suis un homme ordinaire; on pourrait même dire que je suis insignifiant. Cela ne me dérangerait guère. Je sais qui je suis. J'aime l'ordre; la routine est une chose importante pour moi. C'est grâce à ces jours qui se suivent et se ressemblent que j'ai fini par trouver la paix. Chaque matin, avant de partir travailler, je fais mon lit comme on me l'a appris quand j'étais enfant : les draps tirés, les coins bien bordés. Je lave ma tasse et mon assiette et je les range dans le placard, au-dessus de l'évier. Et quand je rentre chez moi le soir, je prends une douche, j'enfile un jean et un tee-shirt, je mets mes vêtements de travail au sale et je me prépare une tasse de thé juste à temps pour regarder les informations.

C'est précisément cette routine, pourtant, qui a bouleversé le calme de mon existence. Ce calme que j'avais mis tant d'années à apprivoiser a disparu un soir de février quand, en allumant la télévision, j'ai entendu les mots « sévices, viols et dissimulations ».

Le présentateur annonçait aux téléspectateurs que la face cachée de Jersey avait été mise au jour.

Soudain, la photographie d'une immense bâtisse de granit s'afficha en gros plan à l'écran; un bâtiment que je reconnus immédiatement, avec une sensation de nausée grandissante : Haut-de-la-Garenne. Puis l'on montra des chiens tenus en laisse par des hommes vêtus de blanc. La police faisait des recherches. On avait trouvé les restes du cadavre d'un enfant, disaient-ils. « Un seul enfant ? » pensai-je.

La caméra bascula sur un jeune reporter, la mine grave, prêt à s'adresser à une audience invisible de millions de personnes.

« Les secrets et les mensonges de Jersey ont fini par apparaître au grand jour, commença-t-il. Tous les habitants d'une île connue non seulement pour sa beauté, mais pour sa tranquillité et sa sécurité, sont sous le choc.

« Derrière moi se trouve le foyer pour enfants où, pendant près de cent ans, plus d'un millier de jeunes ont été nourris, vêtus et hébergés sous les auspices du gouvernement de Jersey.

« Certains étaient orphelins, d'autres avaient été abandonnés, d'autres encore avaient été retirés à leur famille, mais quelle que fût la raison de leur présence ici, ces enfants avaient tous un point commun : ils étaient vulnérables. Ils avaient, plus encore que tout autre, besoin d'amour, d'attention et de protection. Et pourtant, rien de tout cela ne leur a été accordé ; car c'est dans cette institution que leur enfance a fini par perdre son dernier espoir de survie. »

Le présentateur du journal revint alors à l'image, expliquant que les plaintes, les allégations et les rumeurs qui avaient cours à Jersey avaient fini par se traduire par l'ouverture d'une enquête. Ces rumeurs de viols, de tortures et même pire étaient désormais de terribles accusations.

Il ajouta que la police craignait que d'autres restes humains soient enterrés à six autres endroits suspects repérés par les chiens. Dans les caves du bâtiment principal, une pièce portait les traces d'anciennes scènes de torture. Plus d'une centaine d'adultes autrefois pensionnaires de Haut-de-la-Garenne avaient à de multiples reprises dénoncé à la police les sévices qui y avaient eu lieu. L'un d'eux, d'ailleurs, était présent sur le plateau.

La caméra se tourna vers un vieux couple que le présentateur s'apprêtait à interviewer. Le mari, un homme d'une dizaine d'années de plus que moi, était en fauteuil roulant. Son épouse était assise à ses côtés, la main posée sur son bras. Les mains de l'homme tremblaient ostensiblement tandis qu'il se préparait à répondre aux questions qui allaient lui être posées.

Sa première réponse fut simple et froide : « Oui, j'ai vécu là-bas, dit-il. J'ai vécu à cet endroit. »

Pendant qu'il prononçait ces quelques mots, son menton se mit à trembler et des larmes perlèrent dans ses yeux. En portant la main à mon visage, je me rendis compte que je pleurais moi aussi ; c'étaient les larmes du petit garçon que j'avais été autrefois.

Une seule pensée tournait dans mon esprit : moi aussi, j'ai vécu là-bas.

1

Une fois passé le choc d'avoir entendu le nom de « Haut-de-la-Garenne », je tentai de remonter le temps mentalement. Je savais que je ne pourrais plus laisser reposer mes souvenirs d'enfance. Le déferlement des projecteurs sur les secrets de Jersey se chargerait de les réveiller. Mais j'avais fait taire ces souvenirs pendant si longtemps qu'ils refusaient désormais de m'obéir. Je ne parvenais pas à repenser au bâtiment de granit du journal télévisé ni à l'orphelinat, dirigé par les religieuses, dans lequel on m'avait d'abord envoyé. « Pas encore, me disaient-ils, pas encore. » Mon esprit dépassait cette période pour me ramener plus loin, au dernier été que j'avais passé avec ma famille. L'été précédant notre départ.

Nous vivions tous les six – ma mère, Stanley (son compagnon de l'époque), mes deux frères, moi et la petite dernière de la famille – à Devonshire Place, à Saint-Hélier, la capitale de Jersey. C'était un endroit tout à fait banal, avec des maisons mitoyennes, deux pubs et quelques magasins. Un endroit où habitaient des familles, où des enfants jouaient et où des femmes fumaient des cigarettes sur le pas de leur porte en bavardant avec leurs voisines. Une rue comme beaucoup d'autres ; non, elle n'avait vraiment rien de particulier mais en été, quand le soleil brillait sur les façades pastel des maisons, je la trouvais jolie. Et c'était chez moi.

Ma famille logeait dans trois pièces à l'étage d'une de ces maisons. Comme le toit n'était pas isolé, il y faisait froid et humide en hiver, tandis qu'en été, l'atmosphère était étouffante.

J'étais le deuxième des trois garçons. Mon frère aîné, John, avec ses cheveux blonds en pétard qui résistaient à tous les coups de peigne, avait huit ans, trois ans de plus que moi.

Davie, le plus jeune, avec son petit ventre rond, ses jambes potelées et quelques dents parsemées sur ses mâchoires, était tout en courbes et en fossettes. Il commençait à parler et, avec un grand sourire, s'efforçait de retenir notre attention par des bribes de conversation effrénée. Il nous suivait partout, trébuchant souvent dans sa hâte, car à trois ans, il était toujours dans ses langes ; non pas qu'il fût incapable de se manifester quand il avait une envie pressante, mais notre mère rechignait à descendre trois étages pour l'accompagner aux toilettes, qui se trouvaient à l'extérieur. Le simple fait de l'installer sur le pot régulièrement semblait un trop gros effort pour elle. Davie passait souvent la journée dans sa couche mouillée, en attendant que son frère de huit ans rentre de l'école et le change.

Je ne ressemblais pas à mes frères. J'étais un garçon frêle, aux cheveux bruns et fins, avec des yeux gris au regard de myope.

Un jour, John me dit qu'il savait que Stanley n'était pas son père, parce qu'il se souvenait vaguement de l'avoir vu s'installer avec Gloria. Nous l'appelions toujours Gloria, jamais Maman.

« Tu es arrivé peu de temps après, me dit-il. Donc je pense que Stanley est ton père, mais pas celui de Davie.

— Comment tu le sais ? » lui demandai-je, étonné, mais John ne me répondit pas.

Des années plus tard, il m'expliqua qu'il avait entendu Stanley très en colère demander à Gloria de qui était l'enfant, en découvrant qu'elle était enceinte de Davie. Gloria avait soutenu qu'il ne pouvait être que de lui, mais il est vrai que Davie, avec ses cheveux châtains et sa tête ronde, ne ressemblait en rien à Stanley, qui avait le teint mat et les cheveux noirs, Denise était brune comme Stanley, mais il était difficile de dire à qui elle ressemblerait en grandissant.

Il y a une autre raison pour laquelle j'ai toujours pensé que Stanley était mon père : il m'accordait davantage d'attention qu'à mes frères, même s'il n'a jamais été dur avec eux. Parfois, il me lançait un grand sourire et passait sa main dans mes cheveux. De temps en temps, quand Gloria était affairée ailleurs, il fouillait ses poches pour en tirer quelques pièces et les glissait discrètement au creux de ma main.

« Tu t'achèteras des bonbons, fiston », me murmurait-il, et je sentais que Gloria ne devait rien en savoir. Il lui arrivait même parfois de m'emmener acheter une glace, dans la petite carriole attachée à l'arrière de son vélo. Mais à part ces moments plutôt rares, on le voyait peu, et il ne s'impliquait guère dans notre éducation.

Stanley était jardinier paysagiste. Chaque matin, sept jours par semaine, il se levait de bonne heure pour aller travailler, élégamment vêtu d'un pantalon de velours côtelé beige et d'une veste en tweed, et ne rentrait que tard le soir, alors que nous étions déjà couchés. Son travail exigeait certainement qu'il parte tôt, mais ses retours tardifs, quand j'y repense, étaient sans doute une manière de fuir ma mère.

Gloria, elle, ne quittait que rarement notre appartement, à part pour aller chez le coiffeur rafraîchir sa permanente et sa couleur. Elle passait ses journées à siroter un mélange de gin et de limonade, qu'elle se servait quasiment dès le réveil, à feuilleter des magazines féminins, à se vernir les ongles, à s'épiler les sourcils et à enrouler ses cheveux dans de larges bigoudis en plastique.

Elle était plutôt du genre à voir ses amis à la maison – essentiellement des hommes, qu'on nous disait d'appeler nos « oncles ». Ils ne venaient que lorsque Stanley était au travail.

Quand je la voyais se préparer langoureusement, je savais qu'elle attendait de la visite. Elle brossait ses longs cheveux roux ondulés, se poudrait le visage, crachotait sur une petite brosse avant de la plonger dans une substance gluante, noire, qu'elle appliquait ensuite sur ses cils, puis terminait par une touche de rouge à lèvres. Devant le miroir, elle faisait alors un sourire pour vérifier qu'aucune tache de rouge ne maculait ses dents. Elle était prête.

En la regardant se préparer, mon petit frère et moi attendions ce qui allait immanquablement se produire ensuite. Elle se retournait et semblait nous voir pour la première fois. C'était comme si elle avait oublié notre existence. Nos regards insistants balayaient son sourire, et elle prenait soudain un air irrité.

« Robbie, me disait-elle à chaque fois, quand mon invité arrivera, dis bonjour puis emmène Davie dans ta chambre et occupe-toi de lui. Quand John reviendra de l'école, je l'enverrai chercher le dîner. Pieds de porc et frites, d'accord ? »

C'était notre dîner préféré : des pieds de porc, plongés dans l'huile bouillante jusqu'à ce que la peau soit bien craquante. Marché conclu ! Je souriais, satisfait de ma part du contrat.

Les oncles nous apportaient souvent un paquet de caramels mous et parfois même de vieux exemplaires de bandes dessinées, que d'autres enfants avaient déjà feuilletés.

« Merci, monsieur », disais-je, car ma mère nous avait appris à être polis avec les oncles et, saisissant notre butin, je poussais Davie jusqu'à notre chambre. À peine la porte refermée, nous engloutissions les caramels et, les joues pleines, nous commencions à jouer. Comme je ne savais pas encore lire, je mettais les bandes dessinées de côté pour John. Le soir, après le dîner, il les lisait ou inventait lui-même des histoires qui donnaient vie aux images.

Avec les « vroum vroum » de circonstance, nous faisions rouler nos voitures Dinky toutes cabossées sur la fine moquette, empilions des cubes en bois colorés que Davie prenait plaisir à renverser, et dessinions avec nos pastels à l'huile. Davie gloussait devant mes tentatives artistiques. Je commençais par esquisser quelques personnages rudimentaires, puis j'ajoutais des vêtements, je les coloriais, je leur dessinais une maison carrée et je terminais par quelques fleurs et un arbre.

J'avais beau me concentrer sur nos jeux et mes dessins, les murs étaient si fins qu'ils laissaient passer tous les bruits du salon voisin : la bière qui coulait dans un verre, le pétillement de la limonade versée dans le gin, le craquement de l'aiguille du gramophone posée sans délicatesse par une main rendue imprécise par l'alcool, et le bruit de meubles que l'on poussait. La voix mélodieuse de Johnnie Ray entonnant une chanson d'amour, des rires, la voix de ma mère, de petits ricanements, les grognements d'un homme, des voix, et finalement la porte qui se refermait ; l'oncle était reparti.

Visite après visite, je devenais très au fait des chansons à la mode. Avant même d'avoir l'âge d'aller à l'école, je ne connaissais aucune comptine enfantine, mais j'étais capable de chanter par cœur « Walking my baby back home », de Johnnie Ray.

Quand je finissais par sortir de notre chambre, c'était pour entrer dans une pièce qui sentait la cigarette, le cigare, la bière et une autre odeur étrange qui flottait toujours dans l'air après la visite d'un oncle. Je ne savais pas ce que c'était, mais cette odeur déplaisante me faisait grimacer.

J'ai un souvenir très net de ma mère. C'était le dernier après-midi où j'ai vu un oncle venir chez nous. Juste après son départ, je m'étais aventuré dans le salon. Gloria était allongée sur le canapé, exhibant une cuisse blanche et rebondie au-dessus d'un bas filé. Les yeux fermés, elle respirait la bouche entrouverte, un filet de bave au coin des lèvres. Son visage, que le maquillage avait rendu si joli quelque temps auparavant, était rouge et flasque, comme si sa peau gorgée de gin s'était relâchée, plus du tout soutenue par son ossature.

Une sorte de ballon dégonflé gisait dans le cendrier. Un peu plus loin, une culotte de dentelle noire jonchait le sol. Comme sa bouteille de gin était presque vide, je savais deux choses : si personne ne l'embêtait, elle dormirait un certain temps ; mais si quelque chose la réveillait, elle se mettrait en colère.

J'espérais que la petite Denise ne ferait pas trop de bruit. Si ses pleurs ou ses petits gémissements perturbaient le sommeil de Gloria, je n'aurais plus qu'à me réfugier dans notre chambre. Car si l'on dérangeait Gloria, elle ne retenait pas sa main, et en l'absence de John, c'était moi qui en subissais les conséquences.

Mais ma petite sœur avait un sommeil de plomb les jours où les oncles appelaient. John m'expliqua plus tard que c'était à cause du médicament que Gloria lui donnait.

2

Mes frères et moi partagions la même chambre. Davie dormait sur un petit lit d'appoint, et John et moi sur un vieux matelas taché qui reposait sur un sommier double beaucoup trop large.

John, qui était déjà assez grand pour redouter les réactions imprévisibles de Gloria et les visites des oncles, montrait peu ses sentiments dans la journée. Mais la nuit, quand le sommeil ouvrait les vannes de ses angoisses, celles-ci le submergeaient. À force de se retourner sous les draps, il ne contrôlait plus sa vessie et je me réveillais souvent au matin dans un lit mouillé.

Je savais qu'il avait honte de lui, alors je l'aidais à cacher les draps humides de la vue de Gloria. Quand elle s'en apercevait, elle lui donnait un grand coup sur la tête et l'agonissait d'injures. « Espèce de petit dégoûtant ! » lui cria-t-elle la première fois, une moue de dégoût déformant ses lèvres maquillées. « Eh bien, tu n'as qu'à dormir là-dedans. Je ne vais pas gaspiller de la lessive à cause de tes saletés. » Et elle se dirigea d'un pas lourd dans la seconde chambre où notre petite sœur s'était mise à hurler en entendant les bruits de dispute.

John s'était empourpré, à cause de la gifle qu'il avait reçue mais aussi du mépris qu'il avait lu dans le regard de Gloria, dont il recherchait toujours l'approbation. J'avais John pour prendre soin de moi, Davie avait ses deux grands frères, mais John, lui, n'avait personne, et bien que je fusse trop jeune pour comprendre cela, je posai la main sur son bras dans l'espoir de le réconforter.

Davie réagissait toujours de la même manière quand il y avait des cris : il se mordait la lèvre inférieure, ravalait ses larmes et mettait sa main dans la mienne avec confiance.

Quand John était à l'école, mon petit frère me suivait partout comme un adorable petit chiot. Il m'admirait, tout comme j'admirais John ; quoi qu'il arrivât, John était mon héros.

C'était aussi John qui m'accompagnait aux toilettes extérieures, le soir, juste avant de nous coucher. Gloria se contentait de me dire que je pouvais descendre l'escalier tout seul. J'étais assez grand pour y aller, insistait-elle, il fallait que j'arrête de faire des histoires. Mais John me lançait un regard compatissant et, quoi qu'il fût en train de faire, s'interrompait pour me venir en aide. « Viens, Robbie, disait-il. Je t'accompagne, il faut que j'y aille moi aussi. »

Sans que j'aie besoin de lui parler, John comprenait ma peur, à la fois de la nuit et de Mrs Stone, la propriétaire. Elle possédait cette maison de trois étages qui hébergeait quatre familles. Son appartement était situé au rez-de-chaussée ; elle surveillait toutes les allées et venues depuis sa porte et derrière les rideaux de ses fenêtres. À chaque fois que nous avions besoin d'aller aux toilettes dans l'arrière-cour, nous savions ce qui nous attendait, aussi retardions-nous autant que possible le moment d'y aller. Jusqu'à ce que nous ne puissions plus nous retenir.

Nous avions beau nous efforcer de faire le moins de bruit possible dans les escaliers, elle semblait avoir un sixième sens qui la prévenait que des petits garçons approchaient. Elle ouvrait brusquement sa porte et nous lançait un regard dur, cherchant la moindre occasion de nous faire des reproches. C'était une femme menue, au visage pâle et aux cheveux gris remontés en un chignon serré. Elle n'aurait pas attiré mon attention si je l'avais croisée dans la rue. Mais quand je la rencontrais dans cette maison, la raideur de son visage, son regard froid et sévère, les mots durs qui accompagnaient ses petites tapes sur l'oreille me faisaient trembler de peur.

Elle se tenait souvent sur le seuil de la porte et je devais me faufiler pour la contourner. Malgré sa petite stature, elle prenait presque tout le passage.

« C'est un endroit respectable, ici », répétait-elle à l'envi, complétant souvent ce leitmotiv par : « On marche, on ne court pas. »

« J'espère que tu ne tourneras pas comme tes frères », disait-elle au petit Davie. Comme il savait que son jeune âge lui assurait l'immunité, il se contentait de plisser les yeux et de l'ignorer.

D'un revers de main, elle tapait la première tête qui passait à sa portée et, dans un nouveau grognement, montait les quelques marches qui menaient dans le hall sombre avant de disparaître derrière sa porte d'entrée.

Après son départ, John et moi nous regardions, un sourire penaud toujours aux lèvres. « Vieille sorcière ! » lançait-il soudain, et en une seconde, je me mettais à rire en opinant du chef.

John me faisait alors son sourire si particulier, celui qu'il me réservait à moi seul. Je le revois encore aujourd'hui : une sorte de sourire de conspirateur, comme s'il me disait « On est tous les deux, petit frère, rien que toi et moi contre le monde des adultes ».

Une fois par semaine, sans faute, Mrs Stone montait jusqu'à notre appartement pour se plaindre de nous à ma mère.

« Vos petits voyous de fils ont… » – et la liste de ses doléances suivait.

On avait sali les toilettes.

On avait gaspillé les carrés de papier journal qui tenaient lieu de papier toilette.

On avait laissé les lumières allumées.

On avait fait trop de bruit dans les escaliers.

On avait été insolents envers elle.

Toutes ces accusations s'accompagnaient toujours d'un couplet sur la responsabilité de Gloria. Elle était incapable de nous imposer la moindre discipline et nous poussions comme des mauvaises herbes.

Notre mère, qui craignait d'être renvoyée de l'appartement, ne lui faisait jamais remarquer que trois garçons qui montent et descendent un escalier en bois, cela fait forcément du bruit. En dehors de nos allers-retours aux toilettes, nous devions souvent faire tous les efforts du monde pour monter la poussette de Davie ou les sacs de provisions jusqu'au dernier étage. Naturellement, il nous arrivait d'oublier de faire attention, comme lorsque nous étions tout excités d'aller jouer dehors ou quand on nous avait donné quelques pennies pour nous acheter des bonbons.

Au lieu de nous défendre face au flot d'accusations, Gloria nous donnait une gifle, à John et à moi. « Demandez pardon. C'est compris ? » nous ordonnait-elle d'une voix qui n'appelait aucune discussion.

« Vous ne savez pas la chance que vous avez d'habiter dans une maison pareille », continuait-elle, davantage dans le but de calmer l'accusatrice que pour nous rassurer. Les yeux baissés sur nos chaussures élimées, nous présentions nos excuses à Mrs Stone, qui les accueillait d'une moue désapprobatrice accompagnée d'un ultime commentaire : « Et que ça ne se reproduise pas ! » Et puis elle repartait, traînant son pas lourd dans l'escalier. Nous avions du mal à ne pas rire en pensant qu'elle faisait plus de bruit qu'il nous arrivait jamais d'en faire !

Dès que Mrs Stone était loin, Gloria se retournait vers nous. « Vous me faites honte ! criait-elle. C'est à cause de vous que cette vieille bique monte jusqu'ici ! » Et elle passait sa colère en donnant une gifle à celui de nous qui était le plus près d'elle.

Le dimanche matin, toutefois, Gloria était presque gentille avec nous. Car le dimanche, tous les autres occupants de Devonshire Place, y compris Mrs Stone, se rendaient à l'église. Ce qui signifiait que nous avions la salle d'eau pour nous pendant deux heures.

John commençait par remplir la baignoire d'eau chaude pour Gloria, une eau brunâtre versée d'une vieille bouilloire en étain. Une cigarette au coin de la bouche, un verre de gin à la main et le dernier numéro de *True Romance* sous le bras, elle descendait alors les trois étages pour s'accorder une heure d'intimité et de tranquillité.

De retour dans sa chambre, elle commençait à se tartiner de crèmes et de lotions en nous criant que c'était notre tour d'aller nous laver. John et moi défaisions alors nos draps souillés qui empestaient l'urine, les roulions avec ceux de Davie, puis nous descendions tous les trois. John vidait la baignoire et la remplissait à nouveau d'eau chaude pour prendre son bain le premier. Puis Davie et moi, ensemble, prenions le relais.

Une fois propres, nous nous occupions de nos draps, que nous plongions dans notre eau savonneuse désormais plus très claire. Nous les frottions et les essorions du mieux que nous pouvions, puis les étendions sur le fil à linge. Nous refaisions ensuite nos lits avec un jeu de draps propres, mais tout aussi gris.

Les autres locataires et Mrs Stone se plaignaient que nous fassions notre lessive le dimanche, mais Gloria n'acceptait pas ce reproche-là, et elle nous défendait de pied ferme, donnant alors presque l'image d'une famille soudée.

« John est à l'école toute la semaine et Robbie est trop petit pour se débrouiller tout seul. Ce sont leurs draps, c'est à eux de les laver. Vous ne voulez tout de même pas qu'ils grandissent en pensant que ce sont les femmes qui font tout le travail, n'est-ce pas ? »

Une autre fois, après des reproches particulièrement énervés de la propriétaire, sa réplique fusa :

« De toute façon, vous n'arrêtez pas de me dire qu'ils sont sales et qu'ils sentent mauvais. Eh bien, maintenant ils sont propres ! »

Quelques mois plus tôt, peu après la naissance de notre petite sœur, John et moi nous faufilâmes en silence dans la chambre de Gloria, emplis de curiosité. Dans notre esprit, cette chambre n'avait jamais été celle de deux personnes : avec ses vêtements parsemés un peu partout, ses pots de crème et ses sous-vêtements qui pendaient sur les chaises, Gloria marquait son territoire. Il n'y avait aucune trace de la présence de Stanley dans cette pièce, à part un unique tiroir pour ses sous-vêtements et ses chaussettes, et un cintre, au fond de la penderie, sur lequel il mettait quelques pantalons, une veste et deux ou trois chemises. En fait, hormis une assiette contenant son blaireau et son rasoir, Stanley n'avait aucun objet personnel dans cet appartement.

La petite Denise dormait dans son lit de vieilles serviettes, installé dans un tiroir ouvert d'une commode dans la chambre. Nous nous penchâmes au-dessus d'elle. Son petit visage, sa touffe de cheveux noirs, ses mains menues et parfaites... Nous n'avions qu'une envie : prendre ce petit être vulnérable dans nos bras.

Comme nous ne voulions pas la réveiller, nous nous contentâmes de tendre la main vers elle. John lui caressa doucement le haut du crâne et je fis glisser mes doigts sur ses joues soyeuses. Elle bougea quelque peu les paupières et, de plus en plus émerveillé, je vis son petit torse se gonfler dans un soupir. Je n'aurais pu formuler par des mots les sentiments qu'elle m'inspirait. Je n'avais que quatre ans et demi lorsqu'elle est née, et j'aimais tout simplement la regarder. Et j'aimais aussi le mot « sœur ».

« Laissez-la tranquille ! criait ma mère lorsqu'elle nous voyait prendre le chemin de sa chambre. Vous croyez que j'ai envie qu'elle se réveille ? J'ai assez à faire avec vous ! » Et elle nous faisait déguerpir d'un geste de sa main aux ongles rouges, qui tenait toujours sa sempiternelle cigarette.

« Dehors, vous m'entendez ? Et emmenez Davie avec vous. Petits garnements, toujours dans mes pattes ! Vous allez me laisser tranquille ? »

Quand Gloria s'énervait ainsi, elle pouvait avoir la main leste et nous nous dépêchions de prendre le large.

John et moi savions qu'une heure plus tard, nous pouvions rentrer sans crainte. Le gin l'aurait aidée à dissiper sa colère et elle serait sinon aimable, du moins endormie ou suffisamment inconsciente pour nous ignorer.

À cet âge, je ne me rendais pas compte que ma mère, avec son haleine de gin et de cigarettes et son parfum bas de gamme, était différente des autres mères. Je ne savais pas qu'il était incongru de confier la plupart des tâches ménagères et la responsabilité de ses petits frères et sœur à un enfant de huit ans. Je ne pensais pas non plus que les autres enfants prenaient plusieurs bains par semaine, portaient des habits propres et mangeaient régulièrement des plats préparés par leur mère. En fait, je n'avais qu'une idée vague de ce qu'était censé être le rôle d'une mère. C'est seulement quand nous allions à la plage ou au parc, où nous voyions des mères embrasser leurs enfants, leur tenir la main ou sécher leurs pleurs, que nous suspections qu'un autre mode de relation était possible.

« Poules mouillées ! » se moquaient John et ses copains, les mains sur les hanches et les coudes levés, en fanfaronnant comme savent le faire les petits garçons devant de telles scènes.

Mais curieusement, c'est l'indifférence de Gloria à notre égard qui nous a permis de passer ce dernier été si particulier ensemble ; cet été où nous avons nagé, joué et ri avec une telle liberté, sans nous douter que notre vie allait basculer quelques mois plus tard. C'est pendant ces jours merveilleux que nos liens fraternels, déjà forts, ont pris une nouvelle ampleur. Et pendant toutes les années où nous avons été séparés, pensant en silence les uns aux autres, ce sont ces liens indéfectibles qui nous ont permis de survivre.

3

Avant le début des vacances scolaires, j'appréciais tout particulièrement les samedis. John était avec nous toute la journée, et le plus gentil des oncles, un petit homme roux avec une salopette pleine de taches de graisse et un sourire gêné, venait rendre sa visite hebdomadaire à Gloria. Il possédait un petit garage en ville, qui faisait aussi station-service.

John avait découvert que l'épouse de cet oncle faisait ses courses le samedi et prenait le thé avec des amies dans un des cafés récemment ouverts à Saint-Hélier. Nous avions appris à ne pas partir trop tôt de la maison, car cet oncle nous donnait de généreux pourboires pour nous inciter à sortir et à rester à distance pendant quelque temps.

Il nous saluait toujours d'un « Bonjour, les garçons ! », avec un sourire hypocrite, les yeux baissés pour éviter notre regard collectif. Puis il plongeait la main dans la grande poche de sa salopette et en ressortait deux demi-couronnes brillantes.

« Vous n'allez pas rester à l'intérieur par une si belle journée ! Tenez, allez vous acheter des glaces.

— Merci, monsieur », répondions-nous en chœur, John et moi, avant de tourner les talons. En essayant de cacher notre joie, nous prenions Davie par la main et nous précipitions dans les escaliers. La réjouissante perspective de glaces et de bonbons à volonté était plus forte que notre peur de Mrs Stone. Davie, qui voulait marcher, allongeait le pas autant qu'il pouvait, mais ces jours-là, notre patience habituelle cédait devant notre empressement à arriver au magasin le plus proche du front de mer. John installait alors Davie dans son landau et le poussait avec détermination sur le chemin, pendant que nous réfléchissions à ce que nous voulions acheter. Des crèmes glacées, des sorbets au citron, des boules géantes ou ces chewing-gums que Gloria détestait tant ; avec cinq shillings, on pouvait faire un festin, m'assurait John.

Nous nous décidions pour des crèmes glacées, parce que c'était le plus facile à manger pour Davie, même s'il en mettait la moitié sur son visage et sur ses manches. Une fois que nous avions terminé nos cônes et léché nos doigts, nous prenions le chemin du parc ou de la plage.

La plupart du temps, la bande de copains de John était là. C'étaient des garçons dont les parents ne semblaient jamais remarquer s'ils étaient à la maison ou non ; des garçons qui jouaient aux billes avec la ferme intention de gagner, qui prenaient d'assaut les balançoires, sautaient avec fougue au bord de l'eau, avaient des croûtes sur les genoux, les ongles sales et des pantalons déchirés ; des garçons dont l'enfance s'était évaporée bien avant la puberté, des hommes en miniature, des garçons qui venaient de familles comme la nôtre.

« Tu fais la nounou, John ? se moquaient-ils en nous voyant arriver tous les trois.

— La ferme ! » répondait-il, mais son grand sourire montrait bien qu'il ne leur en voulait pas. À leur tour, ils se mettaient à rire, d'un rire amical qui confirmait qu'eux aussi plaisantaient.

Il y avait quelque chose chez John – sa façon assurée de parler, son indifférence à ce que pensaient les autres – qui faisait que les garçons comprenaient que, derrière sa bonhomie, il y avait un vrai caractère. Un tempérament qui mettait peut-être un peu de temps à s'emballer, mais qu'il valait mieux ne pas réveiller, aussi les blagues ne duraient-elles jamais bien longtemps.

On sortait des paquets de cigarettes et des boîtes d'allumettes. D'une main, les garçons réunis en cercle protégeaient la flamme du vent – un cercle dont j'étais exclu.

« Tu es trop jeune », me disait John d'une voix ferme lorsque je tendais la main dans l'espoir de tirer sur la cigarette qu'ils se partageaient. Je les regardais se la passer et cracher des nuages de fumée en me demandant quand je serais assez grand pour me joindre à eux.

En arrivant près de l'aire de jeux, nous voyions des mères pousser leurs enfants sur les balançoires. Ils étaient tous joliment vêtus. Les rubans colorés des petites filles flottaient derrière leurs nattes, les cravates des petits garçons voletaient dans leur dos. À notre approche, leurs mères immobilisaient les balançoires et leur disaient de descendre. Puis, avec un regard réprobateur dans notre direction, elles les prenaient par la main pour les emmener vers les toboggans ou les tourniquets.

Nous prenions alors possession de toutes les balançoires. Davie nous suppliait de le laisser jouer avec nous, mais John ne cédait pas : il l'installait sur une balançoire réservée aux plus petits, avec un siège protégé par une barrière de sécurité. Après s'être assuré qu'il était bien installé, John poussait la balançoire deux ou trois fois avant de courir rejoindre ses copains. L'année précédente, j'avais dû me contenter moi aussi des balançoires pour bébés, mais cet été-là, John m'autorisa à passer dans le groupe des grands et à me balancer non seulement assis, mais aussi debout sur les sièges en bois des balançoires. « Accroche-toi bien, Robbie ! » me prévint-il.

Je me balançai si haut que je crus passer par-dessus le portique. Je serrai les chaînes le plus possible, m'élançai en avant et en arrière, puis poussai de toutes mes forces sur mes jambes. Je m'élevai ainsi de plus en plus haut dans les airs, jusqu'à ce que les chaînes se tordent et m'empêchent de faire un tour complet. Je me penchais le plus en arrière possible, en position quasiment horizontale, les yeux plongés dans le ciel bleu. Le vent soufflait sur tout mon corps et j'éclatai de rire dans un merveilleux sentiment de liberté. Les garçons se mirent à rire, eux aussi, d'abord devant les efforts que je faisais pour être digne d'eux, puis en chœur avec moi quand ils ressentirent à leur tour le même frisson d'excitation.

« Tu es bien le frère de John ! » me dirent-ils en me donnant une tape dans le dos. Je bouillais de fierté d'être ainsi reconnu comme l'un d'eux.

Nous allions ensuite nous amuser avec des voitures de course de fortune, fabriquées à partir de cordes, de caisses et de cadres de vieux landaus trouvés dans des décharges. Davie et moi nous installions, et les garçons nous traînaient à travers le parc en courant tandis que nous poussions des cris de joie. Le gardien tentait de nous chasser mais nous trouvions toujours un endroit où poursuivre nos courses.

« Hé, Robbie, ça te dirait de manger une pomme ? » me demanda John un de ces samedis.

J'opinai du chef, déjà mis en appétit par l'image d'une grosse pomme rouge et brillante.

« On a assez d'argent ? » demandai-je. J'étais encore trop jeune pour me faire une idée de l'argent qu'on avait déjà dépensé.

John partit d'un petit rire. « Ça ne coûte rien. Tu vas voir. Garde le landau de Davie et regarde. Attends quelques minutes et rejoins-moi, d'accord ? »

Je posai les mains sur le landau et regardai John remonter la rue en courant, la tête baissée. Il ralentit quelque peu devant l'étalage du marchand de fruits et légumes, tendit la main et prit une pomme qu'il enfouit dans sa poche.

J'ouvris de grands yeux, stupéfait par sa manœuvre. J'attendis quelques minutes, comme il me l'avait demandé, avant de me diriger tranquillement vers lui.

Nous nous partageâmes la seule pomme qu'il avait eu le temps de voler.

Elle était délicieuse.

Une autre fois, il me dit qu'il devait s'arrêter chez l'épicier acheter une boîte de corned-beef.

En voyant entrer notre trio, l'épicier eut un regard suspicieux, jusqu'à ce que John sorte quelques pièces de sa poche et les mette sur le comptoir. Il dit à l'épicier ce qu'il voulait puis, regardant en haut d'une étagère, fit semblant de voir un autre article dont il avait besoin. Peu importe ce que c'était, car il n'avait aucune intention de l'acheter.

« Je prendrai ça aussi, dit-il au commerçant, ma mère m'a demandé d'en acheter. » L'épicier monta alors sur son escabeau pour atteindre l'article ; dès qu'il eut le dos tourné, John, rapide comme l'éclair, subtilisa quelques barres de chocolat et les fourra dans sa poche en me lançant un clin d'œil.

Quand l'épicier posa l'article sur le comptoir, John prétexta s'être trompé et paya la boîte de corned-beef. Je sentis la fierté m'envahir devant la ruse de mon frère !

Sur le chemin du retour, il partagea une barre de chocolat entre nous trois : deux parts égales pour nous deux, une plus petite pour Davie. C'était encore meilleur que la pomme ! Avant d'arriver à Devonshire Place, nous prîmes soin de nous débarbouiller le visage. Il n'était pas question que des traces de chocolat nous trahissent devant Mrs Stone ou Gloria.

« Et maintenant, pas un mot, c'est compris ? » nous demanda John.

Je fis un « oui » énergique de la tête, même si nous savions tous deux que Gloria serait probablement dans un état de stupeur alcoolisée quand nous allions pousser la porte de l'appartement. Et même les rares fois où elle n'avait pas bu, elle ne cherchait guère à savoir où nous étions allés. Tant que nous n'étions pas dans ses pattes, elle s'en fichait.

4

John avait appris à nager avec des garçons plus âgés que lui, et cet été-là, il décida qu'il était temps de nous en faire profiter, Davie et moi – pas dans la mer, mais dans ce qu'il restait d'une piscine à marée en forme de fer à cheval, construite par les Allemands sur la plage pendant la Seconde Guerre mondiale. Quand la marée montait, cette piscine se remplissait d'eau ; une fois la marée redescendue, on pouvait s'y baigner tranquillement, que la mer soit calme ou non. John disait que c'était plus prudent pour des cours de natation, et il apporta des chambres à air de vieux pneus de voiture qu'il avait récupérés au garage de l'oncle du samedi.

« Comment tu les as eus ? lui demandai-je.

— Je lui ai dit que j'en avais besoin pour vous apprendre à nager. Que le meilleur jour pour ça, c'était le samedi. Et le tour était joué, ajouta-t-il avec un petit sourire. Il était trop content de nous aider si ça pouvait lui laisser le champ libre à la maison ! Il m'a dit qu'il me donnerait quand même ses demi-couronnes et tout, mais qu'il fallait plus que je me repointe au garage pendant la journée. Je pouvais revenir le vendredi soir à l'heure de la fermeture. Il était à deux doigts de faire dans sa culotte au cas où sa femme m'aurait vu ! » John se mit à rire à l'évocation de ce souvenir. Quant à moi, je ne comprenais pas vraiment ce qu'il disait, mais je décidai d'en rire avec lui.

John me tendit un vieux short déchiré qui était trop petit pour lui depuis belle lurette. Nous aidâmes ensuite Davie à se déshabiller et à enfiler un vieux slip.

Les chambres à air orange étaient deux fois trop grandes pour nous. Quand John se fut assuré qu'elles étaient solidement arrimées autour de notre taille, nous courûmes jusqu'à la piscine pour notre première leçon. Ce jour-là, nous pataugeâmes dans le bassin, nous amusant à nous éclabousser et à nous cracher de l'eau en riant. Au bout d'une semaine, nous avions les épaules roses et notre nez pelait, mais nous parvenions à faire la planche tout seuls. À la fin de l'été, nous étions tous trois bien bronzés. Les cheveux blonds de John étaient quasiment blancs, et Davie et moi nagions fièrement sans l'aide d'aucune bouée.

Nous avions trouvé un vieux seau abîmé, laissé sur la plage par un touriste. Quand nous n'étions pas dans l'eau, Davie et moi nous en servions pour construire des châteaux de sable. Pour John, c'était un passe-temps de bébé : il préférait nous entraîner dans les jeux qu'il inventait. « Les Naufragés » était notre préféré. Il s'était inspiré de l'histoire de *L'Île au trésor*, qu'il avait entendue à l'école. Il fallait se donner de nouveaux noms, chercher de la nourriture et du petit bois entre les rochers et sur la plage, et allumer un feu à l'aide d'une vieille boîte d'allumettes.

« Je serai Long John Silver et toi, Robbie, tu seras mon Vendredi, me dit John.

— Et moi ? demanda Davie.

— Toi, tu seras le perroquet ! » lança John en riant, mais devant la mine déconfite de Davie, vexé, il lui passa gentiment la main dans les cheveux pour lui montrer que ce n'était qu'une blague.

En bons naufragés que nous étions, nous passions tout notre temps sur la plage. Si nous avions pu, nous y aurions construit une cabane pour y habiter. Dès le réveil, nous faisions de notre mieux pour échapper à Gloria. Quand elle ne réservait pas quelque corvée à John – comme aller lui acheter des cigarettes ou de la limonade – elle semblait plutôt soulagée à l'idée d'avoir la journée pour elle.

Mais elle nous demandait tout de même de manger quelque chose avant de partir.

« Hé, John ? » criait-elle depuis sa chambre, manifestant ce qui pouvait passer pour de la sollicitude maternelle. « Prépare quelque chose à manger pour tes frères et toi avant de sortir. Et fais-moi une tasse de thé, tant que tu y es. Tu peux me l'apporter ici. Il faut que je dorme encore un peu, je suis épuisée. »

Et John s'exécutait : il mettait la bouilloire sur le feu, versait des corn-flakes dans trois bols, reniflait la bouteille de lait avant de le servir, pour s'assurer qu'il n'avait pas tourné, et arrosait le tout de sucre en poudre. Il coupait ensuite quelques tartines de pain épaisses, les beurrait, ajoutait un peu de confiture et préparait deux verres de lait pour Davie et moi. Puis il faisait du thé en quantité suffisante pour s'en servir une tasse après avoir apporté la sienne à Gloria.

Davie et moi dévorions notre petit-déjeuner et, à peine la dernière bouchée avalée, nous nous habillions en toute hâte et passions un gant, l'un après l'autre, sur nos mains et notre visage. Cette toilette de chat faisait l'affaire ; après tout, nous allions nous baigner !

« Au revoir ! » lancions-nous en partant. Parfois, quand Gloria était de bonne humeur, elle appelait John : « Hé, John, apporte-moi mon porte-monnaie. Ça vous ferait plaisir de vous acheter quelques frites dans la journée, non ? » Elle nous donnait quelques pièces, pas une de trop. Dans ses bons jours, nous avions de quoi nous acheter également un jus de fruits ou une limonade. John disait toujours qu'elle faisait cela pour que nous ne rentrions pas déjeuner à la maison, et je sais aujourd'hui qu'il avait raison. Avant de nous laisser partir, elle ajoutait encore quelques mots, presque toujours les mêmes : « Je n'ai pas envie que cette vieille bique vienne me déranger, alors pas de bruit dans les escaliers ? » Puis elle s'effondrait sur ses oreillers tachés de maquillage.

Sans doute Gloria avait-elle nourri Denise un peu plus tôt. Du moins, c'est ce que nous supposions. La bouteille de lait pour bébé était sur la table, ouverte, au milieu de biberons sales, de tétines et de cendriers remplis à ras bord. Il nous arrivait d'entendre Denise pleurer la nuit, mais quand nous sortions le matin, en général elle dormait. Je suppose que Gloria devait s'en occuper quand nous n'étions pas là.

Une fois dehors, nous courions en bas de la rue le plus vite possible, pour arriver à la plage avant les résidents et les touristes, avec leurs transats, leurs paniers de nourriture et leurs chapeaux de paille. Il nous fallait une plage vide pour jouer les naufragés !

Nous commencions par sauter dans la piscine, puis nous nous allongions sur le sable tiède et laissions le soleil nous sécher. John allait ensuite nous acheter de la limonade – il lui restait toujours quelques pièces de l'oncle du samedi, quand Gloria ne nous avait pas donné assez d'argent – et puis il était temps de commencer à jouer.

« Les naufragés doivent être capables de trouver leur propre nourriture », disait John. Tout ce dont nous avions besoin, nous assurait-il, était un paquet de sel, un vieux biberon avec une tétine intacte et un seau.

« Viens, Robbie, je vais te montrer ce que font les vrais naufragés ! » Mes vêtements et le seau à la main, je le suivais avec Davie jusqu'à l'endroit où il m'avait dit que nous pourrions attraper plein de couteaux. Selon lui, non seulement il y avait de la nourriture dans le sable, mais aussi entre les rochers : des bigorneaux. Ceux-là, on s'en occuperait plus tard, lorsque la plage se remplirait de touristes.

Mon rôle consista d'abord à remplir le biberon d'eau et à y dissoudre une grande quantité de sel. Ensuite, John me montra comme il était facile d'attraper des couteaux.

« Tu vois ces petites bosses avec un trou au milieu ? » me demanda-t-il en pointant une bande de sable parsemée de ces petits monticules. « Ils sont bien cachés, là-dedans. Tu vois ? » Il prit le biberon, pressa la tétine et dirigea le liquide vers le petit trou.

« Il va sortir », dit-il, et en effet, une chose qui ressemblait un peu au rasoir de Stanley émergea de sous le sable.

« Voilà notre petit butin de guerre ! dit-il en souriant. Maintenant, à toi, mais attention, il faut que tu tires doucement. »

Je fis exactement ce que John m'avait dit et tirai doucement. Comme une ventouse, l'animal commença par me résister, mais il se détacha soudain dans un « plop ». J'avais réussi ! Un sourire jusqu'aux oreilles, je regardai mon grand frère, encore tout étonné de mon succès.

« C'est facile ! fanfaronnai-je.

— Bien ! Tu n'as plus qu'à remplir le seau, maintenant. »

John s'éloigna tranquillement pour aller rejoindre ses copains qui étaient arrivés sur la plage.

« Hé, Robbie ? crièrent-ils, tu en prends aussi pour nous, hein ? »

Il ne me fallut pas plus que ce défi pour achever de me motiver. Enivré par mon succès, je versais de l'eau salée dans tous les trous qui se présentaient. Accroupi sur le sable, le soleil dans le dos, j'attendais impatiemment que les petites bêtes apparaissent, ce qui ne manquait pas de se produire au bout de quelques secondes. Davie, assis près de moi, ouvrait de grands yeux à chaque fois qu'un couteau pointait le bout de sa coquille. Il criait de joie à chaque nouvelle prise. Concentré sur ma mission, je finis par remplir de ces coquillages gris-marron le seau dans lequel John avait mis de l'eau de mer. « Ça les gardera en vie le temps qu'on soit prêts à les manger », m'avait-il expliqué.

Un peu plus tard, nous allions chercher des bigorneaux dans les flaques entre les rochers. Même Davie nous prêtait main-forte pour les décrocher et les entreposer dans notre casserole de fortune : une vieille boîte de conserve remplie d'eau.

En tant qu'assistant de Long John Silver, je devais aussi chercher du bois pour le feu, et j'enrôlais Davie pour me venir en aide. Nous ramassions tout ce qui pouvait brûler : des morceaux de papier, des brindilles, des bouts de bois, que nous déposions à l'endroit le plus tranquille de la plage. Puis John préparait le feu ; il était le seul à se servir des allumettes.

Quand nous en avions marre de la plage, nous traînions sur le port pour regarder les bateaux amarrés. Dans les années cinquante, c'étaient surtout des bateaux de pêche et, bien sûr, les ferries qui reliaient Jersey à l'Angleterre et à la France. Les marins, de grands gaillards au physique rude, tannés par le soleil, travaillaient sur le pont ou réparaient leurs filets, assis sur le quai. Ils nous observaient pour passer le temps. Ils trouvaient peut-être étrange que nous soyons là tout seuls, sous la responsabilité d'un garçon de huit ans. Quelle que fût la raison de leur intérêt, ils étaient gentils avec nous. Ils nous montraient leurs bateaux, nous achetaient des gâteaux et des jus de fruits au café voisin. Une fois rassurés en apprenant que nous avions un toit, ils ne posaient pas plus de questions.

Quand John leur expliquait que nous jouions aux naufragés, ils éclataient d'un rire franc et viril, et tenaient à nous offrir quelques poignées de crevettes enrobées dans un papier journal ; les plus petites, celles qu'ils ne pouvaient pas vendre mais qui, pour nous, avaient le même goût que les autres. Nous les faisions cuire et les ajoutions à nos menus de naufragés. John cuisinait toujours aussi loin que possible des plagistes. Nous ne rapportions quasiment jamais rien à la maison. Sans nous le formuler explicitement, nous savions que pour Gloria, cet appartement était son territoire et celui de ses amis. C'était pour cela qu'elle était contente de nous donner de l'argent pour nous acheter des frites. Mais nous savions aussi que si elle apprenait que nous étions passés maîtres dans l'art de l'autosuffisance, sa générosité toute relative pourrait bien trouver ses limites.

Après notre dîner, nous rentrions à la maison. Davie dormait déjà dans son landau. Il était rare que nous croisions Gloria : la porte de sa chambre était fermée. Nous prenions à notre tour le chemin de notre chambre.

Bien trop vite, les longues journées ensoleillées se firent plus fraîches, la nuit tomba plus tôt et, un par un, les derniers jours de l'été s'évanouirent sans crier gare. J'aurais voulu qu'ils durent toujours, mais c'était impossible.

Il m'est arrivé de me demander si c'est le désir mêlé aux souvenirs qui a façonné l'image si parfaite de ces jours heureux. Est-ce ce mélange qui a donné plus de chaleur aux rayons du soleil, plus de couleurs aux ailes des papillons, plus de douceur au chant des oiseaux et plus de résonance à nos rires ?

Et est-ce mon désir de faire du dernier été de mon enfance un été parfait qui a minimisé la dureté des gifles d'une Gloria de plus en plus imprévisible, recouvert d'un voile la dépression grandissante d'un Stanley quasiment inexistant, atténué les cris de détresse et les pleurs de Denise, et rempli nos estomacs ?

Je ne le sais pas, parce qu'à chaque fois que je repense à cette époque, si longtemps après, je la vois à travers une brume qui fait briller le moindre grain de poussière et donne à chaque jour une teinte idyllique. Je me souviens des femmes en robes légères, de la beauté du ciel bleu, de l'écume blanchâtre de la mer, du soleil éclatant, et les rares jours où quelques nuages marbraient l'horizon, la pluie elle-même charriait un parfum de fleurs.

Mais je me souviens aussi qu'à la fin de cet été, un sentiment insidieux d'anxiété a envahi notre foyer ; une mise en garde que je n'ai pas entendue et qui signifiait que bientôt, notre vie allait changer à jamais.

5

Le mois de septembre arriva, qui sonna l'heure de ma première rentrée scolaire. Gloria attendit la veille pour aborder le sujet. Pour une fois, elle nous demanda de rester à la maison. John ne devait-il pas préparer ses affaires ? Ne fallait-il pas qu'elle trouve quelque chose à me mettre sur le dos ? N'avait-elle pas assez à faire comme ça ? Ce satané bébé ne l'avait-il pas empêchée de dormir toute la nuit ? Nous n'irions nulle part, un point c'est tout. Après sa tirade, elle passa la matinée à fouiller les placards pour en sortir des cartons, en marmonnant des choses comme : « Où sont ces foutues affaires ? Satanés gosses. Ah ! Les voilà ! » Puis elle entra dans notre chambre, l'air renfrognée, une cigarette à la main et une pile de vêtements sous le bras.

Elle avait manifestement mis la main sur ce qu'elle cherchait : de vieux vêtements d'école de John, devenus trop petits pour lui, qu'elle déposa en pile informe sur le lit. Elle me jeta une paire de chaussures noires à lacets en me demandant de les essayer. Non seulement le bout et les talons étaient élimés, mais mes pieds flottaient dedans.

« Elles sont beaucoup trop grandes ! me plaignis-je.

— Oh, tu n'as qu'à mettre deux paires de chaussettes et un peu de papier journal au bout », grommela Gloria, exaspérée. Elle tira longuement sur sa cigarette, recracha la fumée et, les yeux plissés, me lança un regard hostile.

« L'argent ne pousse pas dans les arbres, tu vois, alors je ne vais pas le dépenser pour t'acheter des affaires qui seront trop petites dans quelques mois. Tu mettras ces chaussures, et Davie les mettra à son tour quand il ira dans cette fichue école. »

« Hé, John, ajouta-t-elle en se tournant vers lui, prends le cirage de Stanley et brique-moi ces chaussures, puisque Robbie fait le difficile. Et nettoie aussi les tiennes, tant que tu y es. Et puis mettez de l'ordre dans vos affaires, compris ? Je ne peux pas tout faire dans cette maison ! » Elle pointait le tas de vêtements miteux éparpillés sur notre lit.

Je pris les vêtements un par un et les regardai avec une sorte de désarroi. À cinq ans, je n'attachais pas encore d'importance au style de vêtements que je portais, mais mon premier jour à l'école m'angoissait et en voyant le pull-over gris informe et élimé aux coudes, les chemises au col et aux poignets effilochés, le vieux short de John dont une poche était déchirée, et une ribambelle de chaussettes grises dépareillées, trouées aux talons ou aux orteils, j'avais bien conscience que je ne serais pas habillé comme les autres garçons pour ma première rentrée scolaire.

« Ah, allez, Robbie, me dit John en voyant ma mine déconfite, tu vas voir, je vais faire briller tes chaussures. Tu seras tout beau demain. »

Pour la première fois, John ne parvint pas à me consoler ; je savais qu'il n'en serait rien.

Le lendemain matin, Gloria dormait encore quand nous nous levâmes, et nous nous préparâmes le plus discrètement possible. Nous n'avions aucune envie de la croiser. Avec l'aide de John, je choisis les vêtements qui me paraissaient les plus corrects parmi ceux qu'elle m'avait donnés, avalai quelques corn-flakes et un verre de lait, puis, debout devant l'évier, me débarbouillai le visage et les mains et passai un peu d'eau dans mes cheveux, comme John le faisait chaque matin. J'étais prêt à partir pour mon premier jour d'école. John attrapa deux pommes, quelques biscuits à la crème et un morceau de cheddar dans le placard, et fourra le tout dans sa poche.

« Ce sera notre déjeuner, me dit-il. Ils nous donnent du lait à l'école. Allez, on y va. »

J'eus le cœur serré en voyant la petite mine triste de Davie qui nous regardait dans l'embrasure de la porte de notre chambre. Je lui fis un sourire qui se voulait rassurant ; il avait l'air désespéré de nous voir partir. Les yeux humides, la lèvre tremblante, il se sentait abandonné dans cet appartement – et c'était tout comme, car Gloria dormirait sans doute jusqu'au déjeuner, à moins que Denise ne pleure pour réclamer à manger.

Je suivis John dans les escaliers, pris d'un haut-le-cœur. Il tenta de me rassurer en m'expliquant que dans une classe, tous les enfants avaient à peu près le même âge, et je compris alors que je ne serais pas dans la même classe que lui. Il me dit que je serais chez les petits et lui, chez les grands. Je me morfondais en me demandant à quel point nous serions loin l'un de l'autre.

« Allez, souris ! me dit-il, ils vont pas te manger ! » Il me donna une petite tape sur le bras, mais je continuai d'appréhender la journée qui s'annonçait.

L'école était un bâtiment de plain-pied très étendu, dont l'entrée était située sur une rue et la sortie, sur une autre rue parallèle. En arrivant, je vis des groupes d'enfants de tous âges disséminés dans la cour goudronnée. Dans le bourdonnement général, au milieu des éclats de rire, j'entendis quelqu'un appeler mon frère.

« John, on est là ! dit un garçon que j'avais déjà vu au parc.

— J'arrive tout de suite, j'ai un truc à faire », répondit John.

Soudain, je me rendis compte qu'il n'avait qu'une envie : rejoindre ses copains et non chaperonner son petit frère.

John m'emmena vers une jeune institutrice qui accueillait les nouveaux venus.

« Mademoiselle, c'est mon frère, Robbie », dit-il en guise d'introduction. Et il me laissa avec elle.

Mon cœur se serra.

L'institutrice se présenta : Miss Darby. Elle me sourit et posa doucement une main sur mon épaule. Je sentais qu'elle essayait d'être gentille avec moi. Elle me posa une question à propos de ce que j'aimais faire, mais je mourais d'envie de courir après mon frère. Du coin de l'œil, je le regardais s'éloigner.

Est-ce qu'il allait enfin se retourner vers moi ?

Il n'en fit rien. Sans un regard, il rejoignit son groupe de copains de l'autre côté de la cour. J'avais déjà vu ces garçons à la plage ou au parc pendant les vacances, mais instinctivement, je savais que ça ne comptait pas : à l'école, il n'était pas question que je fasse partie de leur groupe.

Une immense tristesse m'envahit et un sentiment de solitude d'autant plus fort que je m'aperçus que la cour des petits était investie par des mères venues accompagner leur progéniture à l'école. Elles se penchaient avec amour sur leurs enfants pour refaire le nœud de leurs lacets, ajuster leurs cols et leurs cravates. Je les voyais déposer un gentil baiser d'adieu sur la joue de leurs petits parfaitement apprêtés, avec des mots comme « mon chéri », « sois gentil », « je t'aime », puis elles s'arrêtaient à la barrière pour un dernier petit signe, au bord des larmes. J'eus la gorge nouée en repensant à ces enfants, dans le parc, dont les mères tenaient la main ou les poussaient sur les balançoires. Pour la première fois de ma vie, je crois que j'ai eu une idée plus précise de ce à quoi était censée ressembler une mère.

L'institutrice tapa dans ses mains et vingt paires d'yeux se tournèrent vers elle. Elle nous demanda de nous ranger en file indienne et de la suivre dans la salle de classe. Droits comme des balais, nous fîmes nos premiers pas officiels dans le système éducatif.

Elle nous fit entrer dans une pièce très spacieuse meublée de petits bureaux de bois, sur chacun desquels deux sièges étaient fixés, et nous demanda de nous asseoir. Il y eut quelques instants d'hésitation au moment de choisir à côté de qui l'on s'asseyait ;

certains enfants étaient tout excités, d'autres en larmes, accablés. Des petites filles en robe chasuble grise ou jupe plissée et pull-over bleu prirent place près d'autres petites filles habillées comme elles. Des garçons en veste bleue et short gris s'assirent auprès de garçons qui brillaient comme un sou neuf et leur ressemblaient comme deux gouttes d'eau. Avant la fin de la journée, des amitiés allaient naître, qui dureraient peut-être plusieurs années. Les petites filles se prendraient par la main pour se parler de leurs poupées, et les petits garçons s'amuseraient ensemble avec un jouet pioché dans le coffre de la classe.

Personne ne vint s'asseoir près de moi.

L'institutrice fit l'appel, cochant sa liste à chaque fois qu'un élève répondait présent.

Puis elle distribua des livres avec des images et l'alphabet en grosses lettres. Je les reconnaissais. John m'y avait familiarisé en nous lisant des bandes dessinées. Je savais aussi un peu compter, puisqu'il m'arrivait d'aller faire des courses pour Gloria ou de m'acheter une glace. J'avais remarqué que les commerçants n'étaient pas contents si je leur demandais plus que ce que mon argent me permettait de payer !

« Bien, Robbie », me dit l'institutrice après que j'eus répondu à sa première question.

Je me sentis alors quelque peu rassuré.

Un peu plus tard, elle posa sur son bureau une pendule en bois décorée de couleurs vives et de petits canards blancs. Elle posa les mains sur le 3 et le 6, et demanda si quelqu'un pouvait lire l'heure. C'était dans mes cordes. John me l'avait appris sur la pendule de la maison, pour que je sache repérer à quelle heure il rentrait de l'école.

« Très bien, Robbie », dit Miss Darby avec un sourire.

Je me sentais de plus en plus à l'aise.

Elle nous distribua des crayons et du papier. « Dessinez ce que vous voulez », répondit-elle à une petite fille qui lui demanda ce qu'il fallait faire. Les heures que j'avais passées à dessiner avec Davie portèrent leurs fruits. Je dessinai une maison et, à côté, un homme et une femme, puis quatre personnages plus petits. Puis, avec le crayon marron foncé, je traçai un grand ovale surmonté d'un ovale plus petit, et des traits pour représenter des pattes et des oreilles pointues.

« C'est ma famille, dis-je à Miss Darby.

— Et là, c'est ta maison ? » demanda-t-elle, mais mon silence lui fit comprendre que non. Elle ne me demanda pas si nous avions un chien.

« C'est très bien, Robbie », dit-elle simplement.

Je finis par me dire que j'aimais bien l'école, tout compte fait.

À la récréation, on nous donna à chacun une petite bouteille de lait avec une paille, puis on nous envoya jouer dans la cour, et c'est là que mon goût naissant pour l'école périclita subitement.

J'avais oublié que je ne ressemblais pas aux autres. Je ne savais pas encore ce qui pouvait arriver à un enfant qui fait tache. Je m'apprêtais à traverser la cour de récréation avec deux idées en tête : l'institutrice avait été gentille avec moi et je voulais faire part à John de cette bonne matinée.

Je sentis des mains dans mon dos, avant même de voir à qui elles appartenaient. Tandis que quelqu'un me poussait, j'entendis une voix moqueuse.

« Tu pues ! » disait-elle.

En me retournant, j'aperçus plusieurs visages dans un flou. On aurait dit qu'ils m'entouraient. Puis un autre garçon, qui devait avoir deux ans de plus que moi, me poussa à la poitrine, manquant me faire tomber.

« Ta mère est une collabo, siffla-t-il, et t'es qu'un Boche puant. »

Que diable voulait-il dire ? Je n'avais encore jamais entendu ces mots-là.

Le premier garçon me poussa à nouveau dans le dos et soudain, ils se mirent tous les deux à me bousculer dans tous les sens ; je trébuchais d'avant en arrière, au milieu des rires moqueurs. D'autres garçons s'étaient joints à eux et les encourageaient.

J'entendis un cri qui venait d'un peu plus loin, quelqu'un qui courait, et enfin la voix de mon frère.

« Laissez-le tranquille, espèces de nuls ! » cria-t-il.

Je vis son bras s'abattre sur la tête d'un de mes persécuteurs et, presque au même moment, il décocha un coup de pied.

« Ça suffit ! » intervint une voix sévère. Je levai les yeux : c'était le directeur, le visage rouge de colère. Miss Darby nous l'avait présenté le matin même alors qu'il faisait le tour des classes.

« J'aurais dû me douter que c'était toi, Garner », dit-il d'un ton sec en regardant John.

Puis il se tourna vers moi et je vis une expression d'aversion traverser son regard.

« Tiens, un autre Garner. Robbie, c'est ça ? Ainsi donc, je suppose qu'il faut s'attendre à deux fois plus de problèmes… » Il s'adressa aux élèves qui s'étaient attroupés autour de nous. « Regagnez vos classes. La cloche a sonné. Et toi, mon petit Robbie, souviens-toi que je t'ai à l'œil. Ton frère nous cause bien des soucis et j'ai l'impression que tu es de la même veine. »

Sur ces mots, il nous laissa seuls, John et moi. Un de ses amis s'approcha. « On s'occupera de ça plus tard », dit-il, mais John haussa les épaules : « Oh, laisse tomber. »

« John, c'est quoi une collabo ? lui demandai-je.

— Tais-toi, Robbie », dit-il, et il y avait dans sa voix une colère qui m'imposa un silence docile. « Retourne dans la cour des petits. Et restes-y pendant les récrés. Arrête de me courir toujours après. » Sans m'offrir le moindre réconfort, il tourna les talons et s'en alla rejoindre ses amis. Je repartis en traînant des pieds vers mon institutrice qui rassemblait ses troupes devant l'entrée de la classe.

Les petits finissaient l'école une demi-heure plus tôt que les grands, mais je décidai d'attendre mon frère dans la rue pour rentrer avec lui. En me voyant, il n'eut pas l'air ravi, mais au bout d'un moment, il avait retrouvé le sourire.

« Alors, c'était comment ? me demanda-t-il sans faire allusion à la bagarre.

— Ça allait », répondis-je, et je ne pus m'empêcher de lui poser la question qui m'avait trotté dans la tête tout l'après-midi. « John, c'est quoi une collabo ? » Gloria n'était peut-être pas une bonne mère, mais c'était la mienne, et j'avais compris, au ton de la voix de celui qui avait dit cela, que ce n'était pas une insulte banale mais quelque chose de plus grave.

Mon frère soupira. « Quelqu'un qui aime les Boches », finit-il par répondre.

« C'est quoi un Boche ?

— Un soldat allemand. Un satané Teuton, voilà ce que c'est. »

Je ne dis plus rien. J'avais beau n'avoir que cinq ans, j'avais déjà entendu des histoires sur l'occupation allemande à Jersey pendant la guerre, et je savais que les Allemands avaient été nos ennemis.

Je ne connaissais personne qui ait été ami avec l'un d'eux.

« C'est pour ça qu'elle déteste sortir, lâcha John avant de se tourner vers moi. Stanley est ton père, Robbie, et le mien… le mien était américain. » Ses yeux gris pâle plongèrent dans les miens comme s'il me mettait au défi de le contredire.

Mais comment aurais-je pu le contredire, alors que je ne savais même pas ce qu'il voulait dire ?

6

« Le directeur veut te voir », me dit Miss Darby quelques semaines après la rentrée. « Cette dame va t'accompagner », ajouta-t-elle en désignant une femme rondelette, entre deux âges, qui venait d'entrer dans la classe.

Je la regardai, apeuré. On m'avait dit que le directeur ne convoquait un élève que lorsqu'il avait fait une grosse bêtise, et qu'il y avait toujours une punition à la clé.

« Ne t'inquiète pas, Robbie, dit-elle avec un sourire rassurant. Il veut simplement te donner quelque chose, ainsi qu'à ton frère. »

Je suivis la dame dans le long couloir, en espérant qu'elle ait dit vrai. Je faisais de mon mieux pour me souvenir des bêtises que j'aurais pu faire, mais je ne voyais rien. D'un autre côté, je me demandais bien ce que le directeur pouvait vouloir me donner.

La dame me sourit à nouveau en frappant à la grande porte en bois du bureau de la direction.

« Détends-toi, Robbie, tu n'as rien fait de mal », me murmura-t-elle juste avant qu'un « Entrez ! » l'autorise à ouvrir la porte.

À ma grande surprise, John était là.

Pendant un instant, je sentis un vent de panique. Quelque chose était peut-être arrivé à la maison ? Je voulus capter le regard de John mais il fixait le sol, ce qui ajouta à mon angoisse.

Je retenais mon souffle.

« Robbie, me dit le directeur, je viens de m'entretenir avec ton frère de la manière dont vous vous présentez à l'école, tous les deux. Nous avons écrit à votre mère à plusieurs reprises, et quelqu'un des affaires sociales l'a appelée. »

Les mots flottaient dans l'air autour de moi. J'essayais de les attraper au vol pour y comprendre quelque chose, mais d'autres mots arrivaient déjà, comme « inacceptable », « sale », « puant », « injurieux » et « intolérable ». Il fit enfin une pause.

Je me rendais bien compte qu'il attendait que je réagisse, mais je ne trouvais rien à dire. Qu'attendait-il de nous ? Je jetai à nouveau un œil vers John, dans l'espoir d'un soutien, mais une fois de plus, je n'avais rien à attendre de ce côté-là ; il devait trouver le sol beaucoup plus fascinant que son petit frère, car il n'arrêtait pas de le fixer.

Constatant mon désarroi, la dame fut prise de pitié et s'agenouilla près de moi. Elle me prit gentiment les coudes et me regarda droit dans les yeux pour m'expliquer ce que le directeur avait dit, avec des mots que je comprenais.

« Ce que le directeur essaie de te dire, c'est que tu dois faire un peu plus attention quand tu viens à l'école. Tes vêtements sont tout abîmés. Et je sais que tu n'es qu'un petit garçon, alors ce n'est pas ta faute, mais ils ne sentent pas très bon non plus. Il faut que tu sois propre et bien habillé pour venir à l'école. » Elle fit une pause. Je la regardais, interloqué. Après tout, que pouvais-je y faire ?

Le directeur reprit la parole. « Nous disposons d'un fonds de charité pour aider les garçons dans votre situation, et nous avons décidé de vous allouer une bourse. Mrs Johnston, dit-il en désignant la dame qui m'avait accompagné, va vous emmener acheter quelques vêtements. Elle sait ce dont vous avez besoin. De votre côté, vous devez venir à l'école avec les cheveux, le visage et les mains propres. Vous n'avez pas d'excuses pour venir ici sans vous être lavés. » D'un geste vif, il attrapa l'oreille de John et l'inspecta rapidement. « Et cela inclut le cou et les oreilles, mon garçon. Les tiennes sont grises. »

Je continuais de fixer le directeur ; subitement, je ne voulais plus croiser le regard de John. J'avais vu qu'il avait piqué un fard, au point que ses oreilles elles-mêmes étaient cramoisies. Les paroles du directeur l'avaient vexé, et c'était encore pire que cette scène eût lieu en présence de son petit frère qui le vénérait comme un dieu. Je me demandais si nous pouvions partir ; mais non, le directeur n'en avait pas encore terminé avec nous.

« Encore une chose. On m'a dit que vous n'apportiez jamais de boîtes repas. Est-ce que c'est vrai ?

— Oui, monsieur, répondit John, les yeux toujours baissés.

— Regarde-moi quand je te parle ! » aboya le directeur. John leva la tête. Je vis qu'il serrait les poings et compris qu'il aurait tout donné pour quitter cette pièce.

« Mrs Johnston fera en sorte qu'on vous serve un déjeuner gratuit à tous les deux », annonça-t-il d'une voix dédaigneuse.

J'aurais voulu lui crier tout le bien que je pensais de mon merveilleux frère. Il n'avait aucune idée de qui était John. Il ne l'avait jamais vu s'occuper de Davie et de moi, ni faire le ménage tant bien que mal dans l'appartement. Il n'entendait pas toutes les méchancetés que Gloria lui disait, il ne le voyait pas faire les courses pour sa mère alcoolique qui, pour Dieu sait quelle raison – peut-être simplement parce que c'était l'aîné – semblait lui reprocher tout ce qui n'allait pas dans sa vie. Il voyait seulement deux garçons délaissés, debout en face de lui, et les jugeait comme deux bons à rien. Il se fichait bien de notre fierté, parce que nous n'étions que deux petits garçons sales qui entraient dans les critères de l'aide sociale. Une fois son devoir accompli, il nous congédia.

Mrs Johnston nous emmena dans un magasin de vêtements, où elle choisit les articles les moins chers qui puissent convenir : une chemise, des chaussures, un pantalon et un pull-over chacun. Elle fit deux paquets qu'elle nous donna pour que nous les rapportions chez nous.

Sur le chemin de la maison, nous étions tout excités d'avoir de nouveaux vêtements grâce auxquels nous serions mieux intégrés à l'école ; toutefois, nous appréhendions une éventuelle mauvaise réaction de Gloria.

Elle pesta lorsque John lui annonça qu'il comptait prendre un bain. « Et à ton avis, d'où viennent les pièces qu'on met dans le compteur de gaz ? » John ne répondit pas. Il se contenta d'aller prendre de l'argent dans le pot où l'on rangeait la monnaie. Et pour la première fois, elle baissa les armes – non sans grogner que personne n'allait lui apprendre à élever ses enfants, mais le cœur n'y était plus.

« Oh, fais ce que tu veux, comme d'habitude… » finit-elle par concéder quand John lui répéta qu'il fallait bien nous laver avant d'enfiler nos vêtements neufs.

Le lendemain, nous étions propres et nets de pied en cap. Dans nos nouveaux uniformes et une odeur de frais, on nous donna notre boîte repas, chacun dans sa classe.

Je sentis une bouffée de chaleur me parcourir le dos quand on me donna la mienne. J'étais certain que les autres enfants savaient ce que signifiait cette petite boîte posée sur mon bureau. Je l'ouvris pour en examiner le contenu, et j'avais l'impression que tout le monde me regardait ; des sandwichs aux œufs durs enveloppés dans du papier sulfurisé, une bouteille de jus d'orange et une petite part de gâteau aux fruits. J'aurais préféré manger une pomme et un bout de fromage sortis de la poche de John – n'importe quoi plutôt que la honte de ce repas gratuit qui nous stigmatisait comme « différents » et « délaissés », au même titre que nos vieux vêtements l'avaient fait les semaines précédentes.

7

Quelques semaines après notre convocation dans le bureau du directeur, les vacances de Noël arrivèrent. Cette année-là, la saison des fêtes s'annonçait froide et pluvieuse, mais cela ne faisait aucune différence pour nous.

Nous ne nous attendions pas à voir un sapin de Noël recouvert de neige artificielle et de guirlandes, couronné d'une étoile étincelante. Nous ne nous attendions pas non plus à découvrir une pile de cadeaux. Et nous n'avions aucune raison de chercher des bas remplis d'oranges et de bonbons au pied de nos lits.

Il ne nous avait pas échappé que les autres familles fêtaient Noël avec des cadeaux et des petits plats spéciaux. Nous avions bien vu, à travers les fenêtres des autres maisons, des pièces joliment décorées et des sapins au pied desquels s'entassaient les paquets. Et nous savions très bien à quoi ressemblerait Noël dans ces maisons-là : la moquette serait couverte de papiers d'emballage déchirés à la hâte par des petits enfants excités, le parfum des gâteaux embaumerait l'air et des coupes pleines de fruits, de noisettes et de chocolats orneraient la table de la salle à manger.

Si, face à ces enfants qui rayonnaient de la confiance d'être aimés, nous ressentions un vide, ce trou dans l'estomac que l'affection aurait dû remplir, nous n'en disions rien. Car exprimer quelque chose, c'est lui donner une réalité ; et nous étions heureux, non ?

Pour John et moi, le mot « Noël » signifiait simplement « vacances », et pour Davie, il avait encore moins de sens. C'est pourquoi en nous levant, ce matin-là, nous nous attendions à un jour comme les autres.

Nos mâchoires se décrochèrent quand, dans le salon, nous vîmes quatre paquets emballés dans du papier kraft retenu par un bout de ficelle. Les trois plus petits avaient été déposés sur la table, et le plus grand était posé par terre. John me donna un coup dans les côtes, et nous nous regardâmes en ouvrant de grands yeux. Davie courut prendre un paquet.

« Tu ferais mieux de pas y toucher ! s'empressa de lui conseiller John.

— Ils viennent d'où ? demandai-je.

— Sûrement pas du Père Noël, en tout cas ! » répondit John dans un rire entendu.

La porte de la chambre de Gloria s'ouvrit alors, et Stanley en sortit avec un grand sourire.

« Joyeux Noël, les garçons ! » dit-il. Puis il lança, en direction de la chambre : « Viens, Gloria, il est temps d'ouvrir les cadeaux ! »

Dans sa vieille robe de chambre tachée, le bébé sur les hanches et une cigarette à la main, Gloria marqua un temps d'arrêt en voyant les paquets sur la table.

« Nom de Dieu, qu'est-ce que c'est que ça ?

— Tu n'en sauras rien tant qu'on ne les aura pas ouverts, répondit Stanley. Allez, asseyez-vous tous, je vais vous les donner. »

Nous sautâmes tous les trois sur le vieux canapé. Gloria se glissa dans un coin, un fin sourcil relevé, l'air interrogateur.

Stanley prit un premier paquet et lut ce qu'il avait lui-même écrit au crayon sur le papier kraft : « À ma très chère Gloria. Joyeux Noël. Ton Stanley qui t'aime. »

« J'espère que tu n'attends pas ton cadeau », dit-elle en lui arrachant le paquet des mains.

Elle déchira le papier et poussa un petit cri de surprise. Stanley lui avait acheté le dernier disque de Johnnie Ray, « Somebody stole my girl ». Depuis qu'il était sorti, elle n'arrêtait pas d'en parler.

« Alors, ça te plaît ? demanda Stanley.

— Bien sûr ! » Gloria déposa un rapide baiser sur sa joue. C'était la première fois que je la voyais faire un geste tendre envers Stanley, qui rougit de plaisir.

Le paquet suivant était pour Davie. Il était tellement excité qu'il ne tenait pas en place. C'était le tout premier cadeau de sa vie. Tandis que John l'aidait à retirer la ficelle, ses grands yeux bleus brillaient. John sortit du paquet un soldat de bois avec un fusil sur l'épaule.

Davie s'assit immédiatement par terre et se mit à jouer.

« Ça, c'est pour toi, John », dit Stanley.

C'était un plumier en bois avec un couvercle coulissant.

« Merci beaucoup, Stanley, dit poliment John sans beaucoup d'enthousiasme. C'est exactement ce dont j'avais besoin pour l'école. »

Il donna un petit ours en peluche à Denise, qu'elle porta immédiatement à sa bouche.

« Et maintenant, le tien, Robbie. »

Il n'y avait plus qu'un paquet, le plus gros. Stanley me regarda me précipiter vers mon cadeau en souriant. J'avais le cœur qui battait à tout rompre. Je défis le nœud et déchirai le papier, puis retins mon souffle. C'était un chevalet en bois, parfaitement à ma taille, avec une pile de papier à dessin.

Stanley m'installa le chevalet.

« Je sais que tu aimes bien dessiner, Robbie, et je me suis dit que tu étais assez grand, maintenant. »

J'étais tellement heureux que je n'arrivais pas à détacher mes yeux du chevalet.

« C'est chouette, Robbie », dit John, mais il avait quelque chose de triste dans le regard.

Je me ruai sur Stanley et pris ses jambes entre mes bras ; il me caressa les cheveux.

Était-ce l'excitation des cadeaux de Noël ou le gin ? En tout cas, Stanley parvint à convaincre Gloria de nous préparer un déjeuner. Bien sûr, elle commença par se plaindre un peu, mais finit par faire frire des saucisses. Elle parvint même à préparer une purée grumeleuse et à ouvrir une boîte de « baked beans ».

Stanley ouvrit une barquette d'anguilles en gelée, pour l'entrée, et une boîte de pêches d'Afrique du Sud, pour le dessert. Il avait aussi apporté une bouteille de sherry. Il s'en servit un verre et nous le fit goûter à tous les trois. Davie en prit une gorgée et fit une telle moue que nous éclatâmes tous de rire. Seules Denise, qui s'était réveillée et nous observait d'un air curieux depuis le canapé où on l'avait assise, et Gloria n'y goûtèrent pas.

« Je reste fidèle à mon propre poison, merci beaucoup », dit-elle en tendant son verre à Stanley pour qu'il lui serve du gin.

Vu de l'extérieur, ce déjeuner n'avait sans doute rien d'un déjeuner de Noël, mais c'est pourtant l'un de mes meilleurs souvenirs. Je nous revois encore : Gloria riait à gorge déployée, Stanley avait l'air heureux, Davie était tout excité, John détendu, et moi, j'avais très hâte d'utiliser mon chevalet.

Après le déjeuner, Gloria passa son nouveau disque et la mélopée de Johnnie Ray nous enveloppa. Stanley se leva et, mimant une révérence, invita Gloria à danser.

« Oh, bas les pattes ! » dit-elle, mais elle finit par accepter. Stanley et elle commencèrent à danser ; John prit Denise dans ses bras et la fit tourner doucement. Pour une fois, Gloria le laissa faire. Je pris la main de Davie pour entamer une sorte de galop tout autour de la pièce. Tout le monde riait et Davie se mit à crier de joie.

« Vous feriez bien de vous calmer un peu, sinon la vieille bique va venir se plaindre », se contenta de dire Gloria.

Elle repassa deux ou trois fois la chanson, puis Stanley manifesta l'envie de faire une petite sieste, après ce déjeuner et le sherry, et Gloria et lui se retirèrent dans leur chambre, porte fermée.

John alla regarder par la fenêtre. La pluie avait commencé à tomber un peu plus tôt, et il pleuvait désormais à verse.

« Fichue pluie, dit-il. J'aimerais bien qu'elle s'arrête pour que je puisse aller voir mes copains. »

Quant à moi, je n'avais aucune envie de sortir. Je pris une feuille de papier et l'installai délicatement sur le chevalet. Je commençai à nous dessiner tous en train de danser.

John se trouva une vieille bande dessinée à lire, et Davie et Denise s'endormirent en serrant leurs nouveaux jouets contre eux. Moi, j'étais dans un autre monde. Je laissais libre cours à mon imagination et nous représentais en train de danser autour d'un sapin de Noël, tous souriants.

Un peu plus tard, Gloria et Stanley sortirent de leur chambre et allumèrent la radio pour écouter le discours de la Reine. Nous avions manqué celui de l'après-midi, mais il était diffusé une seconde fois le soir. Nous n'y comprenions pas grand-chose, mais l'écoutions sagement, assis sur le canapé – même si John me faisait rire en louchant, ce qui me valut un regard sévère de Gloria. Elle adorait la famille royale et suivait toute son actualité dans les magazines.

À la fin du discours, Stanley éteignit la radio et Gloria lui tendit à nouveau son verre.

« Sers-nous-en un autre, dit-elle. Et cette fois, vas-y doucement sur la limonade.

— Tu ne crois pas que tu devrais t'arrêter là, Gloria ? »

La réponse de Stanley provoqua comme un nœud dans mon estomac, car je savais que la bonne humeur de Gloria pouvait disparaître en un instant.

« Ne me dis pas ce que je dois faire, espèce de vieux con ! marmonna-t-elle en se levant du canapé. Je vais me servir toute seule. Tu crois peut-être que j'ai besoin de toi ? Tu penses que tu peux me dire ce que je dois faire parce que tu m'as donné un misérable disque ? T'as qu'à foutre le camp ! »

J'avais de la peine pour Stanley. Il avait fait de son mieux pour que nous passions tous une bonne journée, mais il finissait toujours par baisser les bras devant Gloria.

La mine triste, il nous dit tranquillement : « Je crois qu'il est temps d'aller au lit, les garçons. »

Il n'eut pas besoin de nous le dire deux fois. John nous emmena aux toilettes, Davie et moi. Nous y restâmes un moment. Tout était calme, ce soir-là, car Mrs Stone était partie pour les fêtes.

Nous savions qu'avant peu, Gloria serait quasiment endormie et ne nous remarquerait même plus. De retour à l'appartement, je traînai mon chevalet jusque dans notre chambre et refermai la porte.

Pour ma part, le changement d'humeur de Gloria n'avait pas réussi à gâcher ce Noël. Je sautai dans mon lit et m'enfouis sous les couvertures, mon chevalet tout près de moi. En tendant la main, je pouvais le toucher. Je me sentais fier comme jamais. Je pensais à tous les dessins que j'allais faire pour Stanley. Je voulais tellement qu'il soit fier de moi. Je savais qu'il m'avait offert le plus beau cadeau et j'étais heureux d'être son fils.

8

Les cloches célébrèrent l'arrivée de la nouvelle année. Un nouveau trimestre commença. Les premiers boutons des perce-neige apparurent, les arbres bourgeonnèrent et le soleil chassa les nuages gris : l'arrivée du printemps sonna la fin de mon enfance.

Ce matin-là, les rayons du soleil vinrent caresser mon visage sur l'oreiller. Encore à moitié endormi, je m'étirai doucement, le temps que mon cerveau prenne conscience de ce qui m'avait réveillé : les hurlements de Gloria, déjà sous l'emprise de l'alcool. Jusque-là, rien d'inhabituel, mais cette fois, je perçus quelque chose de différent dans ses cris stridents : une note d'hystérie, de peur, et peut-être même un pressentiment que quelque chose allait se passer, quelque chose qui lui échappait. Quoi que ce fût, cela me fit peur.

Une voix d'homme se mit à mugir avec une force effrayante. Je ne distinguais pas ce qu'elle disait. Stanley n'élevait jamais le ton, aussi pensai-je un instant qu'un nouvel oncle avait fait son apparition.

La voix masculine monta de plus en plus, bientôt presque aussi stridente que celle de Gloria. Puis il y eut un bruit différent – le bruit de sanglots – et je réalisai, sous le choc, ce que je ne voulais pas admettre : c'était Stanley qui pleurait.

Je me tournai vers John, qui écoutait lui aussi, appuyé sur son coude. J'avais besoin de son grand sourire pour me rassurer, mais cette fois, son visage était presque apeuré, et le fait que John puisse avoir peur fit tout à coup basculer mon monde.

Il devait se passer quelque chose de très grave.

Je me tournai de l'autre côté de la chambre, vers le lit de Davie, qui me lança un regard vide où je lus un début de panique.

Je savais qu'il n'attendait qu'un signal de ma part pour courir se réfugier dans notre lit, mais j'étais pétrifié, incapable du moindre mouvement vers lui.

J'entendis alors un bruit familier : celui de meubles que l'on déplaçait, comme quand les oncles venaient voir Gloria. Mais cette fois, je pressentais qu'il n'y aurait pas de musique.

Le bruit s'éloigna, comme si l'on traînait quelque chose sur le palier. Puis le silence ; un silence lourd et terrifiant. Je tendis la main vers John.

Je voulais que ce silence s'arrête, mais ce fut un cri d'une intensité insupportable qui le brisa. Un deuxième cri, puis un troisième suivirent, qui se répercutèrent sur les murs de notre chambre et m'emplirent de terreur. Je me bouchai les oreilles pour ne plus les entendre, mais en vain. C'étaient les cris de Gloria.

Soudain, John sauta du lit et alla ouvrir la porte. Je me glissai près de lui. J'aurais voulu lui dire de refermer la porte, car je ne voulais rien voir, mais c'était trop tard.

Stanley était debout sur la rampe de l'escalier. Son corps chancelait. En face de lui, un vide de trois étages. Il avait une corde autour du cou, dont l'extrémité était nouée à une poutre du plafond.

Je vis trembler ses jambes et tout son corps vaciller. J'aurais voulu l'appeler, lui dire de rester avec nous, mais aucun mot ne parvenait à sortir de ma bouche. Nous étions muets.

Gloria s'avança. « Stanley, non ! »

Il sauta.

Le vacarme tonitruant de bruits de pas dans l'escalier, d'éclats de voix et des cris de Gloria satura ma tête à m'en faire mal. Je mis les mains sur mes oreilles, je voulais que tous ces bruits cessent.

John referma la porte de notre chambre. Nous allâmes nous asseoir sur le bord du lit, en état de choc. Davie commençait à avoir les larmes aux yeux, mais personne ne disait rien. Mon esprit n'était plus qu'un grand vide.

Je n'ai aucune idée du temps qui s'écoula jusqu'à ce que la porte de notre chambre s'ouvre. Il y avait là quelques voisins et Mrs Stone, qui tenait Denise dans ses bras.

« Il est vivant, dit quelqu'un, ils l'ont décroché. Ils sont arrivés juste à temps. » Manifestement, la corde avait été mal nouée et n'avait pas brisé le cou de Stanley. Mon sentiment de panique se calma quelque temps, mais l'angoisse demeurait tenace. Qu'allait-il se passer, maintenant ? Est-ce que les choses pouvaient redevenir normales ? J'avais l'horrible pressentiment que non.

Mrs Stone s'adressa à John, un petit sourire en coin. « On dirait que Stanley s'est rendu compte que votre mère avait des galants ! Il savait bien ce qu'elle a fait pendant la guerre. Tout le monde le sait. Tu le sauras aussi, hein, John ? »

« Où elle est ? » demandai-je, mais personne ne semblait le savoir. Gloria avait disparu.

Non, ils ne savaient pas où elle était partie. Et peu leur importait.

« Où est Stanley ? » demandai-je, n'osant pas regarder vers le palier où je l'avais vu chanceler sur la rampe.

Stanley était parti, nous dirent-ils ; une ambulance l'avait conduit à l'hôpital. Des hommes en blouse blanche l'avaient emmené. Non, il ne reviendrait pas non plus.

J'étais toujours en proie à une sensation de vide, comme paralysé, inaccessible aux sentiments.

« Vous ne pouvez pas rester ici », nous dit Mrs Stone avec une joie à peine cachée.

Un des voisins nous conseilla de nous habiller : quelqu'un allait venir nous chercher. Jusque-là, nous devions rester dans notre chambre.

Nous savions qu'il était inutile de discuter. L'indifférence de Gloria nous assurait la liberté, mais désormais, nous n'étions plus que des enfants qui devaient obéir aux adultes. Les enfants n'avaient aucun droit.

Des voix se firent entendre sur le palier, puis dans le salon ; les discussions allaient bon train. L'oreille collée à la porte, nous reconnûmes les voix de Mrs Stone et de quelques voisins, mais les pleurs de Denise nous empêchaient de comprendre ce qui se disait. Nous nous habillâmes en silence, comme on l'avait demandé, puis nous assîmes sur le lit, collés les uns aux autres, les jambes tremblantes. Nous attendions la suite des événements. Je ne sais pas combien de temps dura cette attente, mais elle me parut très longue.

On nous apporta quelques sandwiches au fromage et des verres de lait et, plus tard, du jus d'orange. On nous autorisa à aller aux toilettes dans la cour, mais tout ce temps-là, nous savions que les adultes nous surveillaient. Mrs Stone ne voulait pas qu'on disparaisse, pour une fois.

Nous entendîmes à nouveau du bruit dans l'escalier : des pas lourds et des voix d'hommes que nous ne connaissions pas.

« Ils sont là », dit Mrs Stone en ouvrant la porte de notre chambre.

Deux policiers entrèrent, l'air sévère. L'un était grand, avec une moustache brune et des mèches de cheveux qui sortaient de sous son casque. L'autre, un rouquin très corpulent, tenait son casque à la main ; il avait le visage rougeaud et un air peu aimable. Il s'essuya le front en entrant dans la chambre. « Pourquoi faut-il toujours qu'ils soient au dernier étage ? » demanda-t-il sans attendre de réponse.

« Levez-vous, les garçons. On va faire un petit tour. Laissez vos affaires ici », dit-il en me voyant attraper ma petite voiture préférée. Je regardai mon chevalet d'un air désespéré.

« Vous récupérerez tout plus tard », dit Mrs Stone qui regardait John avec un air presque joyeux. Elle n'avait manifestement aucune compassion pour nous ; elle n'en avait d'ailleurs jamais eu.

Nous eûmes du mal à nous lever. Nos genoux tremblaient comme des feuilles. Mrs Stone passa une main noueuse dans les cheveux de John et le poussa sans ménagement vers les policiers.

« Oh, John, une dernière chose… » Il la regarda avec une once d'espoir dans les yeux. « Quoi qu'ait pu te dire ta mère, elle t'a menti. Il n'y a jamais eu de soldats américains ici pendant la guerre. Il n'y avait qu'une seule sorte de soldats – le genre que ta mère aimait. » Elle gloussa de plaisir en voyant, à la mine de John, qu'il saisissait le sens de ses paroles venimeuses. À l'époque, je ne compris pas ce qu'elle voulait dire, mais ces mots restèrent gravés dans ma mémoire.

Le policier brun prit le bras de John, juste au-dessus du coude, tandis que l'autre passa ses gros doigts autour de mon frêle poignet, Davie, totalement hébété par les événements de la matinée, prit mon autre main et la serra si fort qu'il me sembla qu'il ne la lâcherait jamais.

Une camionnette de police attendait, garée devant la maison. Tous les habitants de Devonshire Place s'étaient regroupés près de la porte d'entrée. Le vacarme avait réveillé la plupart des voisins. Quelque chose avait dû arriver, et tous les curieux voulaient savoir ce qui se passait dans leur rue. Les spéculations et les murmures n'avaient pas dû manquer à chaque fois que la porte s'était ouverte.

On nous poussa à l'arrière de la camionnette et les portes claquèrent. Les deux hommes s'installèrent à l'avant et Mrs Stone tendit Denise au policier roux. Elle n'arrêtait pas de pleurer ; je me souviens que sa petite tête était presque aussi rouge que celle du policier. À l'arrière, il n'y avait aucun siège, mais un banc de bois conçu pour des adultes et pas pour trois gamins apeurés dont les pieds ne touchaient même pas le sol. John et moi avions calé Davie entre nous deux.

Il se mit alors à sangloter. Pas pour réclamer sa mère, encore moins Stanley, mais tout simplement parce qu'il n'avait pas quatre ans et qu'il était mort de peur. La bouche grande ouverte, il se mit à pousser des cris de terreur. Les larmes jaillissaient de ses yeux et coulaient sur ses joues, se mêlant à la morve avant de dégouliner de son menton. Le visage écarlate, il avait du mal à reprendre sa respiration entre deux sanglots. Il me lançait des regards suppliants et moi, presque aussi terrifié que lui, je m'en remettais à John. J'avais besoin qu'il dise quelque chose, n'importe quoi, mais qu'il me rassure. C'était mon grand frère, mon héros. J'avais besoin de revoir son fameux sourire, celui qui me disait que nous étions unis, lui et moi, contre le monde des adultes.

Mais quand je vis le John qu'il était devenu, en quelques heures seulement, j'eus encore plus peur. Mes épaules frissonnaient, mes jambes tremblaient, mon estomac se nouait. J'avais envie de faire pipi. J'avais envie de rentrer à la maison. J'avais envie de sortir de cette camionnette. Le garçon que je connaissais et que je regardais était en train de disparaître sous mes yeux, englouti par une peur innommable que, pour l'instant, je ne comprenais pas. Mon frère, mon grand frère, assis sur ce banc, se tenait la tête entre les mains, dans la posture d'un vieil homme abattu.

« John ! » l'appelai-je désespérément. Il se tourna vers moi, le regard vide et dans le vague. Soudain, ses yeux rougirent et semblèrent se remplir de larmes, mais une seule coula sur sa joue gauche ; une seule.

Et quand je vis sa peur, je me mis à pleurer.

Mes pitoyables pleurs se mêlèrent aux gémissements de Denise, à l'avant de la camionnette. Notre petite sœur, sensible à notre détresse, s'était mise à hurler de toute sa voix.

« Taisez-vous, tous autant que vous êtes ! » cria le gros policier en secouant légèrement Denise.

Mais c'était au-dessus de nos forces. Seul John, John qui avait toujours quelque chose d'intelligent ou de courageux à dire, restait silencieux.

« La ferme, petits saligauds ! » cria l'autre policier. Il se retourna et nous lança un regard furieux.

Après un voyage qui me sembla très long, la camionnette fit un virage sec, ralentit puis s'arrêta brusquement, me faisant glisser du banc. Les policiers vinrent nous ouvrir. Le plus gros tenait notre petite sœur fermement contre lui, comme un ballon de rugby. L'autre grimpa dans la camionnette, attrapa John par le col et le tira dehors ; on aurait dit qu'il emmenait un animal abandonné à la fourrière.

« John ! criai-je.

— Toi, tu bouges pas, petit saligaud », répondit sèchement le policier roux. Mais les deux hommes ayant les mains bien occupées, je décidai de profiter de la situation et sautai de la camionnette. Il fallait que je soutienne John, que je l'aide à redevenir celui que je connaissais.

Je me mis à donner des coups de pied au policier qui le tenait, mais il m'ignora.

Un troisième policier arriva en courant et se moqua de ses collègues en voyant la scène. « Mon Dieu ! Vous n'êtes pas capables de maîtriser trois gosses ! Allez, je vais m'occuper de celui-ci. » Il prit John par le bras. « Il va directement à Haut-de-la-Garenne, c'est bien ça ? »

On lui répondit que oui.

Le policier retourna alors le bras de John derrière son dos. Je l'entendis dire : « Tout doux, petit connard. Si tu continues de te débattre, tu vas te casser le bras. » Il le fit avancer en le maintenant fermement dans cette position. Ils s'éloignèrent.

Je tentai de leur courir après mais l'un des policiers me rattrapa par le bras. Je me mis à hurler, à me débattre et à taper des pieds par terre, en vain. Il me souleva et me jeta à nouveau à l'arrière de la camionnette. J'atterris si violemment sur le banc que le rebond faillit me projeter à l'extérieur.

Derrière les silhouettes massives des deux policiers, horrifié, je vis John se faire traîner avec énergie dans une autre camionnette noire, comme un vulgaire sac de pommes de terre. Puis on claqua la porte derrière lui. Je savais qu'on l'emmenait loin de nous et, désespéré, je me cognai la tête contre la paroi de la camionnette et poussai un cri d'angoisse et de frustration.

Davie s'accrochait à ma jambe ; tout son corps tremblait. Les minutes qui venaient de s'écouler l'avaient rendu muet et avaient momentanément séché ses larmes, mais pas les miennes. Elles jaillissaient de mes yeux et je repensais aux moments où John m'avait vu pleurer, souvent après une chute. À chaque fois, il m'avait dit d'une voix assurée : « Un grand garçon ne pleure pas ! » Mais ce jour-là, je savais bien que je n'étais pas un grand garçon, et John non plus. J'avais cinq ans et demi, et j'étais terrifié.

« Où est mon frère ? Où est-ce que vous l'emmenez ? » criai-je aux policiers. Ils remontèrent dans la camionnette sans me répondre. Je pleurais toutes les larmes de mon corps. Denise, imprégnée de mon angoisse, se mit à pousser des hurlements.

« La ferme ! cria le conducteur en tapant sur le grillage qui délimitait l'arrière de la camionnette. « Fermez-la, bordel ! » Et tout à coup, sans doute à bout d'énergie, je m'arrêtai de pleurer.

« Écoute, petit, dit-il alors, on vous emmène dans un endroit où on va s'occuper de vous. Alors calmez-vous et soyez sages. Il y a un bon dîner qui vous attend là-bas. »

Je lui répétai que je voulais seulement voir mon grand frère.

« Vous allez tous vous retrouver après, alors arrêtez votre chahut », dit-il, et il nous abreuva de promesses. Il aurait promis n'importe quoi, pourvu que cela nous fasse taire.

Mais je vis bien, à travers la grille, les clins d'œil qu'il lançait à son collègue et leurs mines amusées. Ils arrivaient à peine à réprimer leurs rires. Je savais très bien qu'ils nous mentaient.

Davie et moi étions trop épuisés pour opposer plus de résistance. Pendant le reste du trajet, nous restâmes blottis l'un contre l'autre, dans un silence de mort. Même Denise semblait à bout de forces ; elle reniflait doucement dans les bras du policier.

La camionnette ralentit puis finit par s'arrêter. Quelques secondes plus tard, on nous ouvrit la porte. « Allez, dehors, les garçons », dit le policier brun.

Le soleil, encore haut dans le ciel, m'éblouit un instant et je levai la main pour me protéger les yeux. Avec un soupir agacé, le policier m'attrapa vigoureusement le poignet et me tira hors de la camionnette.

« J'ai dit dehors, espèce d'idiot. Ça t'arrive d'obéir ? Laisse-moi te dire qu'ici, t'auras pas le choix ! » Il gloussa comme s'il venait de sortir une bonne blague, et à en juger par le ricanement de son collègue, ils étaient deux à trouver cela drôle. J'étais bien jeune, mais je compris qu'ils riaient à nos dépens.

« Est-ce que tu sais où on est, Robbie ? » demanda le policier roux d'une voix presque aimable, cette fois.

Incapable de parler, je me contentai de secouer la tête.

« Au Sacré-Cœur. Mais ça ne doit pas vous dire grand-chose, à vous, petits païens… »

Ce nom ne me disait rien, en effet. Je n'avais toujours aucune idée de la raison pour laquelle on nous avait enlevés de chez nous, ni pourquoi on nous avait emmenés ici. Je comprenais que Stanley avait fait quelque chose de mal, mais pourquoi étions-nous tous punis ? Et où était passée Gloria ? Et surtout, où avaient-ils emmené John ?

Ce qu'il dit ensuite avait encore moins de sens. « Ça va être votre nouvelle maison et d'après ce qu'on dit, elle sera beaucoup mieux que celle d'où vous venez. »

Je n'avais qu'une envie, rentrer à Devonshire Place. Retrouver Gloria, Mrs Stone et ses jérémiades, ses claques et ses cris familiers.

Le policier brun sortit Davie de la camionnette. À peine eut-il touché le sol qu'il se remit à pleurer. Des cris fatigués, hoquetant, s'échappaient de sa bouche, les larmes coulaient sur ses joues rouges et tout son petit corps tremblait.

Les yeux grands ouverts, je regardai autour de moi, essayant de me familiariser avec ce nouvel environnement.

En face de nous s'étendait le plus grand bâtiment que j'eusse jamais vu. Les murs de pierres étaient peints d'une couleur crème foncé. Mon regard, attiré vers le haut, parcourut les cinq étages jusqu'au toit, coiffé d'une immense statue qui m'effraya. Je ne savais pas que cet homme aux bras tendus vers le ciel était le Jésus dont on m'avait parlé à l'école. Ce géant de deux mètres cinquante n'avait rien avoir avec le personnage aimable qu'on nous avait présenté en cours de catéchisme. Cette statue était macabre et menaçante.

Je remarquai ensuite que le sommet des hauts murs qui entouraient l'institution était planté de pointes acérées, ce qui rendait l'endroit encore plus intimidant. Un frisson d'appréhension me parcourut l'échine.

J'étais trop abasourdi pour noter davantage de détails. Je retins simplement une impression d'immensité, puis on me prit encore par le bras pour avancer jusqu'à la grande porte battante. J'entendis sonner une cloche au loin.

Le policier qui portait Denise la tenait à bout de bras. Sa couche puait à plein nez et la pauvre petite, affamée et mal à l'aise, poussait des cris stridents. Je sentais bien que la patience des policiers atteignait ses limites et qu'ils voulaient se débarrasser de nous le plus vite possible. Mais à qui, me demandai-je, s'apprêtaient-ils à nous confier ?

9

Une femme vêtue d'une épaisse robe noire qui lui tombait aux chevilles nous ouvrit. Le même tissu noir lui voilait la tête et son visage était encadré par ce qui ressemblait à un très grand col blanc. Autour de la taille, elle portait une épaisse ceinture en cuir à laquelle pendaient un grand trousseau de clés et un crucifix.

Ce fut la première fois que je vis le visage diaphane de Sœur Bernadette. Elle serrait ses lèvres fines ; ses petits yeux noirs, dénués de chaleur et d'humour, nous observaient. Mes yeux à moi étaient grands ouverts. Sa cornette blanche dissimulait le moindre de ses cheveux, lui ôtant toute féminité, et son long voile noir obscurcissait ses joues, ce qui donnait un air presque sinistre à son visage grave.

Je sentis la main de Davie se serrer autour de la mienne ; il avait peur d'elle. Nous n'avions encore jamais vu de religieuses, et la vision de cette femme étrangement vêtue souleva en moi un vent de panique.

Elle regarda le policier. « Ce doivent être les enfants Garner, dit-elle d'une voix monocorde. Faites-les entrer. »

Elle se pressa de nous faire pénétrer dans le vaste hall au sol de marbre. Davie s'accrocha à mon bras, le souffle coupé. Mon regard suivit le sien : en face de moi se tenait une autre statue, mais cette fois sa poitrine était comme déchirée pour laisser apparaître un cœur sanguinolent. Davie se mit à trembler en sanglotant.

« Il est interdit de pleurer, ici », dit la religieuse, insensible à notre émoi. Elle jeta un regard glacial à Davie, en larmes. Elle n'éleva pas la voix ; c'était inutile. La froideur et l'autorité de ses mots suffisaient : « Calme-toi immédiatement. »

J'entendis Davie avaler sa salive. Ses pleurs s'étiolèrent jusqu'à ce que je n'entende plus que son petit souffle haletant. Je le regardai. J'aurais voulu lui dire que tout irait bien, mais je n'y croyais pas moi-même. Mon cœur se serra en pensant à tout ce qu'il avait enduré depuis le matin. Son visage était rouge marbré d'argent. Il avait versé tant de larmes qu'on aurait dit qu'une substance acide avait creusé des sillons le long de ses joues. Ses paupières étaient enflées au point qu'il avait les yeux presque fermés. Il plissait la bouche de terreur et s'appuyait contre moi comme s'il n'avait plus la force de tenir debout tout seul.

La religieuse ne manifesta aucune compassion pour les deux garçons qui se tenaient en face d'elle et qui, depuis des heures, vivaient un véritable traumatisme. Ce matin mouvementé de printemps, nous avions été réveillés par les cris de notre mère, nous avions assisté à la tentative de suicide de Stanley, puis on nous avait embarqués, abandonnés par notre seule famille, et finalement on nous avait violemment séparés de John, le garçon qui faisait tout pour nous et que nous regardions davantage comme un parent protecteur que comme un frère.

L'antipathie de la religieuse à notre égard était palpable et cela provoqua en moi une petite étincelle de rébellion. « Où est John ? » demandai-je. Je vis dans le regard qu'elle me lança un mélange de mépris et de délectation face à la situation délicate dans laquelle nous nous trouvions.

« Il n'est pas là, répondit-elle.

— Où il est ? » insistai-je.

Elle ne dit rien. Pendant un instant, je crus qu'elle ne me répondrait même pas, car elle me fixait d'un regard impassible. Mais cette fois, je ne baissai pas les yeux, car je voulais une réponse.

« Là où l'on envoie les mauvais garçons comme lui, finit-elle par dire. Votre propriétaire a expliqué à la police qui il était. C'est un fauteur de troubles, à ce qu'on dit. Un criminel en herbe. Il vole dans les magasins, n'est-ce pas ? Nous ne voulons pas de ce genre de garçons ici. Alors tu ferais bien de l'oublier et d'arrêter de poser des questions à son sujet. »

Je baissai finalement les yeux. Ses paroles avaient été fatales à la petite étincelle de défi que j'avais senti poindre en moi. J'avais toujours cru que les commerçants ignoraient que John les volait, mais sans doute avaient-ils dû s'en apercevoir. Ce n'était pas possible qu'on ne puisse plus le voir ? C'était sûrement faux ? Tout au fond de moi, je savais pourtant que c'était vrai ; en le voyant embarqué dans l'autre camionnette, je m'étais dit que je ne le reverrais peut-être plus jamais.

Je relevai les yeux vers la religieuse, mais un vent de panique me laissa sans voix. J'avais la gorge serrée, je pouvais à peine respirer ; je cherchais désespérément de l'air, sous le regard sadique de Sœur Bernadette.

Une autre religieuse apparut, comme surgie de nulle part.

« Ah, Sœur Freda, dit-elle. Occupez-vous donc du bébé. » Le policier lui tendit Denise avec un air de soulagement.

« Il faut la changer », dit Sœur Freda, et elle repartit dans un bruissement de robe.

Encore un membre de ma famille qui s'en allait ce jour-là.

Leur mission terminée, les deux policiers s'en allèrent sans qu'on nous ait encore rien dit de ce qui nous attendait. Sœur Bernadette les regarda partir sans un mot.

« Suivez-moi », nous lança-t-elle sèchement. Elle se retourna et se dirigea d'un pas vif vers une porte située au fond du hall. Tenant Davie par la main, j'étais presque obligé de courir derrière sa silhouette trapue qui avançait sans se soucier de nous. Pas une seule fois elle ne se retourna. Ma peur de Mrs Stone paraissait dérisoire face à la terreur grandissante que m'inspirait cette religieuse.

Elle m'effrayait, mais le bâtiment, avec ses longs couloirs sombres, ses portes fermées, ses statues dans les coins et ses images morbides de crucifixion sur les murs, me terrorisait encore davantage. Une odeur de cire se mêlait à l'air rance – comme j'allais m'en rendre compte, les fenêtres du Sacré-Cœur étaient très rarement ouvertes. Cela ne faisait qu'ajouter à l'atmosphère déprimante, tout comme le silence inquiétant de l'endroit.

La religieuse déverrouilla une lourde porte en bois qui donnait sur une courette, puis nous mena jusqu'à une cour goudronnée. « Voici la cour des filles, nous dit-elle. Vous n'avez le droit d'y passer que lorsque vous vous rendez au réfectoire des garçons. Les filles ont leur propre réfectoire. »

Je découvris par la suite que les filles prenaient leurs repas avant nous, aussi nos chemins ne se croisaient-ils jamais.

« Quand vous aurez fini de dîner, apprenez à vous repérer. La cour des garçons est de l'autre côté de la haie. On y accède par une autre porte, qui reste ouverte après le dîner. Vous ne devez jamais venir dans la cour des filles, sauf pour aller au réfectoire. C'est compris ?

— Et notre sœur ? demandai-je, désespéré. Quand est-ce qu'on la verra ? »

Elle ignora ma question. « Robbie, je t'ai demandé si tu avais compris ce que je viens de dire. J'ai gaspillé ma salive pour rien ? »

Elle m'intimidait trop pour que j'ose insister. Je me contentai de lui répondre que j'avais compris. Je vis que la cour que nous traversions était entièrement encerclée par l'immense bâtiment par lequel nous étions arrivés ; je repérai également la haie qui séparait la cour en deux.

Elle ouvrit une autre porte en bois et nous fit pénétrer dans une pièce étroite, tout en longueur, où étaient attablés une soixantaine de garçons. Je fus soulagé de voir d'autres enfants et de découvrir ce qui ressemblait à une grande salle à manger : on allait sans doute bientôt nous servir quelque chose. Les murs étaient d'un vert maussade et le sol recouvert d'un lino marron. Un petit murmure nous accueillit, mais quand les garçons aperçurent Sœur Bernadette, ils se turent.

« Qu'est-ce que je vous ai dit ? lança-t-elle à l'assemblée. Vous ne devez pas parler avant la fin du repas. »

Elle nous montra deux places libres. « Vous allez vous asseoir là, mais avant, dites votre bénédicité. »

Davie et moi nous regardâmes, interloqués, le dus bien lui avouer que nous ne connaissions pas la moindre prière. Elle poussa un soupir exaspéré et balaya la tablée d'un regard froid, comme pour chercher l'inspiration. Ses yeux s'arrêtèrent sur un garçon frêle, châtain frisé, au nez retroussé parsemé de taches de rousseur. Il était assis juste à côté de la place qu'elle m'avait attribuée.

« Ah, Nicolas, dis à nouveau ton bénédicité, et ils le répéteront après toi.

— Oui, ma sœur, répondit le garçon sans nous regarder.

— Et après le dîner, tu leur feras visiter les lieux, puis tu les emmèneras à la messe. »

Il leva alors les yeux vers nous. « Oui, ma sœur », répondit-il docilement en me faisant un petit sourire.

« Bien. Je te les confie pour le reste de la journée. Ils sont sous ta responsabilité. »

Elle se retourna dans un bruissement de tissu et quitta le réfectoire, emportant avec elle une partie de la tension qu'elle avait installée.

Nicolas se leva et, debout derrière le banc, récita à vive allure le bénédicité, que je répétai après lui.

« Tu ferais bien de l'apprendre », me dit-il avec un petit sourire.

Il devait avoir environ trois ans de plus que moi. Quelque chose en lui me rappelait les copains de John. C'était le genre de garçon qui avait dû se débrouiller tout seul, et avant qu'il ne me dise quoi que ce soit, j'avais senti qu'il compatissait à notre angoisse. Sa présence m'apporta un peu de réconfort dans cette première soirée déroutante. Je m'assis près de lui, Davie à mes côtés.

Dans un cliquetis métallique, une autre religieuse, bien plus âgée que Sœur Bernadette, commença à remplir les assiettes, plongeant sa louche dans une grande marmite qu'elle poussait sur un plateau. Dès que Davie et moi fûmes assis, elle nous fit glisser deux assiettes en fer-blanc sous le nez. C'était un ragoût de viande grise et cartilagineuse, de choux et de pommes de terre, tacheté de petits amas blancs de graisse coagulée. L'odeur de chou trop cuit semblait suinter des murs. Elle embaumait tout le réfectoire, comme si l'air de cette pièce était saturé des relents des milliers de misérables repas qui y avaient été servis.

« Mangez ! » aboya la vieille religieuse. Avisant le contenu peu appétissant de mon assiette, je la poussai de côté en secouant la tête. Davie me regarda et fit de même. Je n'avais aucune envie d'être là. Je n'avais aucune envie de manger cette horrible nourriture. Je savais que je ne serais pas capable d'avaler la moindre bouchée ; ma gorge était encore nouée.

« Pour cette fois, dit la religieuse qui avait peut-être remarqué notre abattement, je veux bien fermer les yeux, mais ça ne se reproduira pas. Vous devez manger la nourriture que Dieu vous offre. »

Tandis qu'elle s'en allait, Nicolas me murmura que je m'en étais bien sorti. « Tu vois sa louche ? C'est avec ça qu'elle nous frappe. Celle-là, c'est une vieille sorcière. Si elle t'a pas volé dans les plumes, c'est seulement parce que tu viens d'arriver. Fais attention à elle, elle est un peu folle. Et elle est sourde comme un pot, aussi. Mais celle dont il faut vraiment se méfier, c'est Sœur Bernadette. Avec elle, il faut se tenir à carreau. » Il dut remarquer mon air apeuré et s'empressa de me rassurer. « Mais t'inquiète pas, je te dirai comment faire. Avec moi, t'as rien à craindre. »

Davie avait entendu les mises en garde de Nicolas ; toute la tension qu'il avait accumulée depuis le début de la journée devint tout à coup impossible à assumer. Il posa les mains sur la table et se mit à hurler en se basculant d'avant en arrière. La vieille religieuse se retourna et accourut vers notre table.

« Essaie de le faire taire ! » me siffla Nicolas, une légère panique dans la voix.

Mais il était trop tard. La vieille tremblait d'indignation devant notre audace, hurlant que nous avions commis un péché cardinal. Premièrement, nous avions refusé de manger ce qu'on nous servait. « De la nourriture, hurlait-elle, que les petits enfants affamés d'Afrique aimeraient avoir ! » Plus Davie criait, plus elle enrageait. Deuxièmement, personne n'avait le droit de faire un tel bruit dans son domaine. Troisièmement, Davie avait non seulement les mains, mais les coudes sur la table, et ces deux choses étaient formellement interdites au Sacré-Cœur. « N'allez pas croire que ces péchés resteront impunis ! » dit-elle dans une rage folle.

Elle leva la louche au-dessus de sa tête pour donner le maximum de force au coup qui allait suivre. Je me levai pour essayer de protéger Davie, de peur qu'elle ne lui brise un bras.

Nicolas réagit lui aussi sans réfléchir aux conséquences. Il posa une main sur la table, se pencha devant moi et repoussa les avant-bras de Davie. La louche changea de trajectoire et s'abattit sur la main tendue de Nicolas, qui poussa un hurlement de douleur. La religieuse leva son autre main et le frappa si violemment à la tête qu'il s'effondra par terre dans un bruit sourd.

Davie cessa de crier, choqué par ce qui venait de se passer. Son visage devint subitement blême et il se mit à sucer son pouce, les yeux grands ouverts.

« Ça t'apprendra à l'interposer », dit la religieuse d'un air suffisant, commentant la souffrance de Nicolas. Elle posa son regard bleu clair sur nous. Je ne vis aucune trace d'intelligence dans ses yeux ; elle avait l'air d'une vieille femme gâteuse, sans la moindre compassion pour les enfants sans défense dont elle avait la charge.

« Et plus un seul piaillement de toi ou de ton frère, tu m'entends ? Si vous n'êtes pas capables de vous tenir en société, je devrai demander à Sœur Bernadette de vous mettre à l'isolement. »

Sa menace proférée, elle se mit en quête de nouvelles victimes. Nicolas revint s'asseoir, tenant délicatement sa main blessée. Il attendit qu'elle soit loin pour me murmurer : « Faites attention, c'est pas des blagues.

Elles nous enferment dans un placard sans lumière et elles nous laissent là. Avec de l'eau et du pain. Ça m'est arrivé. »

J'espérais que Davie ne l'avait pas entendu. Il ne fallait absolument pas qu'il se remette à crier, sinon nous serions punis tous les deux. Mais il continua de sucer son pouce, impassible.

10

Quand la cloche retentit, les garçons se levèrent comme un seul homme. Debout derrière les bancs, la tête baissée et les yeux fermés, ils se mirent à réciter leurs actions de grâce, remerciant la Sainte Mère pour ce dîner. Je bougeais les lèvres en même temps qu'eux dans l'espoir que la vieille religieuse ne remarque pas que je ne connaissais pas ma prière. Ils rangèrent ensuite leurs assiettes, plièrent leurs serviettes et, une rangée après l'autre, sortirent du réfectoire dans le plus grand silence.

Une fois dehors, sous le soleil déclinant, Nicolas me bombarda de questions. « Alors, pourquoi tu es ici ? T'as pas de père ? Il est mort, peut-être ? Et ta mère ? » Il n'attendait même pas mes réponses.

« Je sais pas. Je sais pas pourquoi on nous a mis ici. » Les larmes me montaient à nouveau aux yeux. « Ma mère et mon père sont en vie, mais mon père est malade. »

J'avais entendu un policier dire que Stanley était malade de la tête.

« S'ils sont pas morts, ils vont venir te chercher, non ? »

Pourquoi n'avais-je même pas pensé à cela ? Gloria n'allait pas nous laisser là, si ? Stanley avait toujours été gentil avec moi. Dès qu'il irait mieux, il viendrait nous chercher !

Mon nouvel ami semblait lire dans mes pensées. « Eh ben, quand il ira mieux, ils viendront vous chercher. Vous avez de la chance ; mes parents à moi sont morts. Peut-être que je me ferai adopter.

— Ça veut dire quoi ? » demandai-je. Je n'avais encore jamais entendu ce mot.

« C'est quand des adultes veulent avoir un enfant. Ils viennent nous voir et choisissent celui qu'ils préfèrent. Après, on va vivre avec eux dans leur maison. On a une chambre, un vélo et un chien. Mais ils veulent seulement les enfants qui ont l'air heureux, alors je leur souris toujours. »

Nicolas avait l'air plein d'espoir, mais ce qu'il m'expliquait ne m'inspirait pas du tout le même sentiment, bien au contraire ; j'en avais le ventre noué.

Et si Gloria et Stanley ne venaient pas nous rechercher ? Et si un de ces couples qui voulaient les enfants des autres nous emmenaient, Davie et moi ? Comment John nous retrouverait-il ? Je n'aimais pas du tout l'idée qu'on puisse nous adopter.

Puis une autre pensée me vint à l'esprit. « Qu'est-ce qu'il se passe quand ils veulent adopter un seul garçon ? »

Nicolas comprit immédiatement le sens de ma question : « Tu leur diras que vous êtes deux. Comme ils veulent seulement les enfants heureux, quand ils viendront, il faut que vous soyez ensemble et que vous leur fassiez des sourires. Tu leur diras que vous êtes frères et que tu dois t'occuper de Davie. Peut-être qu'ils voudront bien deux garçons. »

Devant mon air peu convaincu, Nicolas ajouta : « Mais bon, si tes parents viennent vous rechercher, vous n'aurez pas besoin de partir avec d'autres. » Comme Davie et moi étions toujours au bord des larmes, il changea de sujet.

« Venez ! » nous pressa-t-il en désignant une annexe reliée au bâtiment principal par un passage couvert. « Là-bas, c'est les toilettes. Allons-y vite, il faut qu'on y soit avant tous les autres. »

Nous nous mîmes à courir vers le bâtiment de briques, dans un élan désordonné propre aux petits garçons, surtout ceux qui portent des chaussures trop grandes pour eux. Je me demandais pourquoi il était si pressé, tout à coup. Il ne m'avait pas semblé qu'il avait manifesté le besoin d'aller aux toilettes. Mais en arrivant là-bas, je compris qu'il valait mieux ne pas être le dernier dans la queue pour attendre qu'un urinoir ou un cabinet se libère.

Une odeur d'excréments m'agressa et me retourna l'estomac. Le chahut était assourdissant. Tout le monde essayait d'accéder aux toilettes. Les plus grands bousculaient les autres pour se frayer un chemin. À peine la porte d'un cabinet se refermait-elle que quelqu'un tapait dessus en criant : « Dépêche-toi, j'ai besoin d'y aller ! » Des petits garçons, pliés en deux, s'accrochaient à la ceinture de leur short et, les jambes croisées, dansaient d'un pied sur l'autre en se retenant de faire pipi dans leur culotte.

Sur la droite, il y avait une rangée d'urinoirs trop hauts pour Davie et moi ; sur la gauche, des lavabos ; en face de nous, les cabinets – cinq seulement pour soixante garçons.

Nous tentions de conserver notre place dans la véritable mêlée qui tenait lieu de file d'attente, régulièrement bousculés par quelque gaillard qui n'en pouvait plus d'attendre.

« Il faut que j'y aille, Robbie », me dit Davie, dont c'étaient là les premiers mots ou presque de cette longue journée.

« Ne te fais pas dessus », suppliai-je. Davie n'avait pas l'habitude de devoir se retenir, et quelque chose me disait que dans ce lieu, faire pipi dans sa culotte était un délit qui ne restait pas impuni.

Nicolas sentit bien notre détresse et nous poussa vers l'avant à l'instant précis où un garçon sortait d'un cabinet.

« Allez-y tous les deux, je peux attendre. J'irai là-bas », nous dit-il en désignant les urinoirs qu'on distinguait à peine derrière l'attroupement, et dont certains étaient parfois assaillis par trois garçons en même temps.

Je fermai la porte derrière nous et fus pris d'un haut-le-cœur en découvrant l'intérieur du cabinet. L'odeur y était littéralement insupportable. Les bords de la cuvette étaient couverts de matière fécale et de papier toilette, des étrons flottaient dans l'eau et par terre, des mètres de papier toilette transparent, si caractéristique de ce genre d'institutions, traînaient dans des flaques d'urine.

Davie baissa son short et tenta de le retenir sur ses genoux. Il posa les mains sur la lunette en bois, cassée et sale, et fit de son mieux pour se tenir au-dessus de la cuvette sans y poser les jambes. Quand il eut terminé, il sauta par terre, salissant le bas de son short.

On n'arrêtait pas de taper à la porte. « Bougez-vous, là-dedans ! » cria une voix. « Dépêchez-vous ou on défonce la porte ! » renchérit une autre. La panique me bloqua presque la vessie.

L'endroit où l'on se lavait les mains était à peine plus propre. Les lavabos étaient noirs de crasse et le sol, piétiné par soixante paires de pieds plusieurs fois par jour, n'était qu'un tapis de saleté. L'odeur des urinoirs tout proches vous prenait au nez. Les toilettes extérieures de Devonshire Place, avec leurs petits carrés de papier journal et leur carrelage propre, étaient un endroit luxueux en comparaison.

En me passant les mains sous l'eau, je me rendis compte qu'il n'y avait pas de savon et que l'essuie-mains était cassé. Je me secouai les mains et les passai dans mes cheveux, puis sortis retrouver Nicolas.

Davie, la mine de plus en plus défaite, avait envie de s'asseoir. « Je suis fatigué, Robbie, me dit-il. J'ai envie d'aller au lit.

— Pas possible ! dit Nicolas qui venait de réapparaître. On doit aller à la chapelle, maintenant. Si on est en retard, on aura des problèmes.

— Quel genre de problèmes ? demandai-je.

— Elles te frappent avec une lanière en cuir. Ou encore pire, avec leur ceinture. T'as vu leur boucle ? Je peux te dire qu'il vaut mieux éviter. La pire, c'est Sœur Bernadette. Elle adore nous frapper. » Il prit la main de Davie et m'aida à l'emmener avec nous.

Sans son aide, que serions-nous devenus ce jour-là ? Nous lui étions tellement reconnaissants que même Davie lui décocha un petit sourire confiant.

Je n'étais encore jamais entré dans une église et je préférai ne pas m'en vanter. Je savais que nous n'étions pas catholiques, ou « left-footers » comme disait Gloria sur un ton méprisant.

Je le dis à Nicolas, qui me regarda avec de grands yeux. « Arrête tes bêtises, Robbie. Tout le monde ici est catholique ou le devient. Avec Sœur Bernadette, pas le choix !

— Comment ça ? demandai-je.

— Elle te fait lire des trucs, elle t'apprend des prières et tout ça. Et maintenant, arrête de poser des questions », conclut-il sur un ton débonnaire, avant même que j'aie eu le temps de lui dire que je ne savais pas encore très bien lire et que je ne connaissais aucune prière.

En arrivant à la chapelle, je vis les filles de l'orphelinat pour la première fois. Elles portaient toutes de longues jupes grises, de la même couleur que leurs pull-overs amples, et des bas épais. En rang par deux, elles avançaient en fixant le sol, évitant nos regards. Une religieuse fermait la marche.

« Chut ! me murmura Nicolas tandis que je m'apprêtais à ouvrir la bouche. On n'a pas le droit de leur parler. Jamais.

— Mais ma sœur est ici. C'est encore un bébé. »

Il m'adressa un regard triste. « Si c'est un bébé, elle ne restera pas longtemps ici. »

Je lui demandai ce qu'il voulait dire, mais il me répondit simplement que je le découvrirais par moi-même. Je me dis qu'ils mettaient peut-être les bébés dans un autre endroit, le temps qu'ils grandissent un peu.

Dans la chapelle, les filles étaient assises sur le côté gauche, face à l'autel, et les garçons sur le côté droit. Pendant tout le temps où nous restâmes à l'intérieur, des religieuses nous surveillèrent : deux pour les filles, deux pour les garçons. Elles étaient à l'affût du moindre signe d'irrespect ou de somnolence, du moindre gloussement, de la moindre parole, du moindre sourire – de tous ces péchés qui leur auraient fourni un bon prétexte pour nous punir.

Nicolas et moi maintenions Davie entre nous deux. Le ronronnement monotone de la voix du prêtre me berçait. Il parlait en latin, je n'y comprenais rien et mon corps fatigué commençait à s'affaisser. Comme il fit son sermon en anglais, je m'efforçai de l'écouter. Mais je sentais mon buste vaciller et mes paupières de plus en plus lourdes. Nicolas me donna un coup de coude dans les côtes : « T'endors pas ! » Je m'enfonçai les ongles dans les mains pour essayer de rester éveillé et me concentrai sur Davie, qui était à deux doigts de s'effondrer.

J'aperçus un petit garçon, à peu près de son âge, dont le visage était livide et les yeux grands ouverts, comme si ses paupières étaient retenues par des allumettes. Il regardait droit devant lui, sans jamais cligner des yeux. Peu à peu, la fatigue eut raison de lui ; sa tête s'inclina, ses paupières se fermèrent et son petit corps vacilla sur le banc. Soudain, deux mains surgies dans son dos le poussèrent entre les omoplates. Il tomba en avant dans un bruit sourd ; sa tête cogna le banc devant lui. Comme si personne n'avait rien entendu, sa chute ne provoqua aucune réaction.

En se relevant il avait l'air hébété mais ne versa aucune larme ; il se pelotonna comme pour se protéger, fixa le prêtre de ses grands yeux, se rassit et garda le silence jusqu'à la fin de la messe.

Le prêtre donna enfin ce que j'appris être la bénédiction. Il saisit une croix dorée, la bougea devant son torse et la souleva bien haut pour nous bénir.

Je vis ensuite la chorale le suivre vers la porte, puis les religieuses et enfin les enfants de chœur, habillés de blanc et de noir. Le petit garçon restait immobile, sans la moindre émotion sur le visage. Je n'arrivais pas à détacher mon regard de lui.

Quand vint notre tour de sortir, Nicolas me dit qu'il nous restait une heure avant d'aller nous coucher. Le petit garçon était debout dans un coin de la cour, les bras enveloppant toujours son torse, fixant quelque chose qu'il était seul à voir. C'était un tout petit bonhomme aux yeux bleus et aux cheveux noirs.

« Il s'appelle Jimmy », me dit Nicolas. Sa mère était morte en couches quelques mois plus tôt. Le bébé était mort-né. Son père était parti travailler en Angleterre. Il n'avait aucune famille pour s'occuper de lui, alors on l'avait confié à l'orphelinat. Quand il y avait des visites, il fixait les gens puis détournait le regard en ne voyant pas son père. Sa déception se renouvellerait encore et toujours, car son père ne vint jamais le voir.

Je tombais de fatigue, mais il nous fallut encore assister à une demi-heure de catéchisme avant de pouvoir aller nous laver et nous coucher. Davie n'était plus que l'ombre de lui-même ; je dus presque le porter dans les escaliers. Nous suivîmes les autres jusqu'à un dortoir, passâmes les pyjamas qu'on nous tendit et nous glissâmes dans les lits qu'on nous avait désignés. L'épuisement balaya tous les événements de la journée, et un sommeil bienvenu m'emporta.

11

Les pleurs d'un bébé me sortirent de mon sommeil, en ce premier matin au Sacré-Cœur. Pendant quelques secondes, je crus que c'était Denise et que je me réveillais dans mon lit, à Devonshire Place. Mais quand je m'étirai pour secouer l'épaule de John, ma main ne trouva que le vide.

Je m'assis dans mon lit et réalisai que j'étais au milieu d'une rangée de lits, face à laquelle s'étendait un alignement similaire. Entre les deux, quelques petits lits de bébés étaient disposés en cercle. Les pleurs venaient de l'un d'eux. De plus en plus intenses, ce furent bientôt les cris de détresse d'un enfant abandonné.

Je vis alors un garçon se lever pour aller se pencher au-dessus de l'enfant, qu'il prit dans ses bras et alla poser sur son lit. Denise était peut-être là ? Je courus vers les trois petits lits, mais ne la trouvai pas parmi les bébés endormis. « Je cherche ma petite sœur. On est arrivés hier », dis-je au garçon qui s'occupait du bébé. « Elle doit être avec les filles », me murmura-t-il.

J'appris par la suite qu'il y avait une pouponnière dans la section réservée aux filles, qui accueillait les bébés, dont certains étaient quasiment des nouveau-nés. Dès qu'ils faisaient leurs nuits, les bébés garçons étaient transférés dans notre dortoir. Le soir, avant l'extinction des feux, les derniers biberons étaient préparés à l'infirmerie et donnés aux nourrissons par une des religieuses assistée des garçons de dix ans et plus. C'était la même chose pour le premier biberon du matin, peu après cinq heures et demie, heure à laquelle l'orphelinat se réveillait.

Tandis que je regardais le garçon et son petit protégé, tous les événements de la veille me revinrent à l'esprit. J'avais envie de pleurer comme ce bébé, mais c'était inutile : personne ne viendrait me consoler.

Une cloche sonna. Les garçons repoussèrent leurs couvertures et sautèrent sur le sol froid. J'allai voir Davie, qui restait recroquevillé dans son lit.

« Allez, réveille-toi ! » J'avais beau le secouer doucement, il restait étendu là, refusant de soulever ses paupières gonflées.

Il suçait son pouce, des larmes coulaient sur ses joues qui avaient déjà perdu leurs rondeurs. En passant une main sur son front chaud et moite, je me rendis compte qu'il était fiévreux.

Absorbé comme je l'étais à tenter de le convaincre de se lever, je n'entendis pas que quelqu'un approchait. Une voix de femme, pleine de colère, me fit sursauter. Elle était si près de moi que je sentais son souffle dans mon cou.

« Lève-toi immédiatement ! »

Davie eut un soubresaut mais resta muet et ne fit même pas mine de tenter de s'asseoir. Frissonnant de peur, je me retournai et vis le regard furieux de Sœur Freda, l'officier en second de Sœur Bernadette.

« Soit il se lève tout seul, soit c'est moi qui le sors de ce lit, et crois-moi, il ne va pas apprécier », me dit-elle.

« Davie, s'il te plaît, le suppliai-je, lève-toi ! » Du fin fond de sa léthargie, il dut percevoir le ton anxieux de ma voix. Sans un mot, il se glissa hors du lit et vint s'appuyer contre moi, encore plein de sommeil. Ses doigts cherchaient les miens.

« Pour commencer, dit-elle, vous devez apprendre à faire votre lit. » Elle nous montra comment tirer les draps sans laisser de plis et bien border les coins. « Vous ferez ainsi chaque matin. Et maintenant, suivez-moi. »

Davie et moi portions toujours les pyjamas défraîchis qu'on nous avait donnés la veille au soir. Est-ce qu'on était censés la suivre dans cette tenue ? Elle ne l'avait pas précisé. Je lui lançai un regard inquiet et penaud. Elle soupira d'impatience devant ce qu'elle considérait manifestement comme de la stupidité.

« Vous devez aller chercher vos uniformes, alors inutile de vous changer. Et maintenant, dépêchez-vous. Je ne vais pas y passer la journée. » Elle tourna brusquement les talons. Retenant nos pantalons de pyjamas de peur qu'ils ne tombent dans notre hâte, nous la suivîmes jusqu'à la salle d'eau, près des toilettes, une pièce froide et haute de plafond.

« Voici vos affaires », nous dit-elle en nous tendant une petite pile constituée d'un gant de toilette rouge, d'un savon au phénol qui sentait fort, d'une brosse à dents et d'une boîte de dentifrice en poudre rose qui, mélangé à de l'eau, prenait la consistance d'une pâte. Elle nous donna aussi une trousse de toilette et nous indiqua deux crochets, sur le mur, où nous pouvions suspendre nos affaires. Davie avait le numéro 18 et moi, le 20.

Elle nous montra ensuite deux grands seaux d'eau disposés près d'un seau plus petit et de quelques cuvettes en fer-blanc. Le petit seau servait à prendre de l'eau dans un des grands seaux, puis il fallait verser un peu de cette eau dans une cuvette afin de nous laver les mains, le visage et le cou.

J'eus un mouvement de recul en avisant l'eau froide et marronnasse que les garçons les plus âgés, appris-je par la suite, étaient allés puiser le matin même. Je n'avais aucune envie de plonger ma brosse à dents dans ce liquide boueux, mais devant la mine sinistre de Sœur Freda, je me résolus à y tremper mon gant de toilette.

Quand nous eûmes terminé nos ablutions, elle nous fit asseoir l'un après l'autre sur une chaise, sortit une paire de ciseaux rouillés et nous coupa les cheveux à la hâte, si court que l'on voyait nos crânes.

Puis elle nous fit passer l'uniforme du Sacré-Cœur, une horrible tenue si reconnaissable que, où que l'on se trouvât, n'importe qui aurait pu dire d'où l'on venait. Elle nous donna d'abord un slip, un maillot de corps et une paire de longues chaussettes en laine épaisse, renforcées aux talons. Je revêtis ces sous-vêtements et aidai Davie à enfiler les siens, en attendant que Sœur Freda nous tende nos pantalons gris en laine, grossièrement tissés. Ils étaient tellement larges qu'en d'autres circonstances, nous aurions sans doute été pris d'un fou rire. Les pull-overs en laine étaient en aussi mauvais état que les vieilles affaires de John que Gloria m'avait données pour aller à l'école, six mois plus tôt. Enfin, elle nous donna nos chaussures, des bottines en cuir noir à lacets, éraflées, qui nous arrivaient à mi-mollet et n'étaient pas tout à fait à notre taille.

« Chaque matin, avant la messe, vous devrez les cirer », nous dit-elle en nous raccompagnant dans le hall d'entrée. Là, elle nous montra un grand placard situé sous l'escalier, où étaient entreposées de vieilles paires de bottines et le nécessaire à cirage. Elle déverrouilla la porte et nous tendit une boîte de cirage noir et une brosse sale. Je me souvins en frissonnant que Nicolas m'avait parlé d'un placard où les religieuses pouvaient nous enfermer : était-ce celui-là ?

Nous allâmes ensuite à la messe, qui avait lieu à sept heures et demie chaque matin dans la chapelle située au rez-de-chaussée d'une aile du grand bâtiment. Quand nous traversâmes la cour, le soleil n'était pas encore tout à fait levé. Des religieuses surgissaient derrière de multiples portes ; leurs voiles voletaient comme les ailes d'oiseaux géants et chacun de leurs pas faisait cliqueter leurs trousseaux de clés. À travers mes yeux d'enfant, j'avais l'impression de voir apparaître des fantômes noirs qui traversaient des couloirs lugubres.

À huit heures et quart, nous fîmes la queue devant le réfectoire jusqu'à ce que la porte s'ouvre et qu'une religieuse inspecte nos mains avant de nous laisser entrer en silence, dire notre bénédicité et avaler notre petit-déjeuner, un bol d'infâme porridge trop liquide. Puis nous empilâmes nos couverts et les apportâmes à la cuisine.

On nous expliqua ensuite que nous aurions chaque jour des tâches à accomplir. Il nous faudrait mettre une paire de chaussures plus épaisses si nous allions travailler dans les jardins potagers qui s'étendaient sur plusieurs hectares devant les bâtiments, ou dans les serres ou les granges sombres où l'on élevait des centaines de poulets, derrière l'orphelinat. Si nous devions travailler à l'intérieur, dans les cuisines ou la buanderie, qui étaient situées de l'autre côté de la cour par rapport à la chapelle, nous devions mettre nos chaussons de laine.

Je ne me rappelle plus ce qu'on nous demanda de faire, ce jour-là. Davie et moi nous efforcions de baisser la tête et d'obéir, épouvantés de voir que d'autres enfants autour de nous se faisaient punir sévèrement pour de bénignes incartades. J'écoutais attentivement les religieuses, dans l'espoir d'y échapper, mais je me rendis vite compte qu'elles estimaient que tous les enfants de l'orphelinat, y compris les nouveau-nés, avaient été conçus dans le péché et en portaient le poids. Elles pensaient aussi que ces enfants devaient payer pour les fautes de leurs parents. En fait, c'était leur sainte mission que de punir par des coups chaque enfant qui avait une pensée impure ou manquait de respect à quiconque, et plus encore à Dieu.

« Ton père a essayé de se suicider, me dit une religieuse, et c'est un péché mortel. » J'avais peur d'être puni à cause de ce qu'avait fait Stanley. Comment pouvais-je savoir si je commettais un acte d'irrespect, alors que je ne connaissais rien de leur religion ? Tout cela me perturbait beaucoup.

Le deuxième soir se passa comme le précédent. Nous dînâmes à cinq heures et demie, puis nous eûmes une heure pour faire la queue aux toilettes et prendre l'air avant de nous rendre à la chapelle. Après la messe, nous eûmes une demi-heure de catéchisme, et à neuf heures moins le quart, tout le monde alla se laver. À neuf heures, nous étions couchés.

Ce fut le début d'une routine qui ne variait presque jamais. Et au fil des mois passés au Sacré-Cœur, je ne voulais plus que cela change. Le changement, comme je l'avais appris très tôt, était rarement une bonne nouvelle.

12

Le lendemain matin, au petit-déjeuner, Sœur Freda vint me voir. J'étais en train d'essayer d'avaler mon porridge quand elle me lança : « Robbie, nous savons tous que l'oisiveté est mère de tous les vices. » Je la regardai, perplexe. « C'est pourquoi nous avons trouvé un travail à te confier, et ton petit frère t'aidera. » Je la fixai d'un regard vide, toujours pas sûr de comprendre ce qu'elle me disait. Sa voix se teinta d'énervement : « Il n'y a pas de place pour les petits fainéants, ici ! » aboya-t-elle, et je me demandais pourquoi elle se mettait en colère alors que nous n'avions rien fait de mal.

Davie était assis à côté de moi, silencieux. Il me prit la main et se serra contre moi. Son petit corps potelé avait fondu depuis les dernières quarante-huit heures. Je ressentis clairement sa profonde détresse et les larmes me vinrent aux yeux, mais dans un réflexe d'autopréservation, je me retins de pleurer et avalai ma salive.

Nous descendîmes docilement de notre banc pour suivre Sœur Freda à travers des couloirs sombres, jusqu'à une porte que nous n'avions pas remarquée jusqu'alors et qui donnait sur la cour des garçons.

Nous la traversâmes et prîmes un chemin qui menait à un appentis.

Sœur Freda toqua à la porte. Un homme extrêmement gros nous ouvrit ; son visage me terrifia. Il avait un nez bulbeux, de grosses lèvres et de petits yeux clairs encadrés de cils blonds parsemés.

« Bonjour, Neville », dit-elle.

Il répondit poliment tout en me jaugeant de la tête aux pieds. Quand son regard croisa le mien, je perçus dans ses yeux une obscénité jouissive, une excitation à l'idée de quelque chose que je n'aurais pu nommer. Son expression me révulsa.

« Voici les nouveaux, Robbie et Davie, dit-elle. Ils vont t'aider tous les deux. Davie n'est plus si petit, il peut se rendre utile. » Elle nous lança son regard glacial. « Je ne veux aucune plainte sur votre compte. Vous devez faire ce que Neville vous demande. Tu as entendu ce que j'ai dit ? Ton petit frère doit mettre la main à la pâte, lui aussi.

— Mais ma sœur, il n'a même pas quatre ans ! » m'exclamai-je.

J'aurais voulu ravaler mes paroles à peine les avais-je prononcées : j'avais parlé trop vite et je savais que j'avais commis une erreur.

Sœur Freda, qui campait jalousement sur sa position de numéro deux de l'orphelinat, ne supportait pas la moindre remise en cause de son autorité. Le visage assombri par la rage, elle leva le bras et me donna un coup de lanière en cuir derrière les jambes.

« Ne t'avise pas de me répondre, enfant du Diable ! » rugit-elle.

La douleur et le choc me coupèrent le souffle ; mes jambes me piquaient. Voyant qu'elle armait à nouveau son bras, je levai un coude pour me protéger la tête. Elle me saisit fermement le poignet et me frappa le dos, les épaules, les jambes et les fesses. Les coups pleuvaient et pendant tout ce temps, des mots comme « diabolique », « mauvais » et « discipline » jaillissaient de sa bouche. J'avais tellement mal que je pleurais à chaudes larmes, tandis que Davie haletait de peur, mais elle continuait de crier et de me battre.

Elle finit par s'arrêter ; je tremblais convulsivement, mon dos et mes jambes brûlant de douleur. Gloria m'avait déjà donné des corrections, mais personne ne m'avait encore battu comme cela et j'étais pétrifié de terreur. Du coin de l'œil, je vis que Neville semblait prendre un certain plaisir à observer la scène ; il léchait ses grosses lèvres du bout de la langue.

« Et maintenant, entrez là-dedans et faites ce qu'on vous dit ! » cria Sœur Freda. Elle me poussa sans ménagement dans l'appentis, où Davie me suivit en trébuchant. Puis elle claqua la porte derrière nous.

Deux jours plus tôt, John, Davie et moi étions ensemble à la maison. Il n'avait fallu que deux jours au Sacré-Cœur pour me mettre dans un tel état d'angoisse et de terreur. Et maintenant, nous devions travailler pour cet homme répugnant. Je sentais déjà confusément que Neville représentait une menace.

Je me forçai à me concentrer sur la pièce et vis une vingtaine de poulets effrayés qui claquaient des ailes en essayant d'échapper aux immenses mains de Neville. Il ricanait de joie tandis que les volatiles caquetaient et sautaient sur tout ce qui pouvait faire office de perchoir ; ils se montaient les uns sur les autres en essayant de s'échapper et piquaient frénétiquement les doigts de Neville, mais ils n'avaient aucun moyen de lui échapper.

« Regardez ça, les gars », nous dit-il avec un grand sourire qui dénotait une étrange excitation mais aucun humour. Devant nos yeux effarés, il saisit un poulet et le jeta à terre si violemment qu'on entendit craquer les petits os de ses ailes. Il l'immobilisa sous son pied. « Celui-ci, c'est pour les religieuses, alors il faut pas trop l'amocher, dit-il avec un petit sourire satisfait. Faudrait pas abîmer sa chair dès maintenant, hein ? Sinon, c'est sûr, il sera moins bon. »

Il saisit une hache et, d'un coup sec, trancha la tête du poulet. Les yeux de l'animal restèrent ouverts, fixant à jamais l'expression de terreur qui les avait envahis une demi-seconde plus tôt. Davie poussa un petit gémissement et se tourna vers moi.

Neville souleva son pied et, devant nos yeux de plus en plus horrifiés, la créature sans tête se releva en battant des ailes et courut tout autour de la pièce, dans une agonie sanglante. Partagés entre le dégoût et une macabre fascination, nous contemplions, effarés, cette créature incontestablement morte et pourtant si vivace. Elle finit par ralentir le pas et Neville l'attrapa pour la suspendre à l'un des crochets, sur le mur. Son cou continuait à se vider de son sang. Il répéta l'opération de nombreuses fois, en riant, prenant toujours autant de plaisir devant la détresse grandissante des poulets encore vivants, et nos mines affligées.

« Quel est le problème, hein ? Vous les mangez bien, ces poulets, non ? Vous croyez que ça se passe comment ? Qu'ils viennent s'allonger et mourir tranquillement près de la marmite ? » Il éclata de rire à ce qu'il estimait sans doute être une bonne blague.

« Vous allez me ramasser les têtes et les mettre là-dedans, nous dit-il en désignant une boîte. Et si elles sont toujours par terre quand je reviens, tu sais ce que je vais faire, Robbie ? »

Je secouai la tête sans rien dire.

« Je t'accrocherai avec les poulets sur ce crochet spécial, dit-il, la mine réjouie. Tu le vois ? Il est plus haut que les autres. Je l'ai fait faire spécialement pour les petits garçons comme toi. » Sa hache effleurait mon visage. Elle était couverte de plumes ensanglantées. Son contact et son odeur étaient perceptibles. Mais je ne voulais pas lui donner la satisfaction de me voir me frotter la joue.

« Alors si tu ne veux pas te retrouver là-haut, au boulot, et tous les deux. » Il me tapota les fesses ; sa main s'attarda et ses doigts s'enfoncèrent dans ma chair. « Il faut que j'aille à la cuisine. Je serai pas long. Alors on ne va nulle part. » Partant de son rire sinistre, il ouvrit la porte et s'en alla.

Je collai mon oreille sur la porte et entendis ses pas s'éloigner. Nous pouvions certainement sortir de là, retrouver John et nous échapper ? Nous pourrions vivre sur la plage, redevenir des naufragés, non ?

J'essayai d'ouvrir la porte, mais elle était fermée à clé. J'aurais voulu me jeter contre elle, lui donner des coups de poing et des coups de pied, hurler mon désespoir, mais je n'en fis rien. Au lieu de cela, je ramassai les têtes de poulets, comme il me l'avait demandé, et les mis dans la boîte.

Je détournais les yeux des carcasses suspendues aux crochets. Je ne voulais pas non plus regarder Davie, de crainte de me laisser gagner par sa peur. J'essayais aussi de faire abstraction de la terreur des poulets toujours en vie. Ce ne sont sans doute pas les créatures les plus intelligentes, mais elles semblaient tout à fait conscientes qu'une fin horrible les attendait.

Je sentis les larmes me monter aux yeux et allai m'appuyer contre la porte, désespéré. Le bruit des pas de Neville qui s'approchait me força à reprendre une contenance, et je me dépêchai de sécher mes larmes. Je ne voulais lui donner aucun signe de faiblesse.

« Bon, j'ai un autre travail sympathique pour mes deux petites chochottes, dit-il à peine arrivé. Vous allez m'enlever toutes ces plumes. Voyez ça ? » Il désignait une baignoire en fer-blanc. « On la remplit avec de l'eau presque bouillante qui vient du chauffe-eau. » Je jetai un œil vers un vieux chauffe-eau qui gargouillait dans un coin de la pièce. Une carafe en émail était posée juste à côté, sans doute pour transvaser l'eau chaude.

« Robbie, tu m'aideras à remplir la baignoire et ensuite à y plonger les poulets ; attention, seulement quelques minutes – faut pas les faire cuire ! » Il se mit à rire à l'évocation de ce qu'il venait de dire, puis poursuivit ses explications : l'eau bouillante allait ramollir les plumes et nous aurions ensuite moins de mal à les arracher.

Il jeta deux premiers poulets dans la baignoire aux trois quarts pleine, puis les récupéra à l'aide d'une louche après quelques minutes.

« Voilà ce qu'il faut faire. Vous tenez bien les plumes à la base, vous tirez un coup sec et elles s'en vont. C'est facile. » Il me regarda avec un grand sourire satisfait.

« Qu'est-ce que vous attendez ? Au travail ! » nous dit-il en me fourrant un volatile chaud et mouillé dans les bras.

L'odeur était épouvantable. Assis par terre, je me sentais de plus en plus nauséeux à chaque poignée de plumes que j'arrachais, laissant apparaître la peau plissée et livide du poulet. Davie, le visage défait, imitait mes gestes en silence. Les plumes collaient à nos vêtements, à nos cheveux et à nos mains. Je les sentais jusque dans mes narines à chaque fois que je respirais.

Tout le temps où nous restâmes assis par terre à plumer les poulets, avec cette vapeur qui s'échappait de la baignoire, le bruit d'un nouveau poulet jeté dans l'eau bouillante, je sentais le regard de Neville peser sur nous.

Il attend que l'on craque, me disais-je, mais je ne vais pas craquer. Je ne dois pas craquer.

Un peu plus tard, dans la cour, je vis Nicolas et allai lui parler de Neville.

« Oh non ! On vous a envoyés dans la pièce à tuer les poulets ? demanda-t-il plein de compassion. Tu as raison de te méfier de Neville. »

Il nous raconta que Neville était né à Jersey et avait été confié à l'orphelinat à l'âge de quelques jours à peine. La rumeur disait qu'il était si affreux à la naissance que sa mère, en le voyant, fut horrifiée. Elle soudoya la sage-femme pour qu'elle garde le secret sur son accouchement, cacha le bébé et raconta à sa famille et à ses amis qu'il était mort-né. Puis, une nuit, elle l'abandonna devant les portes du Sacré-Cœur.

Pendant toutes ces années passées à l'orphelinat Neville n'avait jamais suffisamment ému les visiteurs pour que l'un d'entre eux se propose de l'adopter. Les religieuses s'étaient occupées de lui et il était devenu un solide gaillard, large d'épaules mais faible d'esprit, qui avait appris l'art de la manipulation et de l'obséquiosité. À l'âge où les autres garçons sont normalement appelés à se débrouiller tout seuls, les religieuses, qui croyaient en sa loyauté et craignaient qu'il ne soit pas armé pour faire face à la réalité du monde extérieur, décidèrent de faire une exception et l'autorisèrent à rester parmi elles. Après tout, avec son intelligence limitée, son obésité et son visage qui décourageait l'âme la plus généreuse, il avait peu de chances de jamais trouver un travail. Mais pour les religieuses, il représentait un atout : il était jeune, fort et docile. Tant qu'il était nourri et blanchi, il ne demandait pas d'argent. Il n'en avait pas besoin, puisque le Sacré-Cœur lui offrait tout ce qu'il pouvait désirer.

Neville avait la responsabilité des poulaillers. Il devait s'occuper de la collecte des œufs, qu'il fallait ranger dans des boîtes destinées à la vente. Il supervisait l'entretien des enclos et tuait les poulets. Les poules les plus maigres, quand elles ne pondaient plus, finissaient dans nos assiettes, tandis que les jeunes poulets, tendres et dodus, étaient réservés aux religieuses.

Neville aimait s'occuper des poulaillers, car c'était l'occasion pour lui de s'adonner à trois de ses principaux plaisirs : manger des repas copieux, faire du mal à de pauvres créatures et agresser les petits garçons.

L'histoire que me racontait Nicolas me glaça le sang. J'espérais vraiment ne plus jamais retourner tuer les poulets avec Neville.

Cette nuit-là, je me pelotonnai dans mon lit. J'entendais les sanglots étouffés de Davie mais j'étais incapable d'aller le consoler. Je ne voulais pas être un grand frère ; je voulais revoir John pour avoir un grand frère, moi aussi.

J'avais encore mal au dos et aux jambes à cause des coups de Sœur Freda et lorsque je fermais les yeux, je voyais s'avancer vers moi une armée de poulets sans tête, qui battaient des ailes en crachant le sang.

« S'il te plaît, Stanley, murmurai-je sur mon oreiller, s'il te plaît, remets-toi vite et viens nous chercher. »

13

Le quatrième jour, qui était un lundi, on m'emmena à l'école. C'était un établissement qui accueillait tous les enfants du Sacré-Cœur, entre cinq et dix ans. Chaque matin, après un rapide petit-déjeuner, les religieuses, tout sourire devant les passants, nous emmenaient du Sacré-Cœur aux portes de l'école, en rang par deux.

Davie, qui n'avait pas encore quatre ans, resta à l'orphelinat. Sœur Claire, une jeune religieuse qui avait un fort accent français, avait la garde des petits. « Ne t'inquiète pas, Robbie, me dit-elle en tenant la main de Davie, tout ira bien. C'est moi qui me charge des petits, aujourd'hui. » Elle avait des taches de rousseur sur le nez et son sourire semblait sincère. J'étais content que ce soit elle qui s'occupe de Davie.

Dès mon tout premier jour dans cette école, je sus que je ne m'y plairais pas. Il n'y avait pas de gentille Miss Darby qui s'agenouillait à ma hauteur quand elle avait quelque chose d'important à me dire, qui me rassurait par un sourire quand j'essayais de répondre correctement à une question et me félicitait lorsque j'y parvenais. Dans cette école, l'institutrice était une grosse dame exaspérée qui n'aimait pas les petits garçons, surtout ceux qui étaient orphelins ou qu'on avait abandonnés.

Avec mon uniforme du Sacré-Cœur et mes cheveux rasés, j'étais parfaitement conscient de ne pas ressembler aux autres. Il n'y avait aucun autre garçon de l'orphelinat dans ma classe, et mes camarades semblaient peu enclins à se lier d'amitié avec moi. Quand je fis mon entrée, plusieurs regards curieux me dévisagèrent, mais devant mon apparence si différente de la leur, ils se détournèrent vite.

Pour ne rien arranger, j'étais une fois de plus bénéficiaire des repas gratuits livrés par une association caritative. Dans cette école, les élèves dans mon cas ne déjeunaient pas au même endroit que ceux qui apportaient leur repas. Si nos uniformes nous stigmatisaient, ce procédé ressemblait à s'y méprendre à de la ségrégation en bonne et due forme…

Il m'arrivait d'entendre certains des enfants marmonner : « Bâtard ! » Je me mettais alors à courir, tête baissée, dans le couloir. J'avais conscience qu'être un bâtard était pire qu'être orphelin. Et je savais aussi que j'aurais du mal à me faire des amis à l'école, même si je ne comprenais pas très bien pourquoi.

Chaque matin, avant d'aller à l'école, Nicolas et moi devions balayer le hall d'entrée du Sacré-Cœur. Cela nous prenait quasiment une heure, avant le petit-déjeuner. À quatre heures, la cloche de l'école retentissait et nous rentrions au Sacré-Cœur, où d'autres tâches nous attendaient jusqu'à cinq heures et quart. Les jours suivaient tous le même schéma, et Davie et moi finîmes par comprendre ce que l'on attendait de nous. Et puis le vendredi matin, une semaine après notre arrivée, il y eut du nouveau.

« Ce soir, après le dîner, vous viendrez tous les deux prendre un bain, nous dit Sœur Freda. Vous prendrez votre trousse de toilette et vous irez dans la salle de bains, et ne traînez pas en chemin. »

Nicolas m'expliqua que la moitié des garçons prenait un bain une semaine, et l'autre moitié la semaine suivante. « Pas de chance, dit-il, c'est la semaine de Sœur Bernadette et Sœur Freda. C'est les pires !

— Qu'est-ce que tu veux dire ? lui demandai-je, décontenancé par sa remarque et le petit rire aigu qui l'accompagna.

— Elles font attention à vraiment bien te laver partout ! » répondit Nicolas, puis il se retourna et je sus qu'il ne m'en dirait pas davantage.

La vieille religieuse qui surveillait le dîner demanda à ceux qui devaient prendre un bain de sortir les premiers. Davie et moi suivîmes le mouvement. Nous montâmes un escalier jusqu'à une grande pièce aménagée en cinq cabines rectangulaires, séparées par du contreplaqué. Chaque cabine avait deux portes, et il y avait des bancs de bois à l'extérieur. On nous demanda d'entrer, Davie, moi, ainsi que deux autres garçons que je ne connaissais pas.

« Enlevez tous vos vêtements », nous dit Sœur Claire, la religieuse française qui s'était occupée de Davie pendant que j'étais à l'école. Elle se détourna pudiquement pour ne pas voir nos corps nus.

« Accrochez vos pantalons et vos pull-overs sur ces patères, au-dessus de vos têtes, et mettez vos chaussettes et vos sous-vêtements sales dans les paniers à vos pieds. Quand vous sortirez, je vous donnerai du linge propre. »

On nous demanda de nous asseoir sur un des bancs du couloir, sous lesquels étaient glissés des paniers de sous-vêtements et de chaussettes propres. Davie était encore trop petit pour avoir conscience de son corps, mais les deux autres garçons et moi nous efforcions de cacher nos petits pénis ratatinés. Nous avions à peu près le même âge. Repliés sur nous-mêmes, comme des petits vieux, nous gardions les bras croisés sur notre bas-ventre. Nous patientâmes ainsi dans le froid. La perspective d'un bain chaud n'était pas pour nous déplaire. Deux garçons sortirent de la petite salle de bains. Ils se dépêchèrent d'enlever leurs slips gris détrempés et de nous les tendre.

« C'est votre tour. Il faut mettre ça avant d'y aller. »

Davie et moi les regardâmes, interloqués.

« Les religieuses ne doivent pas nous voir déshabillés. C'est un péché mortel pour une femme de regarder un garçon tout nu », nous expliqua le plus âgé.

Je haussai les épaules. Cette idée me semblait vraiment stupide, mais j'enfilai tout de même le slip tandis que Davie gigotait déjà dans le sien, beaucoup trop grand pour lui. Nous avançâmes jusqu'à la porte de la cabine et entrâmes prudemment.

La pièce, pas plus grande qu'un placard et dont les murs aveugles étaient blanchis à la chaux, contenait une petite baignoire émaillée et une chaise. En voyant Sœur Bernadette qui nous attendait, je repensai en frémissant aux mises en garde de Nicolas.

« Montez là-dedans, tous les deux, nous dit-elle. Prenez votre savon et votre gant et lavez-vous partout, mais – elle marqua une pause pour donner plus de poids à ce qui allait suivre – interdiction de mettre les mains dans votre slip. C'est compris ? »

Je la regardai fixement en me demandant si j'avais bien entendu. Ce qu'elle nous demandait me semblait vraiment étrange, mais je préférai ne rien en laisser paraître et répondis simplement : « Oui, ma sœur. » Je n'avais aucune envie de déclencher sa fureur en discutant ses ordres.

L'eau du bain n'était plus très claire. Elle avait déjà accueilli quatre autres garçons qui ne s'étaient pas lavés depuis deux semaines. Mais nous n'avions pas le choix ; nous nous hissâmes donc dans la baignoire.

Je détournai les yeux de Sœur Bernadette, non par pudeur mais parce que son regard pénétrant me mettait mal à l'aise. Je pris mon savon et mon gant et commençai à me frotter les aisselles, le torse, la nuque, derrière les oreilles ; puis je fermai les yeux et plongeai la tête dans l'eau pour me laver les cheveux.

« Et voilà ! », pensai-je en m'ébrouant avant de me lever pour sortir.

« Où est-ce que tu vas comme ça ? demanda-t-elle. Ce n'est pas terminé. Donne-moi ton gant et ton savon, et ceux de ton frère. Et maintenant rassieds-toi, mets tes mains sur le côté et ne bouge plus. Il faut te laver partout. »

Elle se pencha vers moi et posa une main grassouillette sur mon torse. De l'autre, elle saisit mon gant et le glissa sous mon slip. Je sentis le frottement du tissu sur mon pénis, tandis que ses doigts frictionnaient de plus en plus énergiquement mon prépuce.

« Il faut que vous soyez propres partout, scandait-elle à mes oreilles. Vous n'avez pas le droit de vous toucher à cet endroit. Si vous vous touchez, Dieu le saura et vous irez directement en enfer. Vous m'entendez ? »

Je commençais à avoir les larmes aux yeux. Entre la douleur et la honte qui montait en moi, j'avais la voix coupée. Je ne pouvais que lui murmurer « Oui, ma sœur », même si je ne comprenais pas vraiment ce qu'elle voulait dire. Comment pouvais-je ne pas me toucher à cet endroit ? Il fallait bien que je fasse pipi, non ? Elle n'avait rien dit à ce sujet. Est-ce que j'irais en enfer à cause de ça ?

Nicolas m'expliqua par la suite que ce n'était pas le fait de toucher mon pénis qui était un péché, mais le fait d'en éprouver du plaisir. Selon lui, quoi qu'aient pu en dire les religieuses, c'était une chose que j'apprécierais de faire quand je serais plus grand. Et aussi d'y faire aller et venir ma main.

Mais ce jour-là, dans la baignoire, tout ce que je savais, c'était que ça faisait mal. Très mal, même.

14

Le samedi suivant, dès la fin du petit-déjeuner, Sœur Freda revint nous chercher pour nous accompagner au repaire de Neville.

« Neville m'a dit que vous aviez bien travaillé samedi dernier, nous dit-elle à contrecœur, et il veut que vous alliez l'aider aujourd'hui encore. »

Mon ventre se noua. Toute la semaine, j'avais espéré qu'on nous épargne de devoir y retourner, mais Neville avait prévu son affaire.

En arrivant là-bas, nous vîmes qu'il s'était organisé différemment. Au lieu de transporter les poulets dans des caisses depuis les poulaillers et de les relâcher dans la remise, il les avait apportés trois par trois, les pattes attachées, et les avait jetés sur le sol. Les pauvres gisaient là, dans un amoncellement de plumes, tentant faiblement de se libérer de leurs liens. Neville affichait un petit sourire satisfait, mais il était évident que son contentement n'était pas seulement dû à ce spectacle misérable.

Il les prit et les exhiba à bout de bras, riant de les voir battre des ailes et se contorsionner pour essayer de piquer les mains de leur bourreau.

« Méchants ! Méchants ! » disait-il en les suspendant aux crochets par leurs liens, telles des grappes caquetantes et ébouriffées. « Soyez gentils avec Neville. » Il nous murmura : « Maintenant j'ai un nouveau travail pour toi, Robbie. Tu vois cette cuvette ? »

Je fis oui de la tête, avec méfiance.

« C'est pour récupérer le sang des poulets quand je vais leur trancher la gorge. Les religieuses en ont besoin pour les jardins. Elles disent que c'est bon pour les fleurs. Alors tu vas récupérer tout le sang, et je ne veux pas une goutte par terre. D'accord ? »

Il me fourra la cuvette entre les mains et se tourna vers les volatiles. D'une main, il saisit le cou d'un poulet et de l'autre, lui trancha la gorge. La tête ne tenait plus qu'à un fil et le sang jaillit en gerbes épaisses et noirâtres. Neville me précipita devant lui et se colla à moi. Il me leva les bras pour placer la cuvette sous le cou du poulet.

Le sang dégoulinait. Son odeur métallique mêlée aux relents fétides du corps de Neville me donnait la nausée. Je n'avais que cinq ans et je ne comprenais pas comment cette odeur de sang et la peur panique de créatures sans défense pouvaient exciter Neville ; mais j'avais bien conscience que tout cela l'excitait. Il y avait comme une jouissance dans sa respiration plus rapide qu'à l'accoutumée ; je sentais son souffle dans ma nuque, une fièvre montait en lui, la chaleur de son corps parvenait jusqu'à moi à travers l'épaisseur de mon pull-over. Quand il me lâcha, je vis en me retournant qu'il se léchait le coin des lèvres du bout de la langue. Il faisait toujours cela lorsqu'il était excité, semblait-il.

Il trancha la gorge de tous les pauvres poulets, l'un après l'autre. Il gloussait de plaisir en les voyant se tordre dans leur lente agonie. Quand la première fournée fut totalement immobile, il prit son couteau de chasse et, d'un coup sec, coupa toutes les têtes, qui tombèrent par terre.

« Davie, à toi de ramasser les têtes. Je sais que c'est Robbie qui l'a fait la semaine dernière, alors c'est ton tour, aujourd'hui. »

Mais Davie secoua la tête.

Quand il réalisa qu'un enfant de trois ans défiait son autorité, l'immonde visage de Neville fut soudain traversé d'un éclair de ravissement. Il sortit de sa poche un bout de ficelle épaisse, attrapa d'une main les deux poignets de Davie et, de l'autre, les noua en quelques secondes, s'aidant de sa bouche. La peur me cloua au sol.

« Je t'ai prévenu de ce qui arrivait aux petits garçons qui osent me dire non. » Il souleva Davie par les poignets et le suspendit sur un crochet libre, entre les poulets morts et ceux qui étaient encore vivants. Puis il trancha le cou de l'un d'eux et l'approcha de Davie de manière que le sang gicle tout près de son visage.

« À toi le tour ! » dit-il. Davie devint blême. Ses paupières palpitèrent puis se fermèrent, et tout son corps s'avachit. Je pensai qu'il s'était évanoui. Que pouvais-je faire pour l'aider ? Face à Neville, je me savais totalement démuni.

« Et maintenant, Robbie, ton petit frère va devoir rester là-haut, sauf si tu fais quelque chose pour moi. Tu sais ce que j'aimerais que tu fasses ? »

Je secouai la tête. J'aurais voulu le supplier de décrocher Davie. J'avais tellement peur pour lui. Il ne faisait plus aucun bruit. Mais si je lui demandais cela, ce serait encore pire. « Ne pleure pas, Davie, l'implorai-je en silence. Ne crie pas, si tu restes tranquille, il finira par en avoir marre. » Je regardai le couteau dans la main de Neville et frissonnai. Allait-il faire subir le même sort à Davie ? De plus en plus horrifié, je vis Neville tendre la main vers Davie. Elle glissa le long de ses petites jambes et disparut sous son pantalon.

« Viens ici, Robbie, me dit Neville d'une voix que je ne connaissais pas encore. Tu veux que je décroche ton frère ou tu préfères que je t'accroche là-haut, toi aussi ? »

Je faisais de mon mieux pour dissimuler la peur qui me rongeait. « Décrochez-le, s'il vous plaît, murmurai-je.

— Et tu feras tout ce que je te demande ? Parce que sinon, ce sera encore pire pour lui. »

Je vis couler de l'urine le long des jambes de Davie. C'était la terreur qui l'avait paralysé. Il ne s'était pas évanoui, il était mort de peur.

« Oui », répondis-je.

Neville décrocha Davie et l'appuya contre le mur, sans lui détacher les poignets. Mon petit frère s'écroula par terre.

Neville s'assit sur une chaise et m'attira vers lui jusqu'à ce que je sois entre ses jambes, puis il défit les boutons de son pantalon et le baissa un peu. Il sortit son pénis de son slip crasseux. Je n'avais encore jamais vu le sexe d'un homme, pas même celui de Stanley. Ce n'était pas aussi grand que je l'avais imaginé. John m'avait dit que lorsqu'on était adulte, ça devenait très grand, comme une banane. Celui de Neville émergeait à peine sous des bourrelets de graisse et reposait mollement sur le haut de sa cuisse.

Il prit ma main et enroula mes doigts autour de son pénis.

« Fais un va-et-vient avec ta main », me demanda-t-il.

Je lui obéis.

J'étais incapable de le regarder ou de regarder Davie, alors je fixai un point par-dessus son épaule. Je ne voulais pas voir son visage, ses lèvres charnues dont j'étais certain qu'il était en train de les caresser du bout de sa langue. Je ne voulais pas non plus entendre le bruit de sa respiration, mais son souffle fétide me caressait la joue. Je ne voulais pas non plus sentir cette substance gluante et tiède qui s'écoula entre mes doigts.

« Lave-toi les mains avant de plumer les poulets », me dit-il simplement en me repoussant.

Il défit les liens de mon frère. La ficelle laissa des traces rouges sur ses poignets.

Comme si rien ne s'était passé, Neville remplit la baignoire d'eau bouillante et y balança les premières carcasses.

Sans un regard et sans un mot, Davie et moi commençâmes à les plumer. Davie ne s'avisa plus jamais de désobéir à Neville.

Le samedi avait été mon jour préféré, autrefois, celui que j'attendais toute la semaine, le jour où nous allions tous les trois à la plage ou au parc, le jour où John était avec nous, un jour plein de rires et de gaieté. C'était désormais le jour que je redoutais le plus. Le simple nom de Neville évoquait tout ce qu'il y avait de plus répugnant et détestable. Et tous les samedis, nous devions aller travailler avec lui.

Je me demandais s'il passait sa semaine à nous attendre. Est-ce qu'il se léchait les lèvres rien qu'à l'idée de nous voir pleurer ? Avait-il tout prévu, la première fois qu'il nous caressa, quand il frotta son gros corps flasque contre les nôtres et se masturba devant nous ? Était-ce le temps fort de sa semaine ?

Peut-être. Au fil du temps, inconsciemment, nous commençâmes à nous défendre. Pas tout de suite, parce qu'il nous fallut des mois pour en trouver la force, mais nous finîmes par y parvenir. Davie cessa de pleurer et je cessai de trembler. Au lieu de cela, nous le regardions droit dans les yeux, en balayant toute trace d'émotion sur nos visages. Ainsi, pensions-nous, il ne gagnait pas tout à fait. C'était notre manière de gâcher tant soit peu son immonde plaisir.

15

Quand je repense à cette époque, certains souvenirs sont si nets que je ressens encore la profonde tristesse qui était la mienne à cinq ans. D'autres sont au contraire comme de vieilles photographies qu'on aurait oubliées au fond d'un tiroir : les couleurs sont passées, la surface est craquelée, et au premier coup d'œil, on ne reconnaît pas les personnages. Mais il suffit que nos défenses faiblissent pour que l'image devienne plus nette, les traits familiers, et l'on se retrouve alors nez à nez avec les horreurs du passé.

Les images de mes premiers mois au Sacré-Cœur sont comme de vieilles photographies en noir et blanc : je n'en retiens que les jours les plus sombres. C'est comme si ma détresse de petit garçon avait effacé toutes les couleurs. Pourtant, le soleil a bien dû briller sur notre île ; on nous a emmenés là-bas au printemps, mais je ne me rappelle pas un seul beau jour. Je me souviens d'autre chose. L'austérité, les rituels quotidiens, l'odeur du porridge chaque matin. La queue devant le réfectoire avant les repas, et puis l'inspection de nos mains et de nos cous ; s'ils étaient sales, nous n'avions pas le droit de manger.

Les prières, debout, avant et après chaque repas. La messe du matin ; celle du soir, alors que nous étions si fatigués que nous ne pensions plus qu'à aller nous coucher. L'odeur de l'encens, le cliquetis des chapelets, les énormes statues de cet homme avec son cœur exposé, le regard agonisant, une couronne d'épines sur la tête, et qui semblait nous tendre ses mains tachées de sang. Et la Sainte Vierge qui était censée aimer les petits enfants – sûrement pas ceux du Sacré-Cœur, en tout cas.

Avec le temps, nous apprîmes à tolérer, sinon à apprécier, la nourriture que l'on nous servait. Au petit-déjeuner, nous mangions un porridge grumeleux et trop liquide, sans aucun goût. Au début, je rêvais de saveurs sucrées – du sirop et du lait crémeux de Jersey – mais comme il était inutile d'espérer quoi que ce fût, je finis par ajouter un peu de sel à mon porridge. Nous avions droit également à deux grosses tranches de pain complet avec de la graisse. Une fois par mois et les jours saints, on nous servait des œufs à la coque, mais tous les autres œufs de l'institution étaient vendus dans les commerces locaux ou réservés aux religieuses.

Le principal repas de la journée était une sorte de ragoût trop gras, constitué de légumes de saison et d'un poulet, avec la peau et les os. Les volatiles préparés par Neville étaient empilés sur la table en bois de la cuisine et découpés en six morceaux, puis jetés dans une marmite avec des légumes et des pommes de terre, où ils mijotaient, emplissant l'air d'arômes peu appétissants.

Au début, en voyant la graisse se détacher sous la peau et strier le bouillon de traînées jaunes, j'étais dégoûté. Quand la vieille religieuse remplissait mon assiette, j'essayais de ne pas penser aux créatures terrifiées que Neville avait tuées, ni à la manière dont j'avais dû les plumer, ni à ce que Neville m'avait demandé de lui faire dans cette pièce. Je mâchais, j'avalais, je recrachais les os, je me léchais les lèvres et je ne laissais rien dans mon assiette. La faim a l'art de rendre n'importe quel plat savoureux, et c'était une sensation qui m'était devenue familière, car nous n'avions jamais rien à manger entre les repas.

Mon sixième anniversaire fut un jour comme un autre, si ce n'est qu'on me confia une nouvelle tâche : en plus de balayer le hall d'entrée, Nicolas et moi devions désormais le laver chaque matin.

Quelques semaines plus tard, les vacances d'été commencèrent. Cette année-là, contrairement à la précédente, elles ne firent naître aucune excitation. Pas de grand frère qui rentrait à la maison en disant : « C'est fini pour six semaines ! » Pas de plage pour aller nager et jouer aux naufragés. Pas de parties de balançoire dans le parc et pas de liberté. Au lieu de cela, six semaines de discipline intense s'annonçaient, sous la férule des religieuses qui, fidèles à leur principe selon lequel l'oisiveté est mère de tous les vices, firent en sorte que l'ennui ne me guettât point.

Après avoir nettoyé le hall, Nicolas et moi allions prendre notre petit-déjeuner puis assistions à la messe, du lundi au vendredi. Après la messe, j'allais travailler dans la buanderie, une grande pièce très bruyante à l'atmosphère lourde et moite, avec Marc, un garçon aux cheveux roux qui avait environ deux ans de plus que moi.

Tout un alignement de profonds éviers blancs et rectangulaires tapissait les murs. Posées sur les égouttoirs en bois, de lourdes planches à laver striées nous servaient à frotter le linge. Des essoreuses, sous lesquelles se trouvaient des bassines, occupaient un coin de la pièce. Au centre, l'eau bouillait dans d'énormes lessiveuses chauffées par des brûleurs à gaz. Nous y jetions les draps et les serviettes sales, avec de la lessive en poudre et un peu d'eau de Javel. Une heure plus tard environ, deux garçons plus âgés, armés d'énormes pinces en bois, venaient retirer le linge des lessiveuses et le déposaient dans des paniers. Notre rôle était alors de traîner ces paniers sur le sol et de rincer le linge avant de l'étendre sur le séchoir en bois, situé au-dessus de nos têtes, que l'on faisait descendre et monter grâce à un mécanisme à poulie.

La toute première tâche qu'on me confia fut de trier le linge sale : il fallait séparer les chaussettes et les slips, les pull-overs et les chemises, les pyjamas et les vêtements de jour. Une fois que j'avais fait mes piles, avec d'autres garçons de mon âge, nous remplissions les éviers d'eau savonneuse, de l'eau froide pour la laine et de l'eau chaude pour tout le reste. Nous calions ensuite les planches à laver, en bois ou en métal, et nous frottions et frottions jusqu'à ce que toutes les taches disparaissent.

Ensuite, nous rincions le linge à l'eau froide, dans un autre évier : pas la peine de gaspiller de l'eau chaude pour du linge propre, nous avaient dit les religieuses, ce qui rendait la phase de rinçage deux fois plus longue. Quand tout était rincé, nous faisions de notre mieux pour essorer le linge, mais nos petites mains n'étaient pas très efficaces. Nous mettions alors le linge dans les paniers en osier, qu'il fallait faire glisser jusqu'aux essoreuses mécaniques. Une fois le linge passé entre les rouleaux, nous saisissions la manivelle à deux mains et tournions encore et encore, jusqu'à ce qu'il soit à peine humide.

Nous le remettions alors dans les paniers en osier que nous traînions jusqu'au séchoir, que les garçons les plus âgés descendaient afin que nous puissions étendre le linge.

Au bout d'une journée à répéter ces opérations, la douleur dans nos bras et notre dos était insupportable. J'avais les mains rouges et tout abîmées. C'était un travail pénible et difficile. Nos journées étaient rythmées par le son de la cloche qui annonçait soit un repas, soit une messe.

Quand personne ne nous regardait, Marc et moi discutions à voix basse – nous échangions des commentaires désagréables sur les religieuses ou toutes sortes de choses que peuvent se raconter les petits garçons. Ce fut le seul avantage à travailler à la buanderie : je me fis un nouvel ami.

Je passai tout l'été enfermé entre ces murs. Le rythme était si intense que j'avais presque hâte de retourner à l'école. La vie, me disais-je, y serait toujours moins difficile. Mais je me trompais.

16

Il y avait d'autres garçons comme Davie et moi, dont les parents étaient vivants mais qui, pour une raison ou une autre, avaient été confiés à l'orphelinat. Parfois, l'un des deux était mort et l'autre se retrouvait incapable d'assumer la situation. Ou alors un mari était parti travailler en Angleterre, laissant derrière lui une famille sans ressources et la promesse d'un chèque qui n'arrivait jamais. Et puis il y avait les enfants que les religieuses estimaient le moins : ceux dont les parents n'étaient pas mariés – en général, parce que le père disparaissait de l'île après avoir appris la grossesse de la mère. Parfois, c'était le poids des commérages dans notre petite communauté ou la pression financière de devoir élever un enfant seule qui n'étaient pas supportables ; d'autres fois, c'était l'arrivée d'un nouveau compagnon qui ne voulait pas d'un enfant qui lui rappelait sans cesse une histoire passée. Quelle que fût la raison, tous ces enfants échouaient à l'orphelinat.

Il y avait beaucoup d'explications, et tout autant d'excuses. Des petits garçons tout excités vous racontaient les promesses que leur avaient faites leur grand-mère, leur mère, un grand frère et parfois même leur père au chômage. Dès qu'on trouverait une maison ou un travail, dès que le chèque arriverait d'Angleterre, ou dès que le nouveau compagnon se rendrait compte qu'il aimait les enfants, ils pourraient rentrer à la maison. Mais, malgré toutes les promesses non tenues, malgré tous les petits cœurs brisés et toutes les larmes versées quand les rêves se transformaient en espoirs déchus, tous ces garçons avaient une chose que Davie et moi n'avions pas : une famille qui venait les voir.

Je les regardais, mélancolique, discuter avec des parents qui leur promettaient que bientôt, ils allaient pouvoir rentrer chez eux. À chaque fois que j'apercevais une expression de joie sur leur visage, j'espérais qu'enfin quelqu'un allait pousser ces portes et me chercher du regard.

Stanley devait sûrement aller mieux ? Gloria et lui allaient sans doute venir ? Quand je constatais une place vide dans un lit, je savais qu'un petit garçon était parti pour un endroit meilleur. Parfois, la famille avait pu tenir sa promesse ; d'autres fois, nous savions qu'il avait rejoint le foyer d'une nouvelle famille d'adoption.

De temps à autre, des gens venaient nous voir ; les religieuses les appelaient « les visiteurs ». Nous savions tous pourquoi ils étaient là : ils voulaient un enfant. La plupart venaient en couple ; les femmes avaient à peu près l'âge de Gloria, mais la ressemblance s'arrêtait là. Gloria se maquillait beaucoup, teignait ses cheveux longs et portait des vêtements près du corps, alors que ces femmes n'étaient pas fardées, portaient des pull-overs aux couleurs pastel sur des jupes plissées qui leur arrivaient sous le genou, et se coiffaient simplement.

En général, ces couples passaient devant nous pour aller directement vers les nourrissons et les petits enfants. Là, ils s'arrêtaient, s'agenouillaient et se mettaient à babiller. Nous autres nous lancions des sourires fanfarons pour bien montrer que leur manque d'intérêt ne nous touchait pas. Il signifiait que nous étions de grands garçons, n'est-ce pas ? Nous avions déjà appris qu'exprimer un souhait, même à nous-mêmes, c'était aller au-devant de désillusions.

Au début, le fait de voir tant de couples qui semblaient vouloir un bébé m'inquiétait. Et s'ils adoptaient Denise ? Comment pourrais-je alors la retrouver ? Dès que j'en avais l'occasion, j'essayais de jeter un œil dans la section des nourrissons, mais je n'avais jamais vu ma petite sœur. Et puis le temps passa, et je dois bien avouer que le souvenir de Denise s'effaça.

D'autres « visiteurs » venaient parfois nous voir au réfectoire après le dîner. Ils s'asseyaient à table avec des petits garçons qui avaient l'air perplexes devant tant d'attention. Les femmes balayaient de la main une miette sur leur joue, puis leur caressaient les cheveux en leur souriant doucement. Les hommes ébouriffaient une tête qui ne les regardait pas, et ne parlaient presque pas.

On ne nous disait jamais quel garçon avait été choisi. Ce n'était qu'une semaine plus tard, quand nous constations qu'un lit était vide, que nous apprenions qui était l'heureux élu. « Il a été adopté », commentait toujours Nicolas d'un air mélancolique.

J'essayais alors d'imaginer à quoi allait ressembler la vie de ces garçons. Peut-être allaient-ils porter des vêtements tricotés et cousus main d'après les patrons de *Woman's Weekly*, chevaucher un vélo tout neuf et jouer avec le petit chien qu'on leur aurait offert ?

Nous savions que nous ne les reverrions plus jamais ; l'enthousiasme du monde extérieur allait les emporter.

Parfois, les visiteurs étaient des couples plus âgés dont la guerre avait pris un fils et qui voulaient offrir un foyer à un orphelin dans le besoin. Avec eux, c'était toujours l'homme qui posait des questions, sur notre matière préférée à l'école ou nos loisirs favoris.

Les garçons répondaient toujours comme on leur avait appris : « J'aime lire, monsieur, mais je n'en ai pas beaucoup le temps car j'ai beaucoup de devoirs, le soir. » Ils omettaient de préciser que le rythme du Sacré-Cœur ne laissait pas beaucoup de temps pour les loisirs, et que les livres religieux étaient les seules lectures autorisées.

La question suivante était presque toujours la même : « Qu'est-ce que tu veux faire, quand tu auras quitté l'école ? » Aucun des garçons qui voulaient se faire adopter ne donnait la vraie réponse : « Peu importe, tant que je sors d'ici. » Ils formulaient des vœux plus acceptables : « J'aimerais aller à l'université, monsieur, et étudier… » Seule la matière variait d'un garçon à l'autre.

À chaque nouveau visiteur, tous les enfants en âge de comprendre ce qui se jouait espéraient que cette fois, ce serait la bonne ; qu'ils allaient être choisis pour aller vivre dans une grande maison, manger de bons petits plats et dormir dans des draps frais.

Parmi tous ces visiteurs, je n'aimais pas les hommes seuls qui se proposaient de devenir nos oncles. Souvent d'une trentaine ou d'une quarantaine d'années, ils étaient toujours bien habillés, en veste et pantalon de flanelle. Les cheveux noirs gominés, le visage bronzé, ils respiraient la richesse, même à mes yeux de néophyte. Le sourire éclatant et la moustache lustrée, ils étaient aux petits soins avec les petits garçons entre cinq et neuf ans. J'observais leur mine réjouie et leurs yeux pleins d'espoir et, quelques jours plus tard, l'excitation qui s'emparait d'eux. Dans ces cas-là, nous devinions toujours quel garçon avait été choisi ; celui qu'ils avaient fait asseoir sur leurs genoux, celui auquel ils avaient discrètement donné une barre de chocolat, celui qu'ils avaient embrassé en partant.

Chaque week-end, je me demandais avec un peu d'angoisse si les religieuses avaient bien précisé aux visiteurs que Denise, Davie et moi avions des parents. Leur avaient-elles dit que nous n'étions là que parce que Stanley était malade ? Quand venaient des visiteurs qui désiraient adopter un petit garçon, je faisais ma mine renfrognée. Je baissais la tête ou, si possible, j'allais me cacher dans un coin avec Davie, en essayant de faire en sorte qu'il reste calme. De là, je regardais les allées et venues.

Parfois, il y avait encore un autre type de visiteurs ; les religieuses les appelaient les « enquêteurs ». La plupart d'entre eux étaient français et semblaient habités d'une grande lassitude. Leur visage et leurs épaules voûtées exprimaient un mélange de tristesse et d'espoirs déçus, que je percevais sans en connaître la cause. Les religieuses les entouraient beaucoup ; certaines d'entre elles, que je n'avais jamais vues montrer le moindre signe de compassion, leur posaient une main amicale sur le bras en leur parlant gentiment. Elles se tenaient tout près d'eux, comme pour les protéger d'une douleur impalpable. Les enquêteurs semblaient chercher quelqu'un qu'ils avaient connu, et c'étaient les garçons les plus âgés qui les intéressaient.

« Est-ce que tu connais le nom de ton père ou de ta mère ? demandaient-ils. Est-ce que tu sais d'où tu viens ? » Et la déception se lisait sur leurs visages quand les garçons secouaient la tête, perplexes.

Certaines de ces personnes étaient assez âgées et parlaient avec un accent américain. Leur tristesse me déconcertait ; je me disais qu'ils cherchaient peut-être leurs petits-enfants. Ce n'est qu'à l'âge adulte que j'ai compris ce qu'il en était.

Pendant la Seconde Guerre mondiale, des réseaux de résistance cachèrent des enfants juifs dans des caves, des greniers, chez des familles perdues au milieu de nulle part, là où ils jugeaient qu'ils pouvaient être en sécurité. On les a appelés les « enfants cachés ». Avant de faire face à leur propre destin, leurs parents les laissèrent partir avec l'espoir, sinon la foi, qu'un jour ils seraient réunis.

Avec le déploiement de la guerre en Europe et l'implacable traque des juifs par les nazis, qui ne cessait d'étendre ses tentacules dans les moindres recoins des pays occupés, les amis devinrent des ennemis, des enfants furent arrêtés, des femmes aux cheveux blonds furent accusées d'être juives et les registres des enfants cachés furent détruits, pour leur propre protection.

Des années après la fin de la guerre, on espéra que des « enfants cachés » avaient pu survivre, quelque part. Il n'est pas un orphelinat en Europe qui n'ait été visité par des familles qui nourrissaient l'espoir de retrouver ne serait-ce qu'un des leurs. Je me demande, aujourd'hui, si un seul de ces enfants a été retrouvé. C'est mon souhait le plus cher.

17

À mesure que l'été s'éloignait, les jours raccourcirent et les courants d'air s'immiscèrent bientôt sous les portes et les fenêtres, nous piquant les doigts et nous donnant la chair de poule. Au-delà des vitres embuées, nos yeux se perdaient dans l'obscurité des matins gelés. Cet hiver-là, j'appris ce que signifiait vraiment le mot « froid ».

Le matin de Noël arriva, qui fut un matin comme les autres, à ceci près que la messe dura plus longtemps. Avant le déjeuner, on nous emmena dans une pièce pleine de jouets : des ours en peluche, des trains et des petites voitures qui avaient appartenu à des enfants qui ne les utilisaient plus, et dont les parents avaient fait don à l'orphelinat.

« Choisissez-en un chacun, nous dit Sœur Bernadette, et pas de bousculade ! »

Je jetai mon dévolu sur une boîte de crayons. Davie choisit une petite voiture Dinky dont la peinture avait presque entièrement disparu. Je cherchai en vain un chevalet, en pensant mélancoliquement à celui que Stanley m'avait offert au Noël précédent. Où pouvait-il bien être aujourd'hui ?

Le Nouvel An arriva, les jours commencèrent à rallonger et un matin, en me réveillant, je réalisai que cela faisait un an que j'étais arrivé au Sacré-Cœur. Cette prise de conscience me fit paniquer : ma famille commençait à ne plus être qu'un ensemble d'images floues. « Que va-t-il se passer s'ils ne viennent pas bientôt ? » me demandais-je, inquiet de ne même plus les reconnaître.

Parfois, j'étais désespéré à l'idée d'avoir perdu non seulement John, mais Davie, d'une autre manière. Le petit frère bavard et enjoué que j'avais connu avait laissé place à un enfant grave, qui parlait rarement et souriait encore moins. Il avait aussi beaucoup maigri. Davie était mon dernier lien avec ma famille et mon seul rempart contre la solitude, et je faisais tout ce que je pouvais pour lui arracher un sourire.

« Allez, Davie, lui répétais-je. Regarde, je vais te faire un dessin, ou un avion en papier, ou je vais te raconter ma journée à l'école. » Pas les sales moments que j'y ai passés – non, ceux-là je ne t'en parlerai pas – j'essaierai de dénicher des bons moments. « Souris-moi, Davie. S'il te plaît, souris-moi. » Mais il ne souriait jamais.

Je prenais un papier et un crayon dans ma trousse. « Je vais te dessiner un… » et je faisais la liste de ce qu'il voulait que je dessine, autrefois : des animaux, des voitures, des bateaux… Mais il me donnait un petit coup sur la main. « Je veux pas », disait-il avant de détourner le regard, comme s'il m'en voulait d'essayer de retenir son attention. « Je veux pas », répétait-il – c'étaient ses trois mots fétiches, et le « non » venait juste après.

« Je veux John », disait-il aussi quand j'étais seul à pouvoir l'entendre. Et quand il prononçait ces mots, les larmes lui montaient aux yeux et perlaient sur ses joues ; elles ne soulevaient plus en moi la pitié mais la rage. Car chacune de ses larmes me rappelait à quel point mon grand frère me manquait, à moi aussi. Son absence était une douleur constante qui ne me quittait jamais. Dans mon lit, quand les autres me croyaient endormi, je parlais à John, je lui demandais conseil et, avec un effort d'imagination, je croyais même parfois entendre ses réponses. Pendant les premières semaines au Sacré-Cœur, il m'avait promis que l'on se reverrait bientôt. Chaque nuit, je lui avais posé la question : « Quand ? » « Bientôt », me répondait-il toujours. Rassuré, je pouvais alors m'endormir.

À force de voir la mine accablée de Davie et les larmes qu'il ravalait devant les religieuses, je me mis à concevoir une certaine rancœur envers lui ; une rancœur qui grandit petit à petit, au point que l'accompagner aux toilettes, m'asseoir près de lui au réfectoire et entendre ses sanglots étouffés chaque soir me devinrent difficiles à supporter.

Sa présence constante commençait à m'irriter. Nous n'étions séparés que lorsque j'allais à l'école, et cela ne durerait plus que quelques mois : Davie devait entrer en maternelle au moment où, à sept ans, j'allais passer à l'école élémentaire.

Davie s'était fait un ami : le petit Jimmy que j'avais vu tomber de son banc lors de notre première messe au Sacré-Cœur ; celui dont la mère était morte et dont le père était parti travailler en Angleterre. Davie et lui étaient nés le même jour. Je les voyais rarement discuter, mais ils étaient toujours ensemble, comme des frères siamois, et je sentais un lien très fort entre eux.

Le jour de leurs quatre ans, personne ne fêta l'événement ; au contraire, on leur dit que, n'étant plus des bébés, ils auraient désormais leurs propres tâches à assumer. C'est ainsi qu'à six heures moins le quart, le matin de leur anniversaire, ils vinrent grossir les rangs des forces vives de l'orphelinat. Pour seuls cadeaux, on leur donna un chiffon et une boîte de cire, mais même cela, ils durent le rendre aux religieuses deux heures plus tard, une fois leur travail terminé.

Au lieu d'attendre le petit-déjeuner en compagnie des nourrissons et des plus jeunes enfants, Davie m'accompagna donc dans le hall. Sa mission était d'épousseter et de cirer l'escalier de droite, tandis que Jimmy devait s'occuper de celui de gauche. Nicolas et moi, comme d'habitude, devions nettoyer le sol, ce qui occupait tout notre temps jusqu'au petit-déjeuner. Il fallait d'abord balayer, laver puis rincer, en utilisant l'eau avec parcimonie : nous ne pouvions pas laver le sol à grande eau, ce qui aurait été plus facile, car il fallait qu'il sèche vite afin que nous ayons le temps de passer la cireuse avant l'heure du petit-déjeuner. Si Sœur Freda remarquait la moindre tache sur le marbre brillant, il fallait tout recommencer, ce qui nous privait de petit-déjeuner. Alors nous frottions encore et encore avec nos chiffons humides.

Sœur Freda inspectait en général scrupuleusement les différentes étapes de notre travail mais un jour, je m'aperçus qu'elle avait disparu. Peut-être s'était-elle dit que tous ces mois d'intense discipline nous avaient matés et que nous n'oserions pas mal nous conduire.

Sans sa présence intimidante et son regard sévère, je me sentis libre comme cela ne m'était encore jamais arrivé depuis que les policiers nous avaient embarqués. Je sautai sur la cireuse et lançai un sourire malicieux à Nicolas.

« Allez, Nicolas, viens me pousser ! »

Il était à l'orphelinat depuis beaucoup plus longtemps que moi et, sur le coup, il me regarda avec de grands yeux ; mais lorsqu'il comprit mes intentions, son regard perplexe laissa place à un sourire espiègle. Il poussa de tout son poids derrière la cireuse.

« Pousse plus fort ! » lui demandai-je.

Il se mit à rire, et soudain nous étions redevenus des petits garçons, et non les robots apeurés que les religieuses avaient façonnés. Pris dans cette ivresse inattendue de pur plaisir, nous sillonnâmes le hall en poussant des cris ; je finis par perdre l'équilibre et m'écrouler par terre. La scène provoqua un fou rire contagieux chez Nicolas. Je n'arrivais même plus à me lever, tellement je riais.

Attirés par ces cris d'excitation inhabituels, Davie et Jimmy interrompirent leur travail et se penchèrent sur leur rampe d'escalier pour voir ce qui se passait. Pour la première fois depuis que nous avions poussé les portes du Sacré-Cœur, j'entendis Davie éclater de rire et soudain, toute ma rancœur disparut : j'aimais à nouveau mon petit frère, sans le moindre doute.

Les joues rouges d'excitation, pour une fois, le petit Jimmy décida de s'amuser lui aussi. Il grimpa en haut de l'escalier, s'assit à califourchon sur la rampe et, dans un cri, se laissa glisser, battant des mains à mesure qu'il gagnait de la vitesse. Il s'arrêta brutalement au palier inférieur.

« Allez, Davie, à toi ! » l'encourageai-je. Il pencha son petit corps contre la rampe et fit passer une jambe de l'autre côté, puis s'assit à cheval et commença sa descente, riant de son audace et de ce moment de liberté volée.

Malheureusement, les petits garçons sont incapables de s'amuser en silence et de penser aux conséquences s'ils se font prendre. Nous ne vîmes pas tout de suite Sœur Bernadette et Sœur Freda arriver en courant dans le hall, leurs lanières en cuir à la main, le regard furieux. Soudain conscients de leur présence, nous nous figeâmes tous les quatre en silence : la peur nous paralysait. Les religieuses étaient pétrifiées elles aussi, à la vue de ces quatre garçons qui avaient le toupet de s'amuser. Il ne fallut que quelques secondes pour briser le calme de cet instant suspendu. Sœur Bernadette se tourna vers moi et me fixa d'un air mauvais qui me cloua sur place. Puis elle regarda en direction des escaliers.

Jimmy avait eu le temps de descendre de la rampe et de se blottir sur le palier du premier étage ; sa petite tête apeurée dépassait à peine entre les barreaux. Mais quelques marches plus haut, Davie était encore à califourchon sur la rampe, immobile. Mon sang se glaça.

« Qu'est-ce que c'est que ça ? » hurla Sœur Bernadette, le visage rouge de colère. Elle fit siffler son fouet et, relevant le bas de sa robe au-dessus de la cheville, monta les marches deux à deux.

« Descends, Davie ! criai-je. Descends de là ! »

Des frissons me parcouraient le corps. La lanière de cuir se balançait dans la main de Sœur Bernadette et nous savions tous que nous allions payer le prix fort pour ces quelques minutes de joyeux abandon.

J'aurais voulu courir dans les escaliers, la supplier de ne pas faire de mal à Davie ; ce n'était qu'un enfant et tout était ma faute. C'est moi qui avais commencé. S'il vous plaît, aurais-je voulu lui dire, il a tellement peur, ne l'effrayez pas encore plus. Mais ma propre peur me clouait au sol et je restai sans voix.

Ensuite, il fut trop tard. Sœur Bernadette arriva au niveau de Davie. Hors d'elle, elle leva sa lanière de cuir et la fit claquer une fois, puis deux, sur le petit corps recroquevillé de mon frère, terrifié. Il essaya de se relever tout en lâchant la rampe d'une main, dans le but de se protéger le visage.

Il hurla ; Sœur Bernadette cria, le bras à nouveau levé, prêt à s'abattre. Davie poussa un cri perçant puis ce fut le silence, suivi d'un bruit sourd ; le bruit d'une petite masse molle tombée à terre, un étage plus bas. Je mis les mains sur mes yeux, mes jambes ne bougeaient plus. Je savais, sans rien voir.

Je savais que c'était mon frère.

Ma gorge serrée finit par laisser s'échapper un cri. Sœur Freda m'attrapa le bras et me retint par la manche pour m'empêcher de courir vers Davie. « Laisse-le », m'ordonna-t-elle.

« Laissez-moi y aller, laissez-moi y aller ! » hurlai-je en me tortillant pour essayer de lui échapper. N'y parvenant pas, je ne pus me retenir de lui donner un grand coup de pied dans le tibia. Sous le choc, elle lâcha prise et je me précipitai vers Davie, étendu à terre. Il ne bougeait pas ; il était si figé que j'étais persuadé qu'il était mort.

J'entendis le pas vif de Sœur Bernadette qui redescendait l'escalier. Elle ordonna à Davie de se relever, puis je la vis très nettement le pousser du pied, comme un animal. Je devins hystérique. Sœur Freda me tira brusquement en arrière au moment où j'allais toucher le corps de mon frère.

Alarmées par ce chahut, d'autres religieuses arrivèrent de toutes parts en courant. L'une d'entre elles attrapa le bras de Nicolas et le plaqua contre le mur.

« Ouvrez-moi ce placard ! » lança Sœur Bernadette à la cantonade, et elle fut obéie, comme toujours. Je la vis alors pousser du pied le corps inerte de Davie vers le placard.

« Vous êtes le Diable ! » lui hurlai-je, reprenant les mots qu'elle m'avait si souvent lancés. Puis je criai le nom de mon frère, encore et encore, jusqu'à ce qu'une main plaquée sur ma bouche me fasse taire.

Les religieuses aidèrent Sœur Bernadette à pousser Davie dans le placard.

Je brûlais de me précipiter vers lui et de les empêcher de lui faire du mal.

« Jimmy, tu peux aller prendre ton petit-déjeuner », lui dit froidement Sœur Bernadette. Elle pensait manifestement qu'il n'avait rien fait de mal. « Mais emmenez ces deux-là dans les granges, ajouta-t-elle en parlant de Nicolas et moi. Qu'ils prennent le temps de réfléchir à leurs péchés. »

Nous nous mîmes à hurler. Toute raison nous avait quittés, nous étions même au-delà de la peur. L'idée me traversa l'esprit que si elles pouvaient tuer Davie avec une telle indifférence, elles pouvaient bien nous tuer aussi. Quelques religieuses s'avancèrent pour aider Sœur Freda à nous traîner à travers le hall et dans les couloirs. Pendant tout le chemin, nous nous débattîmes en braillant, tapant des pieds et des mains, terrorisés par le sort de Davie et celui qui nous attendait.

« Vous êtes de la mauvaise graine, sifflait Sœur Freda, même vos parents sacrilèges n'ont pas voulu de vous ! Dites-vous bien que nous savons tout de vous et de ton grand frère. Des enfants du Diable, voilà ce que vous êtes ! »

J'entendis que l'on tirait un verrou et le bruit de portes qui s'ouvraient, puis la main sur ma bouche relâcha sa pression. On me poussa violemment à l'intérieur de la grange où régnait une odeur fétide. Dérangées par la lumière extérieure, des poules voletèrent de leur perchoir pour atterrir à mes pieds. Je sentais leurs plumes sur mes mollets, et repensai à la façon dont elles me piquaient les doigts à chaque fois que j'allais ramasser des œufs.

Puis mon imagination s'emballa et d'autres pensées terrifiantes m'assaillirent. Et si ces poules savaient ce qui était arrivé à toutes celles qui avaient disparu ? Et si elles avaient découvert que c'était moi qui aidais Neville à les tuer ? Il y en avait des centaines dans cette grange. Et si elles nous attaquaient ? Je voyais déjà tous ces becs acérés et les petits yeux ronds des poules vengeresses et des jeunes coqs en colère, tapis dans le noir, et une immense terreur s'empara de moi.

Un filet d'urine dégoulina le long de ma jambe.

En larmes, je me retournai vers la porte, où Sœur Bernadette nous regardait, impassible.

« Non, ma sœur, s'il vous plaît, ne nous laissez pas là ! Il faut que j'aille aider Davie ! »

La voix de Nicolas me fit écho. « Non, s'il vous plaît, ma sœur ! Pardon, on ne recommencera plus ! »

Pour toute réponse, elle laissa échapper un éclat de rire moqueur.

« Il est temps de réfléchir à vos péchés », dit la voix de Sœur Freda derrière elle. Et Sœur Bernadette referma les portes de la grange, laissant deux garçons terrifiés dans le noir.

Au-delà de la puanteur ambiante, je sentis l'odeur d'ammoniaque de ma propre urine ; l'odeur de la peur.

La lumière disparut tout à fait et nous entendîmes le frottement du verrou que l'on repoussait. Nos supplications n'avaient servi à rien. Elle nous avait enfermés.

18

Nous nous retrouvâmes au milieu d'une masse ondoyante et caquetante, dont les plumes frôlaient nos mollets nus. Je me mis à claquer des dents. Les relents des volatiles mêlés à l'odeur d'humidité me faisaient tourner la tête. Je fermai les yeux, comme pour essayer de faire taire tous mes sens, mais un mot terrifiant me vint à l'esprit : les rats.

Immédiatement après, mon cerveau fut assailli d'images de ces rongeurs énormes, avec leurs dents jaunes, leurs yeux perçants et leur queue épaisse et squameuse. Ces horribles créatures creusaient parfois un passage jusque dans les granges et se tenaient en embuscade dans les coins, prêtes à faire un festin d'œufs frais. Malgré les pièges et les chats sauvages appelés à la rescousse, ils revenaient toujours. Je tremblais de tout mon corps, pris de haut-le-cœur ; mon courage m'abandonnait. Je m'accrochai à Nicolas pour chercher un peu de force. J'étais effrayé et totalement démuni.

Je m'efforçais en vain d'ignorer la question qui m'obsédait : « Qu'est-ce qui est arrivé à mon petit frère ? » Le bruit sourd de son corps tombant à terre résonnait, dans ma tête. Je ressentais une douleur aiguë dans le diaphragme, comme si des doigts géants me pinçaient à cet endroit. La respiration de plus en plus saccadée, je commençais à voir des étoiles. J'aurais voulu occulter la réalité de notre situation, l'obscurité terrifiante et l'image du pauvre petit corps de Davie poussé du pied dans le placard.

Nicolas, peut-être conscient de ma panique grandissante, fut le premier à se ressaisir.

« Allez, Robbie, il faut qu'on trouve un endroit où s'asseoir. Ouvre les yeux. On va s'habituer à l'obscurité et on y verra plus clair. »

Je lui serrai encore plus le bras. J'avais trop peur pour faire ce qu'il me demandait.

« Les poules ont aussi peur que nous, tu sais ! Elles ne t'ont pas piqué, si ? »

Il avait raison ; les volatiles avaient beau nous bousculer sans cesse, ils semblaient indifférents à notre présence. Quand je réalisai cela, mes tremblements s'arrêtèrent peu à peu. Je préférai ne pas parler des rats et lâchai le bras de Nicolas. Je m'efforçai d'y voir quelque chose, à la faible lumière du jour qui filtrait sous les portes et entre les planches des fenêtres condamnées. La mine confiante et le sourire habituels de Nicolas avaient laissé place à un air triste ; ses joues étaient striées de larmes. J'essayai de lui sourire et reçus en retour un pâle sourire accompagné d'un petit coup de poing sur le bras.

Je fus soulagé de constater qu'autour de nous, les poules, tête baissée, picoraient le sol en quête de nourriture.

Soudain, je pensai à quelque chose qui pourrait nous aider. « Hé, Nicolas », murmurai-je ; j'avais peur que les poules nous attaquent si je parlais trop fort. « Où sont les interrupteurs ? Les lumières sont toujours allumées quand on vient ramasser les œufs.

— Mauvaise idée, répondit-il. Ils sont à l'extérieur, dans une petite boîte qui les protège de la pluie. Je me suis toujours demandé pourquoi, mais maintenant j'ai compris… »

Une vague d'abattement me saisit : mon mince espoir s'était envolé. Je repensai alors à Davie, étendu sur le sol. Il était sûrement mort et tout était ma faute : c'était moi qui l'avais encouragé à faire l'idiot. Les larmes me montèrent aux yeux.

« Allez, Robbie, on va trouver un endroit pour s'asseoir, insista Nicolas. Il faut qu'on se mette contre un mur. T'as pas envie d'être embêté par les jeunes coqs, si ? »

L'image de ces oiseaux fiers au plumage chatoyant me vint à l'esprit. Un jour, quand je ramassais des œufs, ils s'étaient mis à battre des ailes d'un air menaçant, parce que j'avais commis l'erreur de m'approcher un peu trop près d'eux.

Je fis quelques petits pas timides sur le côté, les yeux à l'affût du moindre danger. Parvenu au mur, je m'y appuyai, soulagé.

« On va rester combien de temps ici ? demandai-je.

— Le temps qu'on ait retenu la leçon, répondit Nicolas. Je connais un garçon, avant que t'arrives, qui y est resté deux jours.

— Il est où, maintenant ?

— À l'hôpital psychiatrique. »

Je me tus. À l'extérieur du Sacré-Cœur, les enfants avaient peur d'être enlevés par le croque-mitaine ;

mais nous, c'étaient les hommes en blanc qui nous effrayaient. Ils pouvaient nous emmener au milieu de la nuit, nous faire des piqûres dans les bras ou nous administrer des électrochocs dans le cerveau. Quelques garçons plus âgés nous avaient raconté ces histoires, s'amusant de nous voir ouvrir de grands yeux.

« C'est ce qui t'arrive si les religieuses disent que tu as été vraiment méchant parce que tu es malade dans ta tête », m'avait expliqué un garçon. J'espérais qu'il n'était pas arrivé la même chose à Stanley.

Je fermai à nouveau les yeux ; les événements de la matinée m'avaient épuisé. La peur et la faim me retournaient l'estomac – nous n'avions pas pris de petit-déjeuner. J'avais la gorge sèche, mon nez coulait, les images du corps immobile de Davie me faisaient tourner la tête et j'avais besoin d'aller aux toilettes. Je ne voulais pas faire à nouveau pipi dans ma culotte – je sentais encore l'odeur de ma propre urine et mes cuisses me démangeaient.

Je me trémoussai pour essayer de m'asseoir plus confortablement. Il ne fallait pas que je m'endorme : les poules pourraient en profiter. Mais je n'arrivais pas à garder les yeux ouverts ; ma tête se faisait lourde, mes paupières tombaient et je finis par sombrer dans un sommeil agité.

C'est le bruit du verrou qui me réveilla. Les portes s'ouvrirent, laissant pénétrer une lumière vive dans la grange. J'aperçus la silhouette d'une religieuse accompagnée d'une autre, plus petite. Quand elles s'approchèrent, je reconnus Sœur Claire, la jeune religieuse française, et Marc, mon copain de la buanderie.

Nicolas se leva brusquement et je lui emboîtai le pas. Nous espérions qu'elle allait nous laisser sortir, mais elle nous expliqua qu'elle n'en avait pas le droit. « Je vous ai apporté un petit-déjeuner et un peu d'eau, nous dit-elle. J'ai aussi un seau qui vous servira pour vos besoins.

— Quand est-ce qu'elles nous laisseront sortir ? demandai-je, à nouveau en pleurs.

— Bientôt, répondit-elle d'une voix douce. Écoute, Robbie, Davie est à l'infirmerie. Il dort, pour l'instant, mais ça va aller. Alors ne pleure pas, il ne faut plus que tu t'inquiètes. » J'étais tellement soulagé que j'éclatai en sanglots.

Elle me sourit gentiment. « On va allumer les lumières, le temps que Marc ramasse les œufs. Vous n'avez rien à craindre, ici. Il ne faut pas avoir peur. »

Elle s'en alla. Je sentais confusément qu'elle n'approuvait pas qu'on nous ait enfermés dans la grange, et cette idée me réconfortait un peu. Nicolas et moi ouvrîmes le sac qu'elle nous avait laissé. Nous n'en revenions pas : tout devait provenir de la table des religieuses ! Il y avait des œufs durs, de fines tranches de pain frais tartinées de vrai beurre, des morceaux de fromage et trois pommes : c'était une nourriture tout à fait inhabituelle pour nous. Elle nous avait aussi apporté une bouteille de lait entier.

Nous donnâmes une pomme à Marc et le bombardâmes de questions entre deux bouchées voraces.

Il nous raconta ce qui s'était passé après qu'on nous eut emmenés dans la grange. « Je crois que Sœur Bernadette a eu peur, au début ; elle a eu peur que Davie soit mort. Le type qui s'occupe des jardins est venu. Il est centenier. » C'était l'équivalent d'un policier municipal, à Jersey. « Il leur a dit d'ouvrir le placard et il a sorti Davie. Il l'a bien regardé et il a dit qu'il était juste assommé, à cause de la chute et tout ça. À mon avis, s'il était mort, personne l'aurait su. Ils se serrent tous les coudes. En tout cas, il respirait encore, alors le type l'a emmené à l'infirmerie. C'est Sœur Claire qui s'occupe de lui ; elle est vraiment gentille. Il va s'en remettre, Robbie. » Il reprit sa respiration, le visage rouge après nous avoir donné toutes ces informations d'un trait, et croqua dans sa pomme.

Tout ce que j'avais compris, c'était que Davie était vivant, et mon soulagement était tel que j'en oubliai presque notre situation pendant quelques instants.

Sœur Claire revint bientôt chercher Marc et referma les portes sur nous. Mais cette fois, nous étions plus sereins. Notre faim était apaisée, je n'avais plus peur pour Davie et nous sentions que nous avions une alliée ; le monde des adultes n'était pas entièrement ligué contre nous.

Après avoir terminé le reste de nourriture, nous nous assoupîmes à nouveau. Un peu plus tard, un des garçons les plus âgés nous apporta encore à manger. Cette fois-ci, c'était le régime habituel : des sandwiches à la confiture préparés avec de grosses tranches de pain complet.

Quand la lumière du jour déclina et que l'obscurité totale envahit la grange, notre courage fut à nouveau mis à rude épreuve. Chaque craquement, chaque frottement nous faisait sursauter ; nous repensâmes aux rats et nous blottîmes l'un contre l'autre, terrifiés.

« On sortira pas d'ici avant que les religieuses soient calmées, dit Nicolas d'un air pitoyable. Elles doivent vraiment être en colère. »

Je me demandais si ce que nous avions fait méritait vraiment une punition aussi sévère.

Adossés au mur, serrés l'un contre l'autre, nous finîmes par nous endormir malgré la peur.

On nous libéra le lendemain matin. En entendant la porte s'ouvrir, nous espérions voir apparaître Sœur Claire, mais ce fut Sœur Freda qui vint nous chercher.

« Eh bien, mes enfants, avez-vous eu le temps de vous repentir de vos péchés et de demander au Seigneur de vous pardonner ? » demanda-t-elle. Elle avait un air de contentement suffisant devant nos visages encore creusés par les larmes.

Nous préférâmes ravaler ce qui nous restait de fierté, car il était inutile de vouloir nous battre contre elle.

« Oui, ma sœur », répondîmes-nous en chœur. Nous aurions reconnu n'importe quel péché, du moment qu'elle nous laissait sortir de cette grange.

Elle nous raccompagna jusqu'au bâtiment principal, où elle nous demanda de nous laver avant de nous préparer pour la messe. Désormais, le nettoyage quotidien du hall serait confié à d'autres garçons, et Nicolas et moi serions séparés. Il travaillerait à la cuisine et moi, à la buanderie.

« Comment va Davie ? Est-ce qu'il va bien, ma sœur ? demandai-je.

— Il est couché. Il a un peu de fièvre. À part cela, il va bien », répondit-elle, et je poussai un soupir de soulagement. Elle me dit qu'elle m'autorisait à lui rendre visite quelques minutes après la messe, avant de commencer mon nouveau travail à la buanderie.

Quand j'arrivai à l'infirmerie, il était profondément endormi. Je m'assis à côté de lui, sans trop savoir que faire. J'avais envie de le secouer doucement pour le réveiller, mais j'avais peur de lui faire mal. Il remua, comme s'il avait senti ma présence. Il ouvrit les yeux et croisa mon regard. J'étais si heureux que je lui adressai un grand sourire.

« Salut, Davie, est-ce que ça va ? »

Il me regarda d'un air légèrement hébété, ferma les yeux et se rendormit.

Davie resta à l'infirmerie une semaine. J'allais le voir dès que j'en avais l'occasion. Je m'asseyais près de lui, je lui parlais, je lui faisais des dessins, mais tout ce que j'obtenais en retour était un regard vague, indéterminé. Il ne riait pas, il ne pleurait pas, il me regardait simplement de cet air légèrement hébété qu'il avait eu la première fois, juste avant de se rendormir.

Au bout d'une semaine, il regagna notre dortoir. Je n'avais encore que six ans, j'étais trop jeune pour comprendre ce qui lui était arrivé. Pour moi, être malade, c'était avoir mal au ventre ou avoir un rhume. Je n'avais jamais entendu parler de lésions cérébrales. Ce n'est qu'à l'âge adulte, bien des années plus tard, que j'ai compris ce qui n'allait pas chez Davie. Le prix qu'il a payé pour ces quelques minutes de détente au Sacré-Cœur est bien plus élevé que tout ce que nous pouvions imaginer à l'époque.

Cette nuit-là, un cauchemar me hanta. J'étais dans une pièce immense, sans aucun meuble mais remplie d'ombres noires. Mon petit frère se blottissait contre mes jambes. Il me regardait d'un air confiant, ses doigts repliés dans ma main.

Les ombres s'évanouirent et une religieuse apparut dans un coin sombre. Elle avança dans la pièce sans faire le moindre bruit et s'approcha de moi, si près que je dus lever la tête pour la regarder. Mon petit frère me serra la main, les yeux grands ouverts ; il tremblait. Je voulais bouger, nous emmener loin d'elle, mais mes pieds refusaient d'obéir à mon ordre silencieux : « Cours ! »

La religieuse me fixait, son regard me clouait au sol. Ses yeux se firent bientôt plus petits et brillants. Son nez s'allongea et s'affina jusqu'à devenir un bec. Elle leva ce que je croyais être ses bras, et je découvris avec horreur deux énormes ailes, qu'elle déploya et enroula autour de Davie pour l'attirer loin de moi.

Ses doigts glissèrent entre les miens ; il hurlait ; j'essayais de le retenir mais il m'échappait. D'autres corbeaux de la taille d'un être humain apparurent, les yeux étincelants de cruauté. Leurs battements d'ailes, de plus en plus bruyants, se mêlaient aux sanglots de mon frère.

Je tentai vainement de me forcer un passage, mais leurs ailes formaient une barrière impénétrable. Puis les corbeaux baissèrent la tête et se mirent à me piquer les mains et les bras, encore et encore. Les cris de Davie se perdirent au loin et seul le bruit des becs de ces maudits oiseaux me résonnait dans la tête. J'ouvris la bouche pour hurler.

Je me réveillai.

19

Les nuages noirs gorgés de pluie laissèrent place à des nuées de petits oiseaux venus de lointains pays, et le soleil se fit bientôt plus matinal, dardant notre dortoir de ses rayons dorés. Sur les parterres de fleurs, les panaches jaunes des jonquilles dansaient doucement, bercés par une brise tiède. Les garçons affectés aux jardins les cueillaient par brassées, puis les séparaient en bouquets enveloppés dans un joli papier, que d'autres garçons empilaient dans des brouettes pour aller les vendre en ville. Tous les bénéfices revenaient à l'orphelinat. Nous étions tous volontaires pour ce travail, parce que les acheteurs nous donnaient souvent des pourboires.

Le week-end de Pâques arriva, inaugurant deux semaines de vacances, synonymes de travail harassant à l'orphelinat, d'interminables messes pendant lesquelles nous luttions pour rester éveillés et de bains vigoureux administrés par les religieuses. Du côté des avantages, nous aurions droit à un œuf dur le matin du dimanche de Pâques et, avec un peu de chance, à un morceau des œufs en chocolat offerts par de gentilles personnes qui pensaient que les orphelins méritaient une petite friandise.

Les religieuses n'avaient pas réussi à m'endoctriner avec leurs certitudes religieuses. On nous répétait constamment que les sœurs travaillaient pour Dieu et obéissaient à ses ordres : pour moi, ces ordres leur donnaient surtout un bon prétexte pour nous harceler et faire de nos vies, déjà misérables, un véritable enfer. Je ne comprenais pas pourquoi leur Dieu leur demandait d'être aussi cruelles envers nous. Elles ne se séparaient jamais de leur lanière en cuir, qu'elles utilisaient à l'envi. Elle s'abattait sur mes jambes quand je n'avais pas bien fait mon travail ; sur mon dos lorsque je m'assoupissais pendant la messe ou, comme cela m'arriva une fois, lorsque je fus pris d'un fou rire. Qu'avions-nous fait pour le mettre à ce point en colère ?

Si les religieuses voulaient vraiment que nous en apprenions davantage sur cette religion qu'elles disaient être la nôtre, désormais, pourquoi tous les sermons et la liturgie étaient-ils proférés dans une langue que nous ne comprenions même pas ?

Les crucifix et les images pieuses qui ornaient généreusement l'orphelinat étaient si angoissants qu'ils me donnaient d'épouvantables cauchemars. Derrière mes paupières closes, je voyais cet homme descendre de sa croix, les mains pleines de sang, la bouche ouverte dans un cri d'agonie. J'en gémissais dans mon sommeil et quand je me réveillais, mes larmes avaient mouillé mon oreiller.

Après l'accident de Davie, les religieuses décidèrent aussi de me séparer de Marc, parce qu'elles savaient que c'était mon ami. Marc et Nicolas furent affectés à la cuisine et Brian, un nouveau, vint travailler avec moi à la buanderie. La charge de travail de Davie et

Jimmy fut allégée. C'était en général Sœur Claire qui s'occupait d'eux.

J'aimais bien travailler avec Brian, un petit garçon trapu au visage rond, blond aux yeux bleus, avec un regard franc. Quand je lui demandai pourquoi il était là, il m'expliqua que sa mère était trop malade pour le garder auprès d'elle. Son père l'avait quittée lorsque Brian n'était encore qu'un nourrisson. Il ne se souvenait plus de lui. Sa mère n'avait pas de famille à qui le confier : elle était fille unique et les grands-parents de Brian étaient tous morts à Londres, pendant le Blitz. Lorsque sa mère tomba malade, il dut se débrouiller seul. Il pouvait assumer une partie des tâches ménagères, comme faire les courses ou acheter du charbon, mais sa mère dut être hospitalisée, et il ne lui était pas possible de vivre seul. Au début, les religieuses l'avaient emmené lui rendre visite à l'hôpital et avaient prié pour elle à la messe, mais un jour, elle ne reconnut plus son fils à son chevet. En revenant à l'orphelinat, il avait pleuré tout le long du chemin et les religieuses ne l'avaient plus jamais emmené à l'hôpital.

La lèvre tremblante, il me dit qu'il espérait qu'elle allait guérir et qu'il retournerait vivre avec elle. Le médecin l'avait prévenu que rien n'était sûr et qu'il devait être courageux. Brian n'avait pas l'air de comprendre ce que cela signifiait.

« Elle m'a dit qu'elle m'aimait et que je devais être gentil, me dit-il. Et elle m'a donné ça. » Il sortit un petit médaillon en or de sous sa chemise et l'ouvrit pour me montrer la photo d'une belle femme blonde. Les religieuses lui avaient permis de porter ce médaillon jusqu'à ce qu'il aille à la grande école.

« Elle m'a dit de le garder avec moi jusqu'à ce que je me marie. Après, je pourrai le donner à ma femme », ajouta-t-il avec un petit rire communicatif, qui me fit glousser moi aussi. À cet âge, être adulte, marié qui plus est, paraît une réalité tellement lointaine !

Brian et moi nous mîmes rapidement d'accord pour nous partager le travail, au lieu de faire chacun une tâche. Frotter, rincer, essorer : nous faisions tout à deux, ce qui rendait le travail plus facile et faisait passer le temps plus vite. Nous formions des piles de linge entre nous. Nous nous relayions pour nettoyer le linge encore taché après avoir bouilli. Nous le frottions sans relâche sur les planches striées, jusqu'à ce que nos mains deviennent rouges et douloureuses. Mais ce qui rendait ce labeur supportable, c'étaient les fous rires que l'on piquait quand nos regards se croisaient. Cet été-là, une réelle amitié naquit entre nous, enfermés entre ces murs à assumer l'un des travaux les moins appréciés de l'orphelinat.

À l'inverse, tout le monde voulait aller vendre des fleurs. Mais le seul travail auquel nous participions tous était la préparation de la fête estivale. Chaque mois d'août, le Sacré-Cœur ouvrait ses portes au public et faisait une fête que les religieuses appelaient « Summerland ». C'était la plus grande collecte de fonds annuelle de l'orphelinat et nous autres, les enfants, en étions le meilleur atout. Les préparatifs commençaient dès le mois de mai, mais les deux dernières semaines, tout le monde mettait la main à la pâte.

Par groupes d'âges, nous devions fabriquer toutes sortes d'objets destinés à être vendus sur un stand qui rencontrait toujours un grand succès. Certains des garçons les plus âgés avaient appris à broder des motifs variés sur des tissus en laine, dont on faisait ensuite des housses de coussins. D'autres tricotaient des carrés de différentes couleurs qui, assemblés, devenaient des couvertures, et les plus jeunes faisaient du tricotin – Brian, Davie, Jimmy, deux autres garçons et moi.

On nous donna des moulinets plantés de quatre dents dorées, autour desquelles il fallait enrouler la laine à l'aide d'une aiguille à repriser, tout en faisant des mailles. Au bout du compte, le moulinet déroulait une cordelette en laine. Il ne nous fallut pas longtemps pour maîtriser l'exercice et en « tricoter » des mètres !

Les filles étaient ensuite chargées de coudre nos cordelettes pour en faire des sets de table et des pantoufles. Nous instaurâmes bientôt une compétition entre nous : c'était à qui tricoterait les plus longues cordelettes en un temps record ! Davie, la lèvre inférieure crispée par la concentration, était le plus lent, tandis que Jimmy nous étonna tous par sa rapidité.

Ces semaines de préparatifs étaient baignées d'une excitation particulière. Chaque enfant, à sa manière, contribuait au succès de la fête et même les religieuses semblaient se prendre au jeu. Elles étaient moins strictes et nous laissaient discuter tranquillement pendant les ateliers.

La vente des billets avait lieu les deux dernières semaines avant la fête. Tous les garçons voulaient y participer. Bien entendu, les vendeurs n'échappaient pas à la surveillance des religieuses, mais celles-ci ne pouvaient pas tout voir, notamment quand il fallait vendre les billets en porte à porte dans les rues résidentielles.

Comme il était plus âgé, Nicolas fut autorisé à emmener un petit groupe de garçons avec lui à Saint-Hélier, sous la responsabilité de Sœur Freda. Nous passâmes la journée à penser à eux, jaloux de leur liberté. Nicolas revint les poches pleines de bonbons, qu'il partagea avec Marc, Davie, Brian et moi.

« Où est-ce que tu les as eus ? lui demandai-je.

— C'est les gens qui me les ont donnés. Ils m'ont aussi donné des pourboires. Je vais voir si je peux t'emmener avec moi, la prochaine fois. C'est super ! Je dirai à Sœur Claire que les gens aiment bien acheter des billets aux plus petits. »

Je ne sais pas ce qu'il put dire pour convaincre les religieuses, mais je fus autorisé à l'accompagner, ainsi que Marc, la fois suivante.

« Le secret, m'expliqua Nicolas, c'est de chercher des touristes, surtout ceux qui sont proches du départ. Tu les reconnais à leur bronzage ! Sinon, essaie de repérer des gens qui sont là pour la journée ; c'est encore mieux. La plupart du temps, ils n'achètent pas de billet, parce qu'ils seront plus là pour la fête, mais ils te donnent de l'argent pour l'orphelinat – jusqu'à un shilling, parfois ! Le truc, c'est de faire semblant de le glisser dans ta timbale. » Il me montra comment coincer une pièce avec mon pouce dans le creux de ma main tout en remuant la timbale pour donner l'impression que la pièce venait d'y tomber.

« Et après, on peut s'acheter des bonbons ! » dit-il.

« Alors, voilà le discours : un billet coûte un florin, l'argent aide à faire vivre l'orphelinat, il y a plein d'objets faits main par les enfants, il y a une chorale, et il y a plein de stands où vous pouvez gagner des cadeaux ou acheter des choses et bien sûr, on a tous participé à l'organisation, parce que c'est notre foyer. »

Il se mit à rire devant ma mine perplexe. « Ça marche ! Les vacanciers, ils se sentent presque coupables de pas pouvoir venir voir ces pauvres petits orphelins danser et chanter ! Ils nous donnent presque toujours quelque chose. Si tu te débrouilles bien, on pourra s'acheter une glace et rapporter des bonbons pour Davie.

— Et comment on sème les religieuses ? demanda Marc.

— On marche à côté des touristes jusqu'à ce qu'on arrive à l'angle d'une rue. Comme ils nous parlent tout le temps, elles croient qu'on va leur vendre plein de billets ! » expliqua Nicolas en riant.

C'est Marc qui me poussa vers un premier couple de touristes d'une cinquantaine d'années, vers lequel je me dirigeai d'un pas timide. Je leur tendis les billets d'une main raide. J'avais oublié tout mon laïus commercial : tout ce que je parvins à dire d'à peu près compréhensible se résuma à « fête » et « orphelinat ». Je me rendais bien compte que j'étais écarlate ; j'avais les oreilles en feu tellement j'étais mal à l'aise.

La femme s'agenouilla à ma hauteur et me fit un sourire chaleureux, puis interrogea du regard son mari, qui pelait du nez. « Très bien, jeune homme, dit-il, nous prenons deux billets. » Il me donna quatre shillings, que je glissai dans la fente de ma timbale avant de détacher deux billets de mon carnet. « Et voici un shilling et six pence pour toi et tes amis », ajouta-t-il en déposant les pièces dans la paume de ma main tendue.

Toujours aussi écarlate, je courus rejoindre Marc et Nicolas, mon butin à la main. Ils rayonnaient tous les deux.

« Mince alors ! Il t'a pas fallu longtemps pour prendre la main ! Retournes-y, il faut encore en vendre pour faire plaisir aux nonnes, et après on ira s'acheter des glaces », dit Nicolas. J'étais fier comme un paon.

Regonflé par mon succès, j'abordais tous les couples qui se présentaient. Je ne piquais plus de fard et parvenais à articuler mon discours en leur souriant. Ils m'achetèrent tous des billets. Deux autres personnes me donnèrent même six pence pour m'acheter une glace. Certains me tapotaient le haut du crâne. Je me sentais bien.

Les rues et les ruelles de Saint-Hélier m'étaient familières : les paniers multicolores sur les façades des magasins, les pavés sous nos pieds, la douceur du soleil et les boutiques de souvenirs fréquentées par les touristes… Pendant un jour, nous n'étions plus des orphelins du Sacré-Cœur, mais des garçons qui s'amusaient dehors, à rire et à se taquiner. Je retrouvais le goût de ce merveilleux sentiment de liberté qui avait été le mien, ce fameux été. Mais à mesure que mes souvenirs affluaient, je réalisai soudain à quel point John me manquait. Je savais que Stanley était encore à l'hôpital, mais je me demandais si je pourrais croiser Gloria. Pourquoi n'était-elle pas revenue nous chercher ? Quoi qu'il en fût, je ne l'aperçus même pas.

Le jour de la fête arriva et les portes s'ouvrirent pour accueillir le public. Tout le monde mit la main à la pâte, la plupart en coulisses pour réapprovisionner les stocks et apporter de nouveaux plateaux de nourriture.

« Robbie, m'interpella Sœur Bernadette après le petit-déjeuner, j'ai entendu dire que tu avais des talents de vendeur. » Je restai bouche bée face à ce qui avait tout l'air d'un compliment de sa part. « Tu peux aller travailler sur le stand des objets fabriqués par l'orphelinat. » Mon visage dut s'illuminer car c'était l'un des postes les plus convoités.

« Et, Robbie ? reprit-elle.

— Oui, ma sœur ?

— Emmène Brian avec toi. Sa mère est morte ce matin. »

Je vendis beaucoup d'objets, ce jour-là, avec l'aide de Brian. Sœur Bernadette lui avait dit que sa mère était désormais au paradis. Je ne pense pas qu'il sût où était le paradis.

20

Les vacances d'été se terminèrent peu de temps après et je fis ma rentrée à l'école élémentaire. Davie et Jimmy entrèrent en maternelle.

Sur le chemin de l'école, je pris soudain conscience à quel point mon frère avait changé. Il n'avait plus rien du petit garçon grassouillet qu'il avait été. On distinguait ses omoplates à travers l'étoffe épaisse de sa chemise. Son cou, autrefois potelé, semblait désormais trop fragile pour soutenir sa tête. Ses jambes elles aussi avaient perdu leurs rondeurs, et l'on voyait le dessin de ses veines bleutées à travers la peau translucide.

Il n'avait pas changé que physiquement. Avant son accident, il était souvent triste et pénible, mais le Davie que j'avais connu, avec ses bons et ses mauvais côtés, avait disparu.

Il était ailleurs, comme déconnecté. Quand je le chatouillais, il ne se trémoussait pas, ne riait pas. Il me regardait d'un air vide, dans une totale indifférence. Il ne riait plus jamais et ses larmes, qui avaient eu le don de tellement m'agacer, semblaient s'être taries. Le chagrin, la colère, la gaieté aussi, parfois, qui animaient son petit visage, avaient laissé place à un grand vide émotionnel. Il était toujours très lié à son ami Jimmy, mais ils ne se parlaient presque jamais.

En arrivant à l'école, Sœur Claire emmena les petits garçons vers la maternelle et me poussa gentiment vers les portes plus imposantes de l'école élémentaire.

« Toi, Robbie, tu vas là-bas, maintenant. Je viendrai te chercher à quatre heures. »

Mon nouvel instituteur, Mr Douglas, ne cacha pas son agacement en me voyant entrer dans sa classe, un peu en retard. Mes anciens camarades de maternelle étaient là, toujours aussi indifférents à ma présence. À la façon dont Mr Douglas me dévisagea, je me sentis faiblir. Je connaissais ce regard. Il me parlait davantage que ne l'auraient fait des mots : « Bâtard ! Je n'aime pas les bâtards dans ma classe. »

La relative sécurité de l'école maternelle n'était plus qu'un souvenir. Il était évident que cet homme grand et maigre, aux cheveux grisonnants et à la bouche pincée, n'avait aucune sympathie pour les garçons du Sacré-Cœur.

J'avais des problèmes de vue. À la maternelle, je m'étais toujours débrouillé pour m'asseoir au premier rang, mais cette fois, comme tout le monde était déjà installé, je dus me contenter d'une place au fond de la classe. Je distinguais à peine ce qui était écrit au tableau. Les cours qui habituellement me plaisaient me faisaient presque pleurer, désormais.

« Toi, Garner ! me demanda Mr Douglas au début d'un cours d'arithmétique. Calcule-moi cette somme. »

J'avais beau plisser les yeux, je n'arrivais pas à lire les chiffres. La première fois, je tentai de lui expliquer que je ne voyais pas le tableau.

« Oh, par pitié, mon garçon ! me répondit-il. Si tu ne connais pas la réponse, ne me fais pas perdre mon temps : dis-le tout simplement ! » Et, avec un certain sens de l'emphase, il fit claquer sa règle dans la paume de sa main.

« Je ne sais pas, monsieur », répondis-je à contrecœur, les yeux baissés. Il remonta l'allée jusqu'à moi, toujours en faisant claquer sa règle. Je sentais sa chaleur tout près de mon coude.

« Tu ne sais pas grand-chose, Garner, hein ? Bon, tu ferais bien de te mettre à travailler. Il n'y a pas de place pour les cancres dans ma classe. »

J'aurais aimé lui expliquer que c'était un problème de vue, mais devant son regard hargneux, je préférai me taire. Prenant mon silence pour une preuve supplémentaire de ma médiocrité (si j'avais répondu, il m'aurait sans doute taxé d'impertinence), il me donna un petit coup de règle agacé sur les doigts et s'en alla.

Les pensionnaires du Sacré-Cœur ne déjeunaient pas avec les autres et n'étaient que rarement autorisés à sortir pendant la récréation. Les religieuses insistaient pour qu'on nous fasse faire nos devoirs. Je suis certain que c'était une manière de moins nous exposer aux tentations du monde extérieur.

Les autres enfants se moquaient de nous dans les couloirs. J'entendais souvent le mot « bâtard », et il me suffit de poser la question aux plus grands du foyer pour savoir ce qu'il signifiait. Je remarquai que les enseignants témoins de ces moqueries n'intervenaient que rarement pour y mettre un terme ou gronder leurs auteurs.

Les garçons sont parfois cruels. Ils aiment martyriser ceux qui sont différents, et nous l'étions, à n'en point douter. Il leur arrivait d'apporter du poil à gratter, qu'ils sortaient discrètement de la poche de leur cartable, en classe, pour en verser dans le dos d'une victime ou, pire encore, dans son pantalon. La première fois que cela m'arriva, je ne pus réprimer un petit cri en sentant les démangeaisons. J'avais l'impression d'être tombé dans un buisson d'orties, et je me levai précipitamment de ma chaise pour me gratter. Ce fut le chahut dans toute la classe ; les garçons se tordaient de rire. Mr Douglas, qui écrivait au tableau, se retourna et s'engagea dans l'allée centrale.

« C'est toi, Garner, n'est-ce pas ? Tu ne te contentes pas d'être stupide, il faut aussi que tu fasses l'idiot et que tu déranges la classe ! Je suppose qu'on ne t'a jamais appris les bonnes manières, là d'où tu dois venir. » Il m'attrapa l'oreille et la tira vigoureusement pour que je me lève. Il me faisait mal et mon dos me démangeait terriblement. Il me fit remonter l'allée sous les rires moqueurs de mes camarades de classe.

« Penche-toi ! » aboya-t-il.

Il me plaqua le torse contre le bureau ; le bout de mes pieds touchait à peine le sol. Il me maintint dans cette position quelques secondes, le temps de me terrifier en faisant siffler sa baguette. Puis il leva le bras et la fit claquer d'un coup sec. « Tu en mérites bien six, Garner ! » me dit-il d'un ton satisfait, en continuant à me frapper.

Toute la classe s'était tue. Tout le monde savait qu'il n'aimait pas les orphelins, mais personne ne se sentait à l'abri de ses accès de colère. Je retournai m'asseoir en pleurant. Cette correction avait été plus douloureuse que les coups de lanière de Sœur Freda, et le fait d'avoir été humilié devant mes camarades la rendait pire encore.

J'étais le seul orphelin dans la classe de Mr Douglas et, à ce titre, sa cible préférée. Il savait que personne ne me prêterait d'oreille compatissante si je m'avisais de me plaindre. Les religieuses n'y accorderaient aucune importance et je n'avais pas de parents pour me défendre.

Il fallait que je trouve mes propres moyens de m'en sortir. Les devoirs du soir étaient toujours écrits au tableau : j'attendais que les autres aient fini de les recopier et je venais m'asseoir au premier rang pour le faire à mon tour. Je m'appliquais toujours pour mes devoirs, de peur d'être à nouveau puni. Mr Douglas me rendait mon cahier écorné d'un air renfrogné : « Tu t'es fait aider, Garner ? » « Non, monsieur », murmurais-je. Où pensait-il que je puisse trouver de l'aide ?

J'essayais de me faire aussi discret que possible. Je travaillais dur, j'apprenais mes tables, je retenais par cœur certaines additions pour donner les bonnes réponses, mais tout cela ne faisait que l'énerver davantage.

« Garner, est-ce que tu suis ? » me lançait-il quand je plissais les yeux pour lire au tableau. « Oui, monsieur », répondais-je, en priant pour que ma réponse le satisfasse.

« Quel est le résultat de cette addition, alors ? » Je restais muet. J'entendais les rires moqueurs de mes camarades et le rouge me montait aux oreilles.

Je reste persuadé qu'il savait que j'avais des problèmes de vue et que je ne pouvais pas donner la bonne réponse, à moins qu'il ne me lise les chiffres à haute voix.

« Tu as perdu ta langue, on dirait ? » insistait-il d'un ton de mépris et, s'il était de bonne humeur, il se contentait de me donner un petit coup sur la tête. Mais s'il était de mauvaise humeur, il me tordait l'oreille et j'avais droit au sifflement de sa baguette. Et pendant tout ce temps, il scandait : « Tu es un garçon stupide et paresseux ! Qu'est-ce que tu es, Garner ? Dis-moi, qu'est-ce que tu es ?

— Un garçon stupide et paresseux », répétais-je.

Et à cet âge, je le croyais.

21

Cela faisait un moment que je n'avais pas travaillé pour Neville, car Brian et moi passions de longues heures dans la buanderie. Mais Sœur Freda finit par remarquer notre complicité et cela lui déplut.

« Puisque vous vous entendez si bien, tous les deux, vous allez travailler avec Neville, aujourd'hui », nous annonça-t-elle.

Elle détestait l'idée que les garçons du Sacré-Cœur puissent être heureux. Quand nous faisions bonne figure devant les visiteurs, elle nous regardait souvent d'un air désagréable, la bouche pincée. Elle posait la main sur l'épaule d'un garçon, dans un geste *a priori* affectueux, puis lui pinçait discrètement l'intérieur du bras. Elle était peut-être capable d'éprouver de l'amour pour sa religion, mais ce sentiment ne s'étendait certainement pas aux petits garçons dont elle avait la charge.

Je soupirai. Sœur Freda savait parfaitement que je détestais aller là-bas, même si je faisais de mon mieux pour lui cacher l'horreur que m'inspirait ce sinistre endroit.

« Venez me voir dès que vous aurez terminé votre petit-déjeuner, et ne traînez pas en chemin.

— Oui, ma sœur », répondis-je, résigné.

Elle nous accompagna d'un pas décidé jusqu'à la remise où Neville tuait les poulets. Je n'eus pas le temps de prévenir Brian de ce qui l'attendait.

« Neville, voici un petit nouveau », lui annonça-t-elle dans l'embrasure de la porte.

Pour la première fois, je réalisai qu'elle ne franchissait jamais le seuil de la remise. Elle ne se sentait peut-être pas si à l'aise face à la cruelle réalité de la mise à mort de ces poulets qui atterrissaient dans son assiette.

« Je sais que tu as besoin d'aide », ajouta-t-elle en nous poussant à l'intérieur. Elle partit dans un froissement de tissu, puis je n'entendis plus que le souffle de Neville.

« Robbie, dit-il d'une voix légèrement excitée, il faut que je te montre quelque chose. » Je tressaillis et détournai le regard. Il tendit le bras pour me prendre le poignet. « Viens, ça va te plaire. Emmène ton ami, aussi. »

Qu'avait-il prévu, cette semaine ? Quelle nouvelle torture avait-il imaginé ? Mais cette fois, il allait me surprendre. Il ouvrit une porte que j'avais toujours vue fermée.

« Allez, entrez ! » dit-il.

Ce qui s'offrit à ma vue dissipa immédiatement mes craintes. Dans la pièce éclairée d'une lumière vive, une bonne vingtaine de poussins couraient sur leurs frêles petites pattes.

« Ils viennent de naître », dit Neville avec une pointe de fierté dans la voix. « Regardez ! » Il y avait, au milieu de la pièce, une sorte de grand bac couvert d'une plaque de verre et rempli d'œufs.

« C'est un incubateur. C'est là qu'on met les œufs en attendant que les poussins soient prêts à en sortir. Les œufs ont commencé à éclore ce matin. »

Bouche bée, Brian et moi observâmes les œufs se fissurer les uns après les autres. À chaque fois qu'une coquille laissait apparaître un petit poussin jaune, Brian avait le souffle coupé. À en croire leurs pépiements, ils semblaient aussi excités de venir au monde que nous de les regarder. Certains piquaient déjà leur minuscule bec dans la nourriture qui les attendait.

« Ils seront bientôt une centaine, nous dit Neville, toujours aussi fier. Ils sont bien au chaud, ici. Quand ils seront un peu plus grands, je les emmènerai dans une autre maison. Faut les garder à l'écart des adultes pendant un moment. »

Il en prit un dans ses grosses mains et lui caressa doucement le duvet. « Ils sont comme nous, Robbie : pas de papa ni de maman pour s'occuper d'eux. » Puis il changea soudainement d'humeur et de sujet : « Le petit Davie… Il est comme moi, maintenant. »

Que voulait-il dire ? Davie n'était pas monstrueux et cruel comme lui. Mais je perçus ce qu'il voulait insinuer ; on voyait bien que Davie avait changé. Il avait toujours ce regard perdu qui datait d'après l'accident. Il était lent dans ses réponses et ne riait plus. Mais Davie avait beau avoir changé, il n'était pas et ne serait jamais comme Neville, me dis-je avec détermination.

« Oui, il est comme moi, maintenant. Mais lui, il n'est pas moche. Joli petit Davie. » Neville semblait avoir lu dans mes pensées. Son visage exprima alors quelque chose que je n'avais encore jamais vu chez lui : peut-être la conscience attristée de ce qu'il était vraiment. Mais il reprit vite son expression habituelle de jovialité sadique.

Si j'avais été plus âgé, j'aurais peut-être su voir le petit garçon qu'il était encore, condamné à vivre prisonnier d'un corps d'adulte obèse ; j'aurais peut-être compris l'isolement que lui imposaient sa laideur et son manque d'intelligence. J'aurais peut-être été capable d'accepter plus facilement ses accès de colère, comme on tolère ceux d'un enfant de deux ans qui se sent frustré. J'aurais peut-être vu dans ses attouchements sexuels une piètre tentative de satisfaire un désir qu'il était incapable d'exprimer ou de satisfaire à la manière d'un adulte. Mais j'avais sept ans et je ne voyais qu'un homme immonde qui avait sur nous le pouvoir d'un adulte, un homme qui m'effrayait et me dégoûtait à la fois.

Nous retournâmes dans la pièce où il tuait les poulets, et où rien n'avait changé : des grappes de poulets ficelés par les pattes se contorsionnaient sur les crochets, la baignoire en fer-blanc était posée par terre et la cuvette était prête à recueillir le sang qui servirait à fertiliser les terres du jardin.

« Faut remplir la baignoire », dit sèchement Neville en la montrant du doigt.

En m'aidant à y verser l'eau bouillante du chauffe-eau, Brian n'arrêtait pas de me lancer des regards interrogateurs.

Neville lui souriait, d'un sourire que je ne connaissais que trop. Il était content d'avoir un nouveau public à effrayer.

« Regarde ça, Brian ! » lui dit-il en sortant son couteau ; il trancha une première tête, le sang gicla, les ailes se mirent à battre frénétiquement jusque dans la mort, et Brian blêmit.

Neville s'esclaffa, tout excité, et détacha une poignée de poulets qui se mirent à courir en travers de la pièce en imaginant à tort qu'on les avait libérés. C'était un jeu que Neville adorait. Il riait à gorge déployée avant d'en attraper un et de lui trancher la gorge. Il y avait un tel plaisir sadique dans ses yeux, quand il regardait le volatile sans tête battre des ailes et faire ses derniers pas avant de s'écrouler, que j'en étais malade. Tout à coup, Brian entra dans une rage folle.

« Arrêtez ! » hurla-t-il en fondant sur Neville, qu'il frappa au ventre, ne pouvant l'atteindre plus haut. « Espèce de malade ! cria-t-il. Salaud ! Je le dirai aux religieuses ! »

Neville resta interdit quelques instants, puis la colère le rattrapa. Il fit un pas de côté pour éviter un autre coup de poing, saisit le bras de Brian au vol et le lui tordit dans le dos. Il le projeta d'un coup de genou dans les fesses, puis le secoua si fort que la tête de Brian dodelinait de part en part. Enfin, le soulevant par le pull-over, il le suspendit à un crochet.

« Tu n'as qu'à rester là avec les poulets ! » lui dit-il, et il ricana bêtement.

J'aurais voulu aider Brian, mais tout ce que j'aurais pu faire aurait seulement aggravé la situation.

Rouge de colère, Brian battait des mains et des pieds en essayant d'atteindre Neville, mais c'était peine perdue. Il se mit ensuite à gigoter pour tenter de se décrocher, mais il finit par se rendre compte qu'il était pris au piège.

Je reconnus une expression familière sur le visage de Neville : la totale impuissance de Brian l'avait excité. Il glissa sa main charnue dans le pantalon de Brian et je vis la forme de ses doigts progresser peu à peu le long de sa jambe. Je sus bientôt qu'il tenait le petit pénis de mon ami dans sa main. Il passa le bras autour de son corps et le serra contre lui ; sans le voir, je savais que Neville avait glissé son autre main dans le pantalon de Brian pour lui caresser les fesses. J'avais honte de ne pas avoir pu prévenir Brian, mais je ne crois pas que j'aurais su trouver les mots. C'était vraiment trop abject.

Contrairement à moi, Brian se rebella. Il se mit à crier, à se débattre et à l'insulter. Neville bougeait les mains de plus en plus vite, en riant. C 'est sans doute ce rire qui fut de trop pour Brian. Il se racla la gorge et, de toutes ses forces, lui expulsa un crachat en plein visage.

« Espèce de sale pédé ! hurla-t-il. Dégage tes sales pattes de moi, connard de gros tas ! » Il parvint à donner un coup de pied dans le torse de Neville. « Ma mère m'a parlé des hommes comme toi ! »

C'est à ce moment-là que Neville perdit le contrôle. Il se mit à hurler comme un animal, animé d'une telle furie que je me recroquevillai contre le mur. Je distinguais à peine les mots, noyés dans ses cris : « bâtard, bâtard », « une leçon que tu n'oublieras pas » et encore « bâtard ». Il était littéralement fou de rage ; la masse suante de son corps semblait encore plus imposante.

Brian blêmit en comprenant que Neville cherchait quel instrument il pourrait bien utiliser pour le faire souffrir. Quand je vis où son regard s'était posé, je fus pris de panique à l'idée de ce qu'il s'apprêtait à faire. J'aurais voulu faire quelque chose pour l'en empêcher, mais la peur me clouait au sol.

Il se retourna, avec un regard démoniaque, puis s'agenouilla pour soulever la baignoire remplie d'eau encore fumante.

Le visage de Brian était blanc comme un linge ; il secouait la tête, les yeux exorbités de terreur. « S'il vous plaît… S'il vous plaît… gémit-il. Non… »

Neville partit d'un rire sardonique qui me donna la chair de poule.

« Non ! » criai-je d'une voix qui hurlait à l'intérieur mais ne put s'échapper qu'en un mince filet aigu.

Neville inclina la baignoire dont l'eau se déversa sur les épaules et le ventre de Brian. Il poussa un long cri abominable qui fut suivi d'un silence insupportable. Le corps fumant de Brian, encore dégoulinant, pendait misérablement sur son crochet. Je fermai les yeux.

Le silence était encore plus effrayant que ne l'avait été son cri. J'étais recroquevillé sur le sol, les mains plaquées sur mes oreilles. Je ne sais pas combien de temps je suis resté comme ça avant que la porte ne s'ouvre brusquement. Soudain, j'entendis des voix d'adultes et quelqu'un m'emmena dans une autre pièce où je restai assis, prostré.

Au bout d'un moment, Sœur Bernadette vint me dire qu'on avait emmené Neville et que l'on s'occupait de Brian. Elle me donna une part de gâteau et un verre de lait, et me dit que je devais oublier ce que j'avais vu. Une telle gentillesse de sa part ne fit que m'effrayer davantage.

J'étais inquiet pour Brian et j'attendais anxieusement de le revoir. J'avais beau demander aux religieuses où il était, même Sœur Claire ne me donna pas de réponse. Je finis par ne plus poser la question, mais je n'ai jamais cessé d'y penser.

22

Les trois années suivantes, ma vie ne changea guère, que ce soit au Sacré-Cœur ou à l'école. Chaque jour était lourd de violences sous-jacentes, physiques ou verbales. À l'école, j'étais un souffre-douleur. Le matin, le soir et le week-end, ainsi que pendant les vacances scolaires, je travaillais sous la surveillance des religieuses. Parfois dans l'atmosphère étouffante de la buanderie, parfois dans la fraîcheur des jardins, où nous nous cassions le dos à préparer la terre gorgée d'eau pour les plantations à venir. À six, nous devions tirer une énorme planche de métal garnie de piques, qui ratissait le sol en créant d'étroites rigoles. J'avais déjà vu des chevaux de trait faire ce travail, mais jamais encore des êtres humains. Les religieuses semblaient prendre un malin plaisir à nous faire travailler dans la buanderie les jours de chaleur et dans les jardins lorsqu'il faisait froid.

Trois années à être l'objet des diverses blagues de mes camarades d'école, trois années à endurer les coups de baguette et les moqueries de Mr Douglas, trois années de longues heures de travaux forcés, et trois années à pleurer dans mon lit. Trois années avant une série d'événements qui m'ont changé à jamais.

Pour commencer, on se rendit enfin compte que j'avais besoin de lunettes. À force de me voir plisser des yeux, un instituteur remplaçant prit sur lui de m'emmener consulter un oculiste. Le surnom de « quat'z'yeux » ne fut rien à côté du bonheur de voir enfin correctement le tableau et tout ce qui m'entourait.

Désormais, j'étais le premier à lever la main en classe. « Oh non, pas encore toi, Garner ! » se plaignait maintenant Mr Douglas. Il trouvait toujours de nouvelles manières de me persécuter, mais au moins, mes bonnes réponses me maintenaient relativement à l'abri de ses sarcasmes.

Second événement marquant : je fus choisi pour intégrer l'équipe de gymnastique nouvellement créée. Pour la première fois, l'orphelinat recruta un animateur, qui s'appelait Dennis. C'était un homme d'un peu plus d'un mètre quatre-vingts, brun aux cheveux épais et ondulés coiffés en arrière, le front bas. Ses yeux bleus pétillaient quand il voyait qu'on le regardait, et son sourire permanent nous mettait en confiance. En dehors des prêtres et des instituteurs, nous avions peu de modèles masculins. Dennis était vraiment le genre d'homme à qui de jeunes garçons pouvaient vouloir ressembler : des bras aux muscles denses et bien dessinés, de larges épaules, de longues jambes solides et une démarche pleine d'énergie.

Dennis nous expliqua qu'il était plombier dans la journée, mais qu'il avait du temps le soir et le week-end. Il nous répétait sans cesse que le sport était sa grande passion, et que c'était grâce au sport que les garçons devenaient des hommes. Il était là pour préparer avec nous un spectacle de gymnastique pour la prochaine fête estivale.

Il avait besoin de vingt garçons dans l'équipe : six parmi les plus âgés, huit entre huit et dix ans, et six parmi les plus jeunes.

« À la gloire de Dieu ! » se félicitaient les religieuses. Elles trouvaient qu'elles avaient eu de la chance qu'un homme comme Dennis leur propose ses services. « C'est la Sainte Mère qui nous l'envoie », se réjouissaient-elles.

Quand il leur parlait, il les regardait d'un air posé et respectueux. Même Sœur Freda lui faisait de grands sourires, et je vis Sœur Claire essayer de réprimer un rire de petite fille, une main devant sa bouche. Aucune religieuse n'échappait au charme de Dennis, semblait-il.

À part Jimmy et Davie, tous les garçons de l'orphelinat voulaient faire partie de l'équipe. Nous en avions assez de ces activités « de filles » qu'on nous imposait pendant les préparatifs – tout ce tricot, ces travaux manuels, ces montagnes de nourriture à préparer.

Et puis, quel que fût le poste auquel on nous affectait, nous étions toujours sous l'œil attentif des religieuses. Elles trouvaient toujours le temps d'inspecter notre travail, à l'affût de la moindre erreur. Si quelque chose n'était pas comme elles le souhaitaient, nous avions droit à une petite tape sur la tête ou à un coup de lanière.

En faisant partie de l'équipe, non seulement nous échapperions à beaucoup de travaux du soir et du week-end, à l'approche de la fête, mais nous aurions le sentiment d'être « quelqu'un » dans les jolies tenues de sport qu'on nous donnerait. Quelqu'un qui ferait partie d'un spectacle, qu'on allait applaudir et admirer.

Dennis m'interpella dans un couloir. « Eh, Robbie ! » J'étais étonné qu'il m'ait remarqué, et plus encore qu'il connaisse mon prénom.

« Je t'ai regardé travailler dans les jardins, me dit-il, tu bouges bien ! Est-ce que ça te plairait de faire partie de l'équipe de gymnastique ? »

Et comment ! « Oui, répondis-je, bien sûr. Mais… » Et je fis un signe vers mes lunettes.

« On ne va pas faire du foot ! Viens, je vais te montrer quelque chose. »

Il me prit par le bras et m'emmena dans une pièce où je n'avais encore jamais mis les pieds. La main sur mon épaule, il me fit entrer.

« Et voilà ! » dit-il, la voix presque vibrante de fierté et de quelque chose d'autre qui me déstabilisa un peu. Sa main glissa vers mon cou, qu'il serra doucement ; ses doigts caressèrent le petit duvet sur ma nuque. Je fis un mouvement d'épaules pour qu'il me lâche. J'avais envie de m'en aller, soudain, mais je ne savais pas comment le faire sans paraître malpoli.

« Et maintenant, mon garçon, enlève tes lunettes. » Je fis ce qu'il me disait et les rangeai dans ma poche.

« Qu'est-ce que tu vois ? »

Je lui dis la vérité : je voyais tout, mais d'une manière un peu floue. J'avais surtout du mal à distinguer les lettres ; une balle en mouvement était également un souci ; mais un objet immobile et assez grand ne me posait pas de problème.

« Tu vois le cheval d'arçons, non ? Oui ? Eh bien, si tu le vois, tu peux sauter par-dessus. » Je fis un essai qui sembla satisfaire Dennis. « Tu es léger et rapide », me dit-il.

C'était si important pour moi de faire partie de l'équipe que je passai outre mon malaise. J'étais tellement fier que Dennis m'ait remarqué et m'ait dit que j'avais des qualités pour cela ! Les éloges n'étaient pas vraiment monnaie courante, dans ma vie…

Une fois l'équipe constituée, nous nous retrouvâmes pour un premier entraînement. L'objectif était de préparer un spectacle complet de gymnastique. Nous commençâmes par les barres fixes, puis le saut de cheval. En short et tricot de corps, joliment alignés par taille, nous nous élançâmes les uns après les autres pour prendre notre élan, prendre appui des deux mains sur le bloc et sauter par-dessus. Le clou du spectacle était une pyramide humaine : les plus grands à la base, les plus petits tout en haut.

Nous commençâmes les entraînements en mai, comme prévu. Au début, nous nous retrouvions une fois par semaine et puis, à l'approche de l'été, beaucoup plus souvent.

Dennis avait choisi comme assistants deux adolescents qui vivaient depuis très longtemps au Sacré-Cœur.

Est-ce la naïveté des religieuses qui les empêchait de voir le mal en Dennis ? Est-ce le désir de faire une fête différente, plus spectaculaire, qui les aveuglait ? Je ne le saurai jamais, mais nous découvrîmes bien assez tôt quels étaient ses vices.

Certains garçons avaient le droit d'aller regarder la télévision dans la chambre de Dennis. Les religieuses lui faisaient confiance pour le choix du programme. La première fois que j'y allai, il me donna des bonbons. La deuxième fois, il enleva son pantalon et nous dit de faire comme lui. Il y avait quelque chose de tellement dominateur chez lui qu'il n'avait pas besoin de se montrer menaçant pour se faire obéir.

Il commença par nous tapoter les genoux de sa grande main, puis nous caressa la tête et nous demanda si nous voulions encore des bonbons. Oui, bien sûr. De petites mains furent saisies, dont les doigts se replièrent autour d'un pénis qui, à mes yeux d'enfant, semblait bien rouge et menaçant. Il y eut des cigarettes et des boissons non alcoolisées. Ma première Woodbine me fit tousser, mais peu à peu, j'appris à aimer cela. J'avais le sentiment agréable de faire partie d'un groupe.

Je n'aimais pas toucher le pénis de Dennis. « Il est mignon, Robbie », me disait-il lorsqu'il touchait le mien. Je continuais de mâchouiller mon bonbon, mais j'avais envie de partir.

Aurais-je pu raconter aux religieuses ce qui se passait ? L'un d'entre nous aurait-il pu le faire ? N'auraient-elles pas pensé que nous mentions ? Peut-être même nous auraient-elles battus, nous, les « enfants du Diable » ? Nous pensions que si nous parlions, les coups de lanière allaient pleuvoir, les portes du placard s'ouvrir ou l'odeur pestilentielle des poulaillers nous agresser encore toute une nuit. Et nous avions bien trop honte pour en discuter entre nous.

Il abusa de nous tous, tour à tour. Nous devions le caresser, le masturber, lui faire des fellations. Nous l'entendions gémir, nous voyions son visage s'empourprer tandis que, les yeux clos, adossé à une chaise, il prenait son plaisir.

Dennis nous avait sous sa coupe, et ses deux assistants étaient de petites brutes qui nous regardaient avec un sourire moqueur, les mains sur les hanches, lorsque nous nous entraînions dans le gymnase improvisé.

« Saute ! disait Dennis. Saute plus haut ! »

Jimmy était le plus petit de l'équipe et il vécut un cauchemar. Il n'avait aucune envie de faire de la gymnastique et ne voulait pas faire partie du groupe. Pendant un entraînement de saut de cheval, il manqua son saut, se cogna les genoux contre le bloc et s'écroula par terre.

« Je vais te montrer ce qui arrive aux petits garçons qui manquent le cheval », lui dit Dennis. Ses deux acolytes ricanèrent.

Jimmy regarda Dennis avec des yeux vides. « C'est trop haut pour moi », lui dit-il de sa petite voix.

Dennis nous fit signe d'approcher pour bien voir ce qu'il allait faire. L'agrès était un bloc de bois en trois niveaux ; Dennis enleva le niveau supérieur et le posa par terre.

« Si tu ne peux pas passer par-dessus, alors tu n'as qu'à rester dedans jusqu'à la fin de l'entraînement », dit-il à Jimmy. Il le prit dans ses bras et l'allongea sur une petite planche à l'intérieur, les fesses en l'air, puis lui attacha les poignets à un anneau situé à la base du bloc, si bien que Jimmy était quasiment pieds par-dessus tête. Il reposa ensuite le niveau supérieur et ramassa le bâton qui marquait l'endroit où nous devions prendre notre impulsion pour sauter. Il l'enfonça brutalement à travers une ouverture sur le côté du bloc, en riant.

« C'est comme ça qu'on punit les garçons qui ne veulent pas sauter », nous dit-il, puis il donna le bâton à l'un de ses assistants. « Continue ; mais pas trop fort, faudrait pas l'embrocher. »

Jimmy fut le premier à être puni de la sorte mais au fil des semaines, la plupart d'entre nous y eûmes droit. C'était douloureux et humiliant. Aussi jeunes fussions-nous, nous avions le sentiment qu'on nous arrachait ce qui nous restait d'amour-propre.

Jimmy ne pleura pas et ne dit rien quand Dennis le libéra. Je me souvins de lui, le premier soir dans la chapelle, quand une religieuse l'avait fait tomber du banc. C'était un petit garçon tellement triste, qui voulait seulement que sa mère ne fût pas morte et que son père revînt à Jersey le chercher.

Son silence exaspéra Dennis. Tout comme Mr Douglas avait fait de moi son souffre-douleur, Dennis s'acharna sur Jimmy. Il dit aux religieuses qu'il refusait de sauter. « Mais, dit-il, tous les garçons de ce groupe doivent faire quelque chose. » Les religieuses étaient d'accord avec lui.

« Tu vas apprendre une chanson, Jimmy, lui dit-il. Une chanson qui te correspond. « Hang down your head, Tom Dooley[1] » me paraît parfaite, et tu vas la chanter pour les gens qui viendront à la fête. Tu seras seul sur scène, mon garçon. »

Je me demande comment Dennis savait qu'il avait choisi la pire punition possible pour le timide garçon solitaire qu'était Jimmy.

---

1. « Fais ta prière, Tom Dooley » en version française. (N.d.T.)

Jimmy ne faisait pas le poids, physiquement, face à Dennis, mais il savait qu'il ne serait pas capable d'assumer cela. Alors que la fête approchait, il sortit de son lit en plein milieu de la nuit et traîna son drap le long des couloirs jusqu'au gymnase. Dans le noir, il grimpa aux barres fixes, noua un bout du drap autour de son cou et l'autre autour de la barre la plus haute. Contrairement à Stanley, il fit un nœud convenable.

On le trouva le lendemain matin, son petit visage gorgé de sang, la langue dépassant d'une bouche qui avait rarement souri, des traînées d'urine et de matières fécales sur les jambes.

Je ne sais pas où il est enterré.

Davie ne demanda jamais ce qu'était devenu son ami. D'une manière ou d'une autre, je pense qu'il le savait.

23

Il y a une limite à l'humiliation que l'on est prêt à subir. Quand la peur a été épuisée, la colère peut prendre le relais.

Au début, ma colère n'était qu'une petite étincelle. Il fallut trois années pour qu'elle devienne une flamme. C'est à ce moment-là que je me rendis compte que je n'avais plus peur. Quel en fut le catalyseur ? Je ne le sais pas, mais la mort de Jimmy changea certainement quelque chose en moi.

Dennis partit après le drame. On le vit sortir en furie du bureau de Sœur Bernadette. Ses assistants l'aidèrent à faire ses bagages et il s'en alla sans un mot. Je me demande dans quelle organisation en lien avec de jeunes enfants il a réussi à s'immiscer par la suite…

Ses assistants déversèrent haut et fort un torrent d'excuses auprès de tous, pour essayer de se faire pardonner.

Ils ne parlèrent pas du compartiment du saut de cheval. Ils n'évoquèrent pas la peur de Jimmy : la peur qui s'était insinuée sous sa peau et qui le rendait blanc comme un linge ; la peur qui lui contractait les muscles et faisait battre son cœur de plus en plus vite ; la peur qui lui serrait la gorge jusqu'à l'empêcher de respirer ;

la peur à laquelle il avait mis un terme à l'aide d'une corde. Non, personne ne parla de cela.

« Sa mère lui manquait, dirent-ils. C'est la faute de son père qui l'a laissé ici. » Et les derniers mots pour se justifier : « Il n'était pas très bien dans sa tête. Ce n'est pas étonnant, si ? » À chaque fois qu'ils répétaient leur discours, ils y croyaient de plus en plus, et quand ils s'en furent bien persuadés, ils purent se concentrer sur une nouvelle victime potentielle.

Je les regardais, ces garçons, se pavaner dans les couloirs ; les petits tyrans, remarquai-je, se déplacent toujours en bande. Ils s'en prenaient aux garçons solitaires, qui avaient peu d'amis pour les protéger. Ils avaient un besoin maladif de l'admiration de leurs pairs et de sentir la terreur des plus faibles. Et puis je réalisai autre chose : ces petits tyrans étaient aussi des lâches.

« Quat'z'yeux ! » me lança un garçon à l'école. « Tu te crois malin, à lever le doigt le premier ? » dit un autre. « Bâtard ! » renchérit un troisième. Je rentrai les épaules, dans l'attitude classique de la victime. Je voulais vite disparaître, avant qu'ils ne me pincent ou ne me fassent un croche-pied. Je baissai la tête et me mis à courir – puis je m'arrêtai.

Pour la première fois, je me redressai et les regardai en face.

« Ras-le-bol », me dis-je en enlevant mes lunettes.

J'y voyais encore assez clair pour décocher un coup de poing vers celui qui m'avait le plus insulté. Je me rappelai soudain les conseils de John : « Frappe fort à l'épaule, d'abord. » C'est ce que je fis. Le garçon trébucha en arrière, le regard incrédule.

« Comment tu m'as appelé ? » lui dis-je. Il marqua un temps avant de répondre : il sentait bien que quelque chose en moi avait changé.

« Bâtard, un pauvre petit bâtard », répéta-t-il, prêt à se battre.

Je le frappai encore à deux reprises, en plein ventre cette fois, puis au menton. Le souffle coupé, il s'écroula à terre. Tout se passa si vite que, le temps qu'un adulte intervienne, tout était déjà terminé. Ses deux acolytes s'étaient éclipsés discrètement.

« J'ai glissé, monsieur », expliqua le garçon à Mr Douglas, qui choisit de le croire.

Ce jour marqua le début de ma contre-offensive.

J'allai trouver le professeur de sport, dans le gymnase de l'école. « Je veux faire l'entraînement, aujourd'hui », lui dis-je.

Il me regarda d'un air dubitatif, se souvenant de ma piètre prestation au football, où j'avais loupé les tirs les plus faciles.

« Je n'ai sans doute pas une assez bonne vue pour jouer au football, insistai-je avec assurance, mais je suis rapide et léger. » Je reprenais les arguments de Dennis. « Sans mes lunettes, je ne vois pas les chiffres au tableau ni une balle en mouvement, mais je peux courir. Et je cours vite ! »

Il sourit. « Ah oui ? Très bien, Garner, je te donne une chance. Tu vas t'entraîner avec l'équipe de relais. »

J'étais aux anges.

« Oh ! Et puis, Garner : plus de bagarres… si tu veux rester dans l'équipe.

— Compris, monsieur. »

Juste après le début des entraînements, il arriva quelque chose d'extraordinaire. Ce jour-là, je travaillais dans les jardins. En milieu de matinée, pendant la pause, un des garçons vint me voir : « Robbie, trouve-toi une excuse, dis que t'as mal au ventre et que tu dois aller aux toilettes, que t'as la courante ou n'importe quoi. Ton frère est de l'autre côté du mur, derrière les toilettes.

— Quoi ? C'est pas possible ! » J'étais certain qu'il se trompait. Davie devait être en train d'épousseter le hall, à cette heure-là.

« Ton grand frère. Comment il s'appelle, déjà ? John », me dit le garçon.

Mon cœur s'emballa ; tout mon corps frissonna. Était-ce possible ? Est-ce qu'il était vraiment là ?

Je me dépêchai de faire comme il m'avait dit ; je me pliai en deux et me mis à gémir en me tenant le ventre. La religieuse qui nous surveillait accepta du bout des lèvres de me laisser aller aux toilettes ; je me mis à courir en titubant de la manière la plus convaincante possible. Heureusement, cette partie du mur était plus basse et n'était pas plantée de chardons.

Dès que je fus hors de vue du bâtiment principal, je courus aussi vite que possible. Je contournai les toilettes et le vis, assis sur le mur.

Ce n'était pas le John dont je me souvenais, ce garçon de huit ans dont j'avais si souvent fait vivre l'image dans ma tête. Il avait désormais treize ans, des épaules larges, des bras musclés, et son visage avait perdu toute l'innocence de l'enfance. Il avait déjà l'air d'un jeune homme.

Il me fit un grand sourire et ses yeux gris clair s'illuminèrent.

« Robbie… », me dit-il doucement.

En voyant ce sourire qui plissait le coin de ses yeux, ce sourire qui me disait encore « On est tous les deux, petit frère », je ravalai mes larmes. Ce n'était pas le moment de pleurer. J'aurais voulu qu'il saute du mur et qu'il me prenne dans ses bras – mais les grands garçons ne font pas ça, me raisonnai-je. Je balayai une larme du revers de la main et poussai un cri de joie.

« Salut, John ! » lui dis-je, et je me hissai près de lui.

« Tu as grandi, remarqua-t-il. Tu as réussi à sauter tout seul jusque-là ! » Il me dévisageait avec admiration.

Il m'expliqua qu'il avait emprunté le vélo d'un des surveillants de Haut-de-la-Garenne. J'appris par la suite qu'il l'avait peut-être emprunté, mais certainement pas avec la permission de l'intéressé.

C'était la première fois qu'il arrivait à venir jusqu'à l'orphelinat. Il avait déjà essayé, nous lui manquions terriblement, mais ce n'était pas facile de sortir du foyer.

« Ça peut aller, maintenant, me dit-il, je suis un peu plus vieux. Mais ils nous ont à l'œil, quand on est plus petits. »

Il me demanda des nouvelles de Denise et de Davie. Je lui expliquai que je ne savais pas ce qu'était devenue Denise et lui dis que Davie allait bien. Je ne pouvais pas lui parler de l'accident ; pas tout de suite, en tout cas.

Il me parla ensuite de ses projets. « Il me reste un peu plus d'un an à passer là-bas, après je trouverai un travail et j'irai vivre dans un foyer. Il y a un type, là-bas, il est pas trop mal, c'est lui qui s'occupe de tout ça. Une fois que je serai dehors, ils pourront pas m'empêcher de venir vous voir. Après, t'auras plus longtemps à attendre avant de sortir, toi aussi, et on habitera ensemble. Et je serai assez vieux pour faire sortir Davie, tu vas voir. »

Ses paroles me réchauffèrent le cœur. Je nous imaginais déjà tous les trois dans un petit appartement, avec assez d'argent pour nous acheter à manger, nous payer de jolis vêtements et nous promener sur la plage comme avant. Ce jour-là, John remplit ma tête d'images merveilleuses.

Il me dit qu'il essaierait de revenir me voir ; mais ce ne serait pas facile. Il me demanda de tenir bon et d'embrasser Davie pour lui. Et puis il repartit sur son vélo.

Le soir, en me couchant, je gardai mon secret bien au chaud dans mon cœur. Je ne pouvais pas le partager. Je ne pouvais pas en parler à Davie, même si j'en avais terriblement envie : il ne comprendrait pas qu'il faille garder le secret. Le matin même, cette journée s'était annoncée grise et terne comme toutes les autres, mais il avait suffi de quelques minutes pour la bouleverser sans commune mesure.

Dans mon lit, j'entendais encore sa voix, je voyais le John qu'il était devenu, je l'entendais me promettre la seule chose qui comptait pour moi : un avenir et une famille. J'étais certain qu'il réussirait – il avait tellement grandi ! Sa voix avait déjà mué, elle n'avait plus rien à voir avec la mienne qui était encore celle d'un enfant. Il avait un peu de duvet au-dessus de la lèvre supérieure, des cheveux blonds épais, des bras et des jambes musclés. J'étais si fier de lui ! Il ressemblait davantage à un homme qu'à un jeune garçon. J'étais heureux de dire aux autres que c'était mon frère.

Je revis John à deux reprises. Nous nous retrouvions sur le mur pour parler de nos projets. Et puis il cessa de venir, et il me fallut un an pour en découvrir la raison. Près de quatre années passèrent avant que je ne le revoie.

24

La fête des sports de l'école approchait. Tout le monde ne parlait plus que de cela pendant les récréations. Pour la première fois, j'allais participer à un événement scolaire : on m'avait sélectionné pour la course de relais. Étonnamment, les religieuses avaient accepté que je me rende à l'entraînement une fois par semaine. J'avais hâte d'y être !

Les élèves les plus anciens m'expliquèrent comment se passait cette journée. Beaucoup de parents d'élèves de maternelle participaient aux épreuves de course en sac, course à trois jambes et course à l'œuf. Cette évocation me rendit un peu triste mais, d'un autre côté, je ne pouvais imaginer Gloria se prêtant à ces jeux d'enfants.

Pour les garçons plus âgés, comme moi, il ne s'agissait pas simplement de jouer : nous prenions cela beaucoup plus au sérieux, avec un réel esprit de compétition. Parmi toutes les épreuves, la plus importante à mes yeux était celle pour laquelle j'espérais concourir : la course de relais. Je voulais faire partie d'une équipe. Chaque garçon devait courir sa distance puis passer le témoin en bois au suivant, qui courait le donner au suivant, et ainsi de suite.

Pendant les cours de sport, nous nous entraînions à tous les types de courses. Comme j'étais beaucoup plus léger que les autres garçons de ma classe, j'arrivais à les battre sur de courtes distances. En général, les enfants de l'orphelinat n'étaient pas choisis pour les épreuves en équipe : les autres élèves ne voulaient pas se mélanger avec nous. C'est pourquoi je fus surpris que le chef de l'équipe des verts me choisisse, en précisant : « Tu cours vite, Robbie, tu feras le dernier relais.

— Le dernier ? répétai-je, car c'était la position la plus importante de l'équipe.

— Oui, répondit-il. Il faut qu'on batte les jaunes. »

J'arrivai à peine à contenir mon excitation.

Comme un garçon de l'orphelinat avait été choisi pour l'épreuve reine de la course de relais, les discussions redoublèrent à l'approche de l'événement.

Le jour J arriva enfin. C'était comme un jour de vacances, puisqu'il n'y avait pas cours. Sur le chemin de l'école, tous les garçons parlaient des courses auxquelles ils allaient participer. Pour une fois, on fit une entorse à la règle de silence et quelques religieuses, qui voulaient assister à la fête, nous accompagnèrent. Sœur Claire tenait la main de Davie ; je l'entendis lui demander à quelle course il allait participer. Davie fit la moue et haussa les épaules, comme à son habitude.

« Pas », dit-il, suivi de « Ferai pas. »

Les abords de l'école étaient déjà investis par la foule des élèves et de leurs parents quand notre petite file indienne arriva. Les pères et les mères entraient avec leurs enfants dans la cour de l'école, autour de laquelle était aménagée une piste de course. On avait installé des chaises pour les adultes et un buffet avec du thé et des biscuits. Les courses devaient débuter à dix heures. Les femmes mettaient leurs chapeaux de paille pour se protéger d'un soleil qui les dardait déjà de ses rayons. Les auvents des landaus étaient relevés. Les hommes desserraient discrètement leur nœud de cravate, la veste posée sur le dos de leur chaise.

Les élèves de maternelle furent les premiers à s'élancer. Les bras tendus, une cuillère à la bouche, les petits garçons couraient en essayant de ne pas faire tomber l'œuf dur. Leurs mines concentrées nous faisaient bien rire ! Puis ce fut le tour de la course en sac, avec la participation des mères. Celles-ci n'hésitèrent pas à se déchausser et à bien border leurs robes de coton à l'intérieur des sacs pour sautiller, à côté de leurs petits garçons, vers la ligne d'arrivée.

Sœur Claire se leva soudain de sa chaise et prit Davie par la main. « Viens, Davie, nous aussi on va faire la course. » Elle l'aida à grimper dans un sac de pommes de terre et lui montra comment il devait s'accrocher pour ne pas tomber. Elle entra à son tour dans un sac, riant de la place que prenait son volumineux habit.

Les autres religieuses avaient l'air effarées devant son initiative ; elles marmonnaient entre elles, le regard réprobateur. Sœur Bernadette aurait sûrement droit à un rapport détaillé de cette attitude indigne, me dis-je, avant de tourner mon regard vers mon petit frère.

« À vos marques, prêts ? Partez ! » Les enfants et leurs mères s'élancèrent dans la confusion la plus totale. Chutes, collisions, trébuchements : les petits participants disqualifiés pleuraient à chaudes larmes. Davie et Sœur Claire se retrouvèrent bientôt en tête, sautant avec détermination vers la ligne d'arrivée, que la religieuse dépassa dans un cri de joie. Elle sortit de son sac, alla prendre Davie dans ses bras et déposa un baiser sur le haut de son crâne. Davie passa les bras autour de son cou et se mit à rire, de ce rire profond et saccadé des petits garçons. C'était la première fois que je l'entendais rire depuis son accident. J'espérais de tout cœur pouvoir y lire un signe de rétablissement. J'étais encore trop jeune pour comprendre qu'il n'irait jamais mieux.

On annonça ensuite les deux équipes de relais. À l'aide de son porte-voix, le professeur de sport nous demanda de prendre nos places. J'étais le plus près de la ligne d'arrivée.

« Cours à fond ! » me dit le capitaine de mon équipe quand j'allai rejoindre mon poste.

L'équipe des jaunes était composée de garçons de ma classe et de la classe supérieure. Le dernier coureur et moi nous lancions des œillades nerveuses en attendant notre tour. Il avait des cheveux bruns coiffés en arrière, de jolies chaussures neuves et un short blanc immaculé. Une fois de plus, j'avais honte de mon accoutrement d'orphelin. Il sautillait d'un pied sur l'autre, s'étirait les bras et les jambes et me regardait avec un petit sourire méprisant. « On va vous battre, tu sais ! C'est marrant de choisir un bâtard pour le dernier relais ! » me lança-t-il.

La course commença avant que j'aie eu le temps de réfléchir à une réponse. Dès le départ, les jaunes prirent l'avantage. Au premier relais, notre équipe les rattrapa. Les témoins changèrent encore de main et les dossards jaune et vert, côte à côte, coururent vers nous. Il était temps de nous préparer à bondir. Mon concurrent attrapa son témoin juste avant moi ; je saisis le mien, tendu par un garçon à bout de souffle qui faillit le lâcher un peu trop tôt, et m'élançai aussi vite que possible. J'avais le cœur qui battait à tout rompre, mes pieds touchaient à peine le sol. Je courais de toutes mes forces ; j'adorais la sensation du vent dans mes cheveux. Mon concurrent était toujours devant, mais quelque chose me stimula. Je me représentai John dans le public en train de m'encourager ; je l'entendais me crier : « Allez, Robbie, allez ! »

Peu à peu, je me mis à gagner du terrain. Mon concurrent se retourna et, me voyant si près, me jeta un regard horrifié. Ce tournant fut décisif : son manque de concentration lui fit perdre une fraction de seconde, ce qui me permit, dans un dernier effort, de franchir la ligne juste devant lui.

Les autres garçons de l'orphelinat bondirent en sautant de joie. Sœur Claire accourut vers moi, Davie dans les bras. Le reste de l'équipe verte nous rejoignit ; les élèves me tapaient dans le dos en me félicitant : « Bien joué, on a gagné ! Tu as gagné ! » « Garner a fait gagner les verts ! » Quelle magnifique sensation d'être accepté, d'avoir gagné et, surtout, d'être enfin quelqu'un !

« J'ai gagné pour toi, John », me dis-je tout bas, sans que personne ne puisse m'entendre.

25

Avec le retour de l'automne, le football devint le principal sujet de conversation et ma colère se réveilla. Mon activité physique de l'été l'avait calmée, mais je la sentais renaître en moi. Mon comportement s'en ressentit et je commençai à avoir des problèmes avec les religieuses.

Je leur répondais quand elles me faisaient des reproches. Je refusais de faire le travail qu'elles me demandaient.

Mes « non » se multiplièrent.

Une fois, la vente des fleurs de l'orphelinat m'ayant rapporté un peu d'argent de poche, je m'étais acheté des cigarettes et j'en avais allumé une devant les religieuses, de retour au Sacré-Cœur.

Elles n'avaient pas été avares de coups de ceinture, mais rien ne pouvait briser mon armure de colère. Lorsqu'elles me frappaient, je ne pleurais plus ni ne les suppliais d'arrêter. Je me contentais d'attendre qu'elles aient terminé, puis les regardais de mon air le plus méprisant avant de m'éloigner d'un pas nonchalant, roulant presque des mécaniques.

Je ne me doutais pas qu'elles finiraient par se lasser de me punir. Je ne savais pas non plus que l'on parlait de mon cas derrière les portes closes. Je ne perçus aucun signe avant-coureur de ce qui m'attendait ; je ne vis qu'une indifférence grandissante à mes nombreux écarts de conduite. Si je m'étais rendu compte de ce que je risquais, j'aurais peut-être tenté de me ressaisir. Mais avec l'arrogance d'un garçon de douze ans, bientôt adolescent, je croyais que j'étais en train de gagner.

À l'école, j'étais différent. Je travaillais dur et je me tenais à carreau. J'avais cessé d'attirer l'attention sur moi en levant toujours la main le premier, et bien que je n'en fusse pas davantage apprécié, au moins les brimades de mes camarades avaient-elles cessé.

Pendant les récréations, je restais avec mon petit groupe : Marc, Nicolas et Dave, arrivé à l'orphelinat quelques semaines plus tôt. Tous les trois, nous faisions bloc, même si Marc et moi étions les moins respectueux envers les religieuses. Nicolas essayait de bien se tenir car il avait encore un soupçon d'espoir de se faire adopter, sans toutefois vraiment y croire.

De manière étonnante, notre attitude ne nous valut pas nos places d'enfants de chœur pour les mariages et les enterrements. L'argent que recevaient les religieuses y était peut-être pour quelque chose. Aux mariages, nous avions l'impression de faire partie de la fête et nous avions le droit de manger autant que nous le voulions. Avec un peu de chance, les mariés nous donnaient même une grosse part de gâteau à partager avec nos copains de l'orphelinat.

Nous appréciions moins de devoir rester des heures près du cercueil pendant les veillées funèbres. Mais, d'un autre côté, la nourriture était souvent tout aussi délicieuse qu'aux mariages. Et avec toutes les allées et venues des visiteurs, il était facile de dissimuler quelques victuailles sous nos aubes pour les rapporter au Sacré-Cœur.

Au bout du compte, ce rôle d'enfant de chœur était un moment de détente, pour Marc et moi.

Un jour, Sœur Bernadette nous convoqua tous les deux dans son bureau. Elle nous annonça qu'elle avait décidé de nous accorder un grand honneur, selon elle.

La vieille religieuse du réfectoire, celle qui nous avait si souvent donné des coups de louche, était morte. Sœur Bernadette voulait que nous la veillions. Elle nous demanda de venir la retrouver après le dîner dans la salle à manger des religieuses, en tenue d'enfants de chœur.

Cela ne s'annonçait pas comme l'une de ces veillées où l'on nous donnait à manger et parfois même un pourboire ; il s'agissait de rester debout devant un cadavre dans une pièce isolée. Mais s'il y avait bien une religieuse qui nous inspirait encore une certaine crainte, c'était Sœur Bernadette. Nous préférâmes donc cacher notre désarroi et lui répondîmes poliment : « Oui, ma sœur. »

Comme convenu, nous revêtîmes nos aubes noires et le surplis blanc, lissâmes nos cheveux peignés en arrière et nous rendîmes dans la salle à manger, où les religieuses venaient de finir de dîner. Nous y étions souvent allés pour faire du ménage, mais pour la première fois, nous eûmes l'occasion de constater l'opulence de leurs repas.

Des restes de poulets rôtis, de plats de légumes à la crème et de pommes de terre nouvelles Jersey Royal luisantes de beurre trônaient encore sur la table, qui ployait presque sous le poids des victuailles. Sur le côté, un plateau présentait non pas un seul, mais toute une sélection de fromages, du caerphilly à pâte blanche au cheddar jaune bien fait. Il y avait aussi du pain maison, des assiettes de biscuits et un grand plat de fruits rempli d'oranges, de pommes et de raisins.

J'en avais l'eau à la bouche : tous ces plats comparés à la maigre pitance qu'on venait de nous servir ! Dans nos assiettes, le ragoût grisâtre contenait davantage de graisse et d'os que de viande, et il était accompagné de vieilles pommes de terre et de chou trop cuit. J'éprouvai soudain un accès de rancœur pour ces religieuses qui s'accordaient de telles largesses et nous traitaient si mal.

En voyant où pointaient nos regards, Sœur Freda eut un petit sourire hautain, posa ses deux grosses mains sur la table et, dans un grand effort, se dressa sur ses jambes. Les années passant, elle avait désormais un double menton et des joues aux pommettes si rebondies qu'elles l'empêchaient presque d'y voir.

Elle se dandina vers une porte et, d'un air impérial, nous fit signe de la suivre. Nous empruntâmes des escaliers raides et des couloirs sombres et étroits que nous ne connaissions pas, pour aller jusqu'aux chambres des religieuses. Sœur Freda nous précédait, haletante. Au bout d'un couloir, elle s'arrêta devant une porte dont elle fit tourner le bouton de cuivre.

En pénétrant à contrecœur dans la pièce, nous constatâmes que les chambres des religieuses ne reflétaient en rien l'opulence de leur table. La pièce carrée, sans tapis, était peinte en blanc. À part un crucifix en bois, il n'y avait rien, pas même quelques photos de la famille qu'elle avait bien dû avoir avant de choisir de vivre entre les murs du Sacré-Cœur. Rien qui puisse donner un indice sur la personnalité de la femme qui avait dormi là pendant toutes ces années – mais peut-être l'absence d'objets personnels était-elle en soi une réponse.

Dans cette petite cellule spartiate, il n'y avait que cinq meubles sombres : un bureau contre un mur, une chaise, une petite commode, une table de chevet sur laquelle était posée une bible, et un lit simple. Un lit où le corps de la religieuse reposait, revêtu de son habit, avec un petit crucifix et un chapelet entre les mains.

Sœur Freda nous donna à chacun un grand cierge, puis les alluma et nous demanda de rester au chevet de la religieuse.

« C'est un grand honneur pour vous. Cela vous donnera aussi une chance de vous racheter », nous dit-elle avant de partir. Elle ferma la porte derrière elle ; Marc et moi nous regardâmes, terrifiés, puis nos yeux se penchèrent sur le visage de la religieuse qui nous avait si souvent terrorisés au réfectoire.

Elle avait des poils blancs au menton. Une bandelette, bien serrée autour de sa tête, lui maintenait la bouche fermée. Des rides profondes creusaient son front et le pourtour de ses lèvres, et le passage du temps avait aussi laissé des sillons moins profonds sur ses joues cireuses. On aurait dit deux vieilles pommes fripées par l'hiver. Ses mains étaient couvertes d'une bonne vingtaine de grosses taches marron.

Les années avaient emporté sa raison bien avant que nous ne la rencontrions, et elles avaient fini par emporter aussi ce qui lui restait de vie. Sa bouche avait cessé de nous crier des grossièretés. Ses yeux, qui nous avaient tellement surveillés, étaient clos à jamais et ses mains noueuses, qui nous avaient si souvent frappés, serraient désormais pour l'éternité son crucifix et son chapelet.

Vivante, son caractère imprévisible et sa propension à nous faire souffrir m'avaient fait peur ; mais d'une certaine manière, le corps rigide qui gisait devant moi m'effrayait davantage encore. Je me mis à claquer des dents, mes mains tremblaient et je vis que Marc semblait tout aussi terrifié que moi. On ne nous avait encore jamais laissés seuls avec un cadavre.

Dans un charabia nerveux, nous tentâmes de nous convaincre que tout allait bien. Les ombres s'épaissirent tandis que nous parvenaient, au loin, les bruits de l'orphelinat qui se préparait pour la nuit – les pas des enfants qui allaient se coucher, le gargouillement de vieilles canalisations, les craquements du vieux bâtiment… mais toujours personne ne s'intéressait à nous.

Où était Sœur Freda ? J'avais beau ne pas l'aimer, ce soir-là, j'aurais été ravi de revoir son visage.

Je commençais à avoir des fourmis dans les mollets et m'appuyais tour à tour sur mes deux jambes pour les soulager. J'avais mal au dos et mon cierge me semblait de plus en plus lourd. Les ombres vacillaient sur les murs et le visage de Marc n'était plus qu'un masque pâle aux yeux sombres.

La porte allait certainement s'ouvrir bientôt ? Mais non. Le soleil se coucha et le vent se mit à siffler bruyamment. Par la fenêtre ouverte, une bourrasque souleva les rideaux, comme mus par une main invisible. Nous nous serrâmes l'un contre l'autre. Une nouvelle bourrasque, plus forte que la précédente, souffla la flamme du cierge de Marc. Nous étions trop pétrifiés pour aller allumer la lumière.

« Elles ne peuvent pas nous laisser là toute la nuit, si ? lançai-je.

— Je pense que si…, répondit Marc.

— On s'en va. Hors de question que je reste ici », poursuivis-je de ma voix la plus courageuse.

La porte de la chambre n'était pas bien loin, mais le couloir devait être plongé dans une parfaite obscurité. Soudain, l'idée même de bouger me terrorisa encore plus que celle de rester.

Puis une question me vint à l'esprit : où étaient les toilettes ? Le temps de la formuler, je compris que j'avais besoin d'y aller. « Marc, dis-je, il faut que j'aille aux toilettes, sinon je vais me faire dessus.

— On n'est pas censés sortir d'ici tous les deux en même temps », me rappela-t-il.

À ce stade, la religieuse morte m'impressionnait davantage que celles qui étaient vivantes. L'idée de m'aventurer dans ces couloirs sombres me terrifiait. Mais si j'allais aux toilettes, Marc voudrait y aller lui aussi et je me retrouverais seul dans cette pièce, ce qui me terrifiait encore davantage. Je croisai les jambes en me disant que je pouvais attendre.

Au bout d'un moment, nous eûmes épuisé tous les sujets de conversation possibles. La flamme solitaire se mit à vaciller, le vent faisait vibrer la fenêtre. La lune pâle disparut derrière les nuages et même l'éclat des étoiles semblait décliner. Malgré tous nos efforts, nos yeux étaient irrémédiablement attirés par la morte. Et soudain, elle nous joua son dernier tour : elle éructa dans un bruit grossier. Nous ne savions pas que c'était tout simplement l'air qui quittait son corps ; les religieuses nous avaient dit et répété que les morts pouvaient ressusciter !

Mon ventre se noua, j'avais la bouche sèche et la chair de poule.

« Elle… Elle revient nous hanter ! dit Marc en s'accrochant à moi. Je veux sortir d'ici ! »

Nous n'avions que deux solutions : nous glisser dans les couloirs sombres ou nous enfuir par la fenêtre.

Sans même nous concerter, Marc et moi nous précipitâmes vers la fenêtre. Les jardins étaient plongés dans le noir, mais l'obscurité était préférable aux ombres angoissantes des couloirs. La chambre de la religieuse était au premier étage : pas de quoi nous intimider. Nous échangeâmes un regard entendu, un petit sourire, puis grimpâmes sur le rebord de la fenêtre. Il nous suffit de nous agripper à la gouttière toute proche pour descendre jusqu'à la cour des filles.

26

Nos genoux étaient un peu écorchés, mais nous étions vraiment soulagés d'avoir échappé au cadavre agité.

De l'autre côté de la cour, un chemin menait aux barrières du Sacré-Cœur mais à cette heure-là, elles seraient forcément fermées. Pour sortir, la seule solution consistait à escalader le mur. Toutefois, l'endroit le plus bas n'était accessible qu'en passant par le bâtiment et nous n'avions aucune envie de nous y risquer, outre le fait que les portes étaient certainement fermées à clé.

« Comment est-ce qu'on va passer par-dessus le mur ? En plus, il y a des chardons là-haut !

— Les sacs de jardinage, répondit Marc avec un petit sourire. Il y en a plein. On les empile et on grimpe. »

Nous courûmes dans les jardins chercher une pleine brassée de ces sacs en toile épaisse.

La question de savoir si nous voulions vraiment sortir ne se posa pas une seule fois : c'était une évidence. Comme Marc était plus grand que moi, il monta le premier, en prenant appui sur mon dos. Il jeta quelques sacs en haut du mur et utilisa les anfractuosités pour l'escalader. Une fois assis là-haut, sur les sacs, il se pencha vers moi et m'aida à le rejoindre. Puis nous sautâmes sur la route, de l'autre côté.

À ce moment précis, nous n'avions sans doute pas réalisé ce que nous faisions ni pensé aux conséquences de nos actes. Après la peur bleue que nous avions eue, nous étions désormais gonflés d'excitation.

« On se tire d'ici ! » dit Marc, et je le suivis à toutes jambes sans la moindre hésitation. Nous ne nous arrêtâmes qu'un bon kilomètre plus loin, à Lower Park, pour reprendre notre souffle, les mains sur les genoux. Le vent charriait l'odeur de la mer et le bruit des vagues nous parvenait.

« Et maintenant ? » demandai-je. Un sentiment de malaise commençait à poindre en moi. Nous étions tellement habitués à ce que l'on nous dise quoi faire, parfois à la minute près, que l'exaltation de la liberté s'essoufflait déjà.

« On n'a qu'à aller sur la plage », me dit Marc, balayant mes doutes. Nous repartîmes en trottinant. Deux minutes plus tard, nous étions à West Park, où je me remplis les poumons de l'air salé que j'aimais tant. La nuit, le bruit des vagues s'échouant sur la plage est différent ; une fois le soleil couché et les touristes partis, la mer cesse d'être un terrain de jeux pour devenir un continent mystérieux.

Nous nous laissâmes tomber sur le sable, heureux de faire une pause. Je contemplai l'océan ; des images d'un été passé tournaient dans ma tête. Le vent tomba soudain ; les ondulations de la mer, d'un gris sombre, se firent plus lentes. La lune apparut derrière les nuages et fit étinceler l'écume argentée des vagues. Cet éclat donnait à l'immensité aqueuse une beauté irréelle dont le soleil ne la parait que rarement. Je décidai que, si un jour je quittais Jersey, je voyagerais sur d'autres continents pour explorer les terres et les océans.

Au bout de quelques minutes, une autre odeur nous titilla les narines : un parfum fumé et épicé qui nous mit en appétit. Cela provenait de derrière les dunes, où un groupe d'adolescents rassemblés autour d'un feu faisaient griller des saucisses.

Ils nous dévisagèrent comme si nous venions d'une autre planète. C'est à ce moment-là que je me souvins comment nous étions habillés : cela devait être en effet très étrange de voir surgir sur la plage, en pleine nuit, deux garçons en aube noire et surplis blanc !

Marc leur expliqua ce qui nous était arrivé. Ils l'écoutaient avec un mélange d'amusement et de compassion.

« Venez avec nous ! » nous proposèrent-ils. C'étaient des Anglais en vacances. L'un d'eux me donna une bouteille de soda.

« Tu veux un hot-dog ? » me demanda un autre.

Je fis oui de la tête, sans même savoir ce que c'était. Ils nous préparèrent deux hot-dogs avec du pain blanc moelleux que nous dévorâmes avec enthousiasme. Une petite radio diffusait de la musique pop que nous ne connaissions pas. Ils nous offrirent des cigarettes, firent griller encore quelques saucisses et ouvrirent d'autres bouteilles de soda. Nous allâmes chercher du bois sur la plage pour faire repartir le feu.

Nous nous sentions heureux parmi ce petit groupe joyeux et chaleureux. La fatigue finit par s'abattre sur Marc et moi. Un peu plus tard, nous eûmes vaguement conscience que le petit groupe s'en allait.

« Ça va aller ? demandèrent-ils.

— Ouais, il va bien falloir qu'on retourne à l'orphelinat... », répondit Marc sans plus d'inquiétude.

Ils eurent l'air soulagés ; après tout, qu'auraient-ils pu faire pour nous ?

En entendant Marc, mon ventre se serra. Les religieuses avaient beau m'impressionner moins qu'avant, je me demandais quelle punition elles nous réserveraient pour une telle faute. Nous savions tous les deux qu'il était trop tard pour essayer de rentrer sans nous faire remarquer ; et puis, il n'était pas facile d'escalader le mur. Nous finîmes par nous endormir, blottis autour des braises. Quand je me réveillai, le ciel était déjà rose et Marc n'était plus là.

J'enroulai mon surplis autour de mes genoux et me recroquevillai pour contempler la mer. Avec les premiers rayons du soleil, elle avait pris une teinte bleue plus familière.

« Hé, Robbie ! Regarde ce que je t'apporte ! » Marc revenait avec une bouteille de jus d'orange et un sac en papier.

« Où t'as trouvé ça ? » lui demandai-je en découvrant des rouleaux de bacon croustillants et tout chauds.

« Au Grand Hôtel ! » Il m'expliqua qu'un de ses anciens copains du Sacré-Cœur y travaillait désormais.

« Il m'a déjà donné à manger, quand je vendais des fleurs », ajouta-t-il.

Nous prîmes notre petit-déjeuner en essayant de ne pas penser à la suite des événements. Puis nous nous débarbouillâmes et décidâmes d'aller en ville. C'est à ce moment-là qu'on nous retrouva.

27

À peine partis de la plage, nous entendîmes le bruit d'un moteur qui ralentissait.

Une décharge d'adrénaline me parcourut.

« Allez, on monte ! Fini de s'amuser ! » dit une voix bourrue et, sans même avoir besoin de regarder, nous savions que c'était la police et qu'il ne servait à rien de discuter.

Notre escapade était terminée.

Les policiers nous firent monter à l'arrière et ne dirent plus un mot de tout le trajet. Ils nous conduisirent jusqu'à l'entrée du Sacré-Cœur où Mr Letourneau, le jardinier en chef, nous attendait pour nous accompagner dans le bureau de Sœur Bernadette.

En dehors de son travail dans les jardins du Sacré-Cœur, Mr Letourneau était centenier, c'est-à-dire policier municipal. C'est lui qui avait porté secours à Davie le jour de son accident et avait convaincu les religieuses de l'emmener à l'infirmerie. C'était un homme râblé, aux cheveux plats. Son visage tanné aux quatre vents avait en général une expression renfrognée, et il ne savait qu'aboyer ses ordres.

Ce jour-là, de toute sa hauteur, il nous fixa du regard et se mit à nous faire la leçon. Selon lui, nous faisions le désespoir des religieuses et nous ne savions pas apprécier notre chance de vivre avec elles. Ne nous rendions-nous pas compte que nous les avions trahies, que nous les avions déshonorées, ainsi que nous-mêmes, en nous comportant de la sorte ? Il nous expliqua qu'elles réfléchissaient à ce qu'elles devaient faire de nous.

En entendant cela, je pris peur. Voulait-il parler de l'hôpital psychiatrique ? Je serrai les lèvres pour ne pas risquer de prononcer un tel mot : si elles n'y avaient pas pensé, je ne voulais pas leur en donner l'idée. Marc avait pâli ; il avait dû penser à la même chose que moi.

Mr Letourneau nous demanda si nous avions quelque chose à dire pour notre défense, mais nous restâmes muets, de peur d'aggraver les choses par une explication maladroite.

Sœur Bernadette et une autre religieuse arrivèrent. Je vis Mr Letourneau hausser les épaules et l'entendis leur dire que nous n'avions pas parlé ni exprimé le moindre regret pour ce que nous avions fait. Puis il s'en alla en secouant la tête, d'un air dépité.

À peine la porte refermée, la main de Sœur Bernadette s'abattit à deux reprises sur mon visage. Je tombai par terre, étourdi. L'autre religieuse tenait un bâton avec lequel elle frappa Marc aux épaules, dans le dos et sur les fesses. La force de ses coups le projeta en avant, et je l'entendis crier en s'écroulant sur le sol. Sa jambe saignait ; il se replia sur lui-même pour essayer de se protéger. Dans sa rage, la religieuse se mit à lui frapper les bras.

Sœur Bernadette me tira par les cheveux pour me relever et me gifla à nouveau. Je reconnus le goût métallique du sang qui me coulait du nez et de la lèvre. Je tombai à nouveau et tentai de ramper. Chaque coup était bien plus douloureux que la piqûre des lanières de cuir.

Les religieuses, haletantes, n'en avaient pas fini avec nous. Elles nous relevèrent et nous traînèrent jusqu'au placard du hall d'entrée. J'essayai bien de m'enfuir, mais la religieuse au bâton continuait de nous asséner des coups sur les jambes, les bras et les épaules. À voir la contraction de son visage, elle n'était pas seulement animée de colère, c'était quelque chose de beaucoup plus profond, une sorte de fanatisme religieux.

Marc essayait de ne pas crier, de ne pas leur donner cette satisfaction, mais c'était impossible, même pour lui. Les coups redoublèrent de violence ; il se mit à hurler.

Le bâton s'abattait encore et encore, nous frappant l'un et l'autre indifféremment. Comme Marc, je me retins de crier le plus longtemps possible, mais je compris qu'elles ne céderaient pas les premières ; dans la confusion de ma douleur, j'entendis ma propre voix les supplier d'arrêter.

Elles ouvrirent la porte du placard et nous y poussèrent à coups de pied. « Vous allez rester là sans nourriture et penser à vos péchés, misérables mécréants ! » siffla Sœur Bernadette.

Elle nous laissa là toute la journée et toute la nuit. La porte ne s'ouvrit que pour laisser passer un seau, une assiette de pain sec et une carafe d'eau, puis se referma rapidement.

Nous avions mal partout. Entre ma coupure à la lèvre et les contusions, mon visage palpitait de douleur, et les coups de bâton m'avaient abîmé tout le corps. J'avais mal aux épaules quand je m'adossais au mur, à cause des coups et à force d'avoir été traîné par terre. Le placard était sombre et humide ; en état de choc, affamés, nous avions froid. Nous nous blottîmes l'un contre l'autre pour nous réchauffer, nous demandant en silence ce qui nous attendait.

Le lendemain, on nous présenta un certain Mr Smith, des services sociaux. C'est lui qui nous annonça que les religieuses souhaitaient notre transfert à l'orphelinat de Haut-de-la-Garenne.

Sur le coup, je fus tout excité : John était toujours là-bas, non ?

D'un autre côté, le Sacré-Cœur était devenu ma maison, la seule que j'eusse vraiment connue. C'était là qu'étaient mes amis et mon petit frère.

À douze ans, j'avais passé plus de temps dans cet orphelinat qu'à Devonshire Place. Mes souvenirs de ma vie d'avant se délitaient peu à peu, car je n'avais que cinq ans à mon arrivée au Sacré-Cœur. Le soir, j'essayais de me représenter mon ancienne famille, mais ces images auxquelles je m'étais tant accroché au début devenaient de plus en plus floues.

Mr Smith me dit que je me ferais vite de nouveaux amis. C'était ce que j'avais pensé en entrant à l'école élémentaire, mais cela ne s'était pas passé comme je l'espérais. Je lui fis part de mes craintes et il me rassura un peu en me disant que tout le monde était comme moi, à Haut-de-la-Garenne.

Mr Smith me dit aussi que la vie y était beaucoup plus agréable qu'au Sacré-Cœur. « Tu vas te plaire. Crois-moi, on y mange bien mieux ! Tu ne seras plus obligé d'aller à la messe ni de faire toutes ces corvées. Tu sais, tu vas avoir davantage de devoirs à faire, et c'est important. Les garçons comme toi doivent bien travailler à l'école pour pouvoir trouver un métier. »

Il m'apprit ensuite que John avait quitté l'orphelinat quelque temps plus tôt, le jour de son quinzième anniversaire. Selon lui, il était préférable, à ce stade, qu'il ne vienne pas me rendre visite. Les religieuses, qui avaient l'œil partout, avaient parlé des visites de John au directeur de Haut-de-la-Garenne. On avait dit à John qu'il serait puni s'il continuait à venir me voir.

C'était donc pour ça qu'il n'était plus revenu. Cette explication me soulageait mais j'étais déçu de ne pas le retrouver à Haut-de-la-Garenne.

« Et Davie ? demandai-je. Pourquoi il ne viendrait pas avec moi ? Il a besoin de moi. »

Mr Smith tenta de me convaincre qu'il était mieux pour lui de rester au Sacré-Cœur. « Il est bien avec les religieuses, pour le moment. Ce ne sera jamais un bon élève, tu sais. »

Je ne lui demandai pas de s'expliquer. Je devais avoir conscience, sans toutefois me formuler les choses clairement, que son accident avait endommagé son cerveau et qu'il ne s'en remettrait jamais. Mais j'avais tout de même du mal à comprendre en quoi il était préférable pour Davie que l'on soit séparés. J'insistai auprès de tous les adultes pour que mon petit frère m'accompagne, mais tous me répondirent : « Pas maintenant, Robbie. » Leur décision était prise.

Le samedi de mon départ, Davie se préparait à aller travailler dans les jardins. On m'avait dit qu'on viendrait me chercher avant le déjeuner, et je réalisai soudain que le moment de le quitter était arrivé. Cherchant à repousser cet instant le plus possible, j'inventais des excuses pour retenir Davie.

« Robbie, il faut que j'y aille, maintenant », finit-il par me dire d'une voix légèrement tremblante.

Je regardai la frêle silhouette de mon petit frère, debout en face de moi. J'aurais voulu le prendre dans mes bras, lui dire que tout allait bien se passer, que nous allions nous retrouver. Au lieu de cela, je mis les mains dans mes poches et ravalai mon émotion.

« Davie… » Je ne fus pas capable d'en dire plus.

Il me regardait de ses grands yeux bleus candides. Il posa la main sur mon bras. « Ça ira, Robbie, dit-il doucement. Ce n'est pas pour toujours, hein ?

— Non, Davie, répondis-je. Ce n'est pas pour toujours. »

Puis il s'éloigna et sortit du dortoir.

28

« Prêt à partir, Robbie ? s'exclama Mr Smith. Allez, viens, la voiture est dehors. On ne va pas bien loin. »

Une main sur mon épaule, il m'invita à sortir du dortoir et me suivit le long de couloirs familiers jusqu'à la porte principale, où attendait Sœur Bernadette. Elle lui fit un grand sourire et inclina légèrement la tête vers moi.

« Essaie de bien te tenir, Robbie », me conseilla-t-elle en guise d'adieu.

Je lui répondis d'un petit signe de tête. Si j'avais attendu autre chose, quelques mots gentils, un signe d'affection ou même un sourire, j'en aurais été pour mon compte. Debout près de la porte, elle nous regarda nous éloigner. Une fois dehors, je pris une grande inspiration et me forçai à sourire. Que pouvait me faire l'indifférence de Sœur Bernadette ? Je partais pour un endroit plus agréable, non ?

Je montai à l'avant de la petite Morris Minor noire de Mr Smith et regardai autour de moi. La banquette arrière était vide. « Où est Marc ? demandai-je. Je pensais qu'il venait avec nous ? » Mr Smith ne me répondit pas. La voiture démarra et je m'accrochai aux rebords de mon siège. Dans le bruit ronronnant du moteur, nous quittâmes Saint-Hélier et traversâmes la campagne en direction de Saint-Martin.

Le trajet se passa comme dans un brouillard. Je regardais par la vitre sans capter grand-chose du paysage. Trop de questions tournaient dans ma tête. Comment est-ce que ce serait, là-bas ? Est-ce que j'allais me faire des amis ? Est-ce que Davie allait se débrouiller sans moi ? Les rares fois où John était venu me voir, il avait éludé mes questions sur la vie à Haut-de-la-Garenne. J'étais triste qu'il ne soit plus là. Le destin s'acharnait à nous séparer, semblait-il.

La voix de Mr Smith me tira de ma rêverie. « Réveille-toi, Robbie. On est arrivés. »

Je regardai autour de moi et vis des pelouses d'un vert brillant, un grand bâtiment aux fenêtres fraîchement repeintes, et je réalisai que nous n'avions pas franchi de grande barrière fermée à clé. Aucun mur planté de chardons n'entourait le bâtiment, aucun garçon n'était en train de s'activer dans les jardins.

Le gardien en chef était un grand homme avec une barbe épaisse en broussaille. Il nous accueillit à l'entrée principale, serrant chaleureusement la main de Mr Smith et me tapotant l'épaule.

« Viens dans mon bureau, Robbie. On va discuter un peu, tous les deux, et puis je demanderai à un des garçons de te montrer les lieux avant le déjeuner. » Je le suivis dans une petite pièce avec un bureau sur lequel étaient empilés des tas de papiers, trois chaises et un classeur. Il me fit signe de m'asseoir et s'assit en face de moi.

Il me gratifia d'un petit sourire forcé qui n'avait rien à voir avec celui qu'il avait adressé à Mr Smith, et me confirma ce que l'on m'avait déjà dit : le travail que l'on attendait de moi était minimal. Il fallait simplement que je fasse mon lit, que je range mes affaires et que j'assure mon tour de vaisselle le soir et le week-end. C'était tout.

Il était interdit de courir dans les couloirs et d'élever la voix. Si l'on voulait sortir, il fallait demander la permission à l'un des gardiens ; ce n'était pas parce qu'il n'y avait pas de murs que l'on pouvait se balader comme on voulait.

« Ton frère a enfreint les règles plus d'une fois, tu sais. » Il fit une pause et me scruta du regard. « Il a été sévèrement puni pour cela. Alors ne fais pas comme lui, d'accord ? »

— Oui, monsieur », parvins-je à répondre. Je ne savais pas que John avait été puni et je me demandais, plein d'inquiétude, ce qu'ils lui avaient fait.

Les autres règles étaient les suivantes : pas de bagarres, pas de vols, pas de cris ; interdiction de répondre aux gardiens et tenue correcte exigée en toutes circonstances. Après ce à quoi les religieuses m'avaient habitué, tout cela me paraissait bien anodin.

Il me dit que désobéir à ces règles entraînait une punition, sans toutefois me préciser en quoi celle-ci consistait. Pas plus qu'il ne me précisa que chaque gardien était libre de juger si un garçon parlait trop fort ou n'avait pas une tenue correcte. Si j'avais su, à ce moment-là, quelles étaient leurs punitions, j'aurais sans doute été moins confiant.

« Bien, et maintenant allons voir si quelqu'un peut te présenter les lieux. »

Je le suivis hors de son bureau et il interpella le premier garçon qui passait. « Viens ici, mon garçon ! » Il avait un nez retroussé et des cheveux châtains frisés. Il nous jeta un regard inquiet, mais parut rassuré quand le gardien en chef nous présenta. « Martin va s'occuper de toi, Robbie », dit-il avant de retourner dans son bureau.

« Tu es le frère de John Garner, non ? me demanda Martin. Vous ne vous ressemblez pas beaucoup ! » Il poursuivit sans me laisser le temps de répondre. « On t'attendait. On a entendu dire que tu arrivais.

— C'est dommage que John soit parti, dis-je d'un air triste. Je pensais qu'il serait là. »

Martin ne fit aucun commentaire.

« Viens, on va faire le tour. » Il ouvrit une porte. « Là, c'est la salle à manger. » Je fus surpris de découvrir de grandes tables rondes avec des chaises, et non pas de longues tables rectangulaires avec des bancs. Il me montra ensuite les toilettes et les douches.

« C'est beaucoup mieux que les bains », m'assura Martin quand je lui avouai que je n'avais jamais utilisé de douche. Puis il me fit traverser un grand couloir très clair, percé de hautes fenêtres qui donnaient sur la cour, et monter les quelques marches qui menaient au dortoir.

« Voilà ton lit », me dit-il en désignant un espace contenant un lit, une jolie table de chevet en bois et une petite armoire. Je n'en revenais pas de disposer de tout cet espace. Au Sacré-Cœur, comme nous ne possédions rien, nous n'avions pas besoin de rangement.

« Viens, poursuivit Martin, je t'emmène dans la salle de détente, tu vas rencontrer les autres. »

Nous empruntâmes des couloirs fraîchement repeints pour arriver dans une grande salle meublée de fauteuils disposés autour d'un poste de télévision en noir et blanc. Des étagères remplies de centaines de livres, du sol au plafond, séparaient la pièce et cachaient presque la table de billard où jouaient un groupe de garçons et un homme brun d'une bonne trentaine d'années.

Je restai bouche bée devant une telle vision. Des livres, une télévision et une table de billard ! Soudain, les pièces sombres et l'austérité du Sacré-Cœur me parurent bien loin. Je ne doutais plus d'avoir foulé le sol d'un monde meilleur et commençais à me sentir tout excité. Martin me présenta à deux garçons qui faisaient vaguement une partie de cartes – autre activité strictement interdite au Sacré-Cœur ; les religieuses parlaient des « cartes du Diable ».

Je leur demandai s'ils connaissaient John, eux aussi.

« Tout le monde connaissait ton frère », répondirent-ils, avant de remarquer que je ne lui ressemblais vraiment pas.

J'avais bien conscience qu'avec mes lunettes, mes cheveux châtain terne et mon physique longiligne, je n'avais pas la plus vague ressemblance avec mon grand frère, un beau garçon blond et musclé. Chaque jour, je faisais des pompes dans l'espoir de développer ma carrure, mais les résultats se faisaient attendre.

« Remarque, c'est peut-être mieux pour toi de ne pas trop lui ressembler, dit un garçon qui s'appelait Pete.

— Pourquoi ? » demandai-je. Quand je me comparais à John devant un miroir, je ne voyais aucune bonne raison de préférer me ressembler.

Pete eut l'air mal à l'aise ; ma question avait manifestement jeté un froid dans le petit groupe. Leurs yeux se tournèrent vers la table de billard.

« Quoi ? insistai-je.

— On en parlera plus tard ; pas ici en tout cas », répondit Martin à voix basse ; il y avait quelque chose dans sa voix, un avertissement peut-être, qui troubla mon excitation d'une pointe d'appréhension.

Ils me donnèrent ensuite quelques informations sur les gardiens, toujours à voix basse et en jetant un œil de temps à autre vers la table de billard.

« Le gardien en chef est un vrai dingue, dit un troisième garçon. À un moment, il te fait un sourire et celui d'après, il te frappe. Tu sais jamais à quoi t'attendre, avec lui. Et Parker – tu le verras plus tard –, lui, c'est un sacré salaud. Alors, t'approche pas d'eux. »

Je n'accordai pas d'importance à ce qu'il me disait. Les religieuses ne m'avaient-elles pas battu pour des peccadilles ? N'avais-je pas dû travailler d'arrache-pied ? N'avais-je pas été privé de livres, de télévision et de jeux ? Je regardai le grand poste de télévision qui dominait la salle et souris en pensant à toute cette liberté.

« Quand est-ce qu'on peut la regarder ? demandai-je.

— Le week-end, quand il y a un film, répondit Martin sans le moindre enthousiasme. Je crois qu'il y en a un cet après-midi. »

Je n'eus pas le temps de poser d'autres questions : soudain, l'homme qui faisait une partie de billard se tenait près de moi. Il me dit en souriant qu'il s'appelait Blake et qu'il était l'un des gardiens.

Physiquement, il était à peu près taillé comme Dennis : grand et musclé, avec des cheveux bruns épais et ondulés et des yeux noisette. Mais en apprenant à le connaître, je remarquai les différences entre eux. Ses yeux ne se plissaient pas quand il riait, mais ils changeaient de couleur selon son humeur. Quand ils fonçaient, devenant presque marron, c'était le signe qu'il allait se mettre en colère. Il y avait aussi d'autres différences. Il soulevait des haltères pour entretenir sa forme physique, mais le sport n'était pas sa passion ; lui, c'étaient les voitures. Il avait un petit modèle sportif, rouge, que tous les garçons voulaient essayer. Sa démarche était différente, également ; celle de Dennis était débonnaire, tandis que Blake roulait des mécaniques comme un prédateur.

Mais tout cela, je ne le vis pas le premier jour ; je sentis seulement qu'il me mettait mal à l'aise.

Sa présence semblait crisper les autres garçons, mais ils se détendirent en voyant qu'il s'adressait à moi. De quoi avaient-ils peur ? Mes années au Sacré-Cœur m'avaient appris à ne pas me laisser désarmer par un gentil sourire ou un visage aimable, et à ne pas faire confiance à quelqu'un qui me tapait sur l'épaule en me proposant son aide. À douze ans, je regardais le monde et les adultes avec méfiance. J'attendis donc qu'il me dise ce qu'il voulait.

« Tu as de la chance, dit-il, il y a de jolis vêtements qui t'attendent. Viens avec moi, tu vas te changer. Il nous faut aussi ta pointure pour te donner des chaussures neuves. »

Il m'accompagna jusqu'à un placard où il choisit un pyjama, une robe de chambre, un uniforme scolaire, un pantalon et un pull-over. J'ouvris de grands yeux en voyant tous ces vêtements. Ma petite pile sur les bras, je le suivis jusqu'au dortoir et rangeai mes affaires dans mon armoire. Pour la première fois depuis mes cinq ans, quand Mrs Johnston m'avait donné mon uniforme neuf, je respirai la bonne odeur du linge frais. Au Sacré-Cœur, les vêtements sentaient un mélange d'usure et de lessive bon marché ; ceux-ci, pour moi, sentaient l'air frais et l'espoir.

« Tu peux mettre ton pantalon et ton pull, dit Blake. Mais d'abord, il faut te doucher. On ne met pas des vêtements propres sur un corps sale, n'est-ce pas ? »

Je le suivis jusqu'aux douches communes. Il me regarda me déshabiller, adossé au mur, et pendant que je me douchais, je sentais encore son regard sur moi. « Tiens, je vais t'aider », me dit-il, et il me frotta les cheveux avec du shampoing avant de m'essuyer le dos. Je me raidis ; je n'aimais pas qu'on me touche. Il le remarqua et retira brusquement sa main, puis me jeta une serviette sur l'épaule.

« Sèche-toi avec ça. »

J'avais beau lui tourner le dos, je sentais encore son regard sur moi.

« Je suppose que tu es content d'être parti de chez ces religieuses », me dit-il d'une voix graveleuse en me tapotant les fesses.

Je me dépêchai d'enfiler mon slip.

« D'après ce que j'ai compris, elles n'ont pas réussi à faire de toi une poule mouillée, continua-t-il.

— Non, répondis-je en essayant de me redresser.

— Ouais… Paraît que t'es un petit dur, comme ton frère. T'avise pas de tenter quoi que ce soit quand je suis là, sinon on va pas être copains. »

Il me fit un petit sourire, puis me dit qu'il était l'heure de déjeuner et me montra la direction à suivre.

Une autre surprise m'attendait : la salle à manger était mixte. Il y avait aussi des filles ! Martin m'avait gardé une place à sa table, composée uniquement de garçons. Je restai bouche bée pour la seconde fois de la journée en voyant arriver le déjeuner : d'épaisses tranches de jambon, une purée moelleuse, des petits pois et des carottes.

Nous passâmes la plus grande partie de l'après-midi à regarder un western avec John Wayne à la télévision, puis il fut l'heure de dîner : du hachis Parmentier suivi de fruits au sirop avec de la crème anglaise. Après cela, nous retournâmes dans la salle de détente, où je m'essayai assez maladroitement au billard, avant d'aller nous coucher. Je me brossai les dents, enfilai mon nouveau pyjama en coton, me glissai sous mes draps et m'endormis dans un sourire.

29

« Rendors-toi, me murmura mon voisin de dortoir, qui s'appelait Dick. Tu ne peux rien faire. »

Mais le sommeil m'avait quitté. L'épaisseur des murs avait certainement étouffé ces cris, mais ils n'en étaient pas moins chargés de terreur. Cela dura à peine une minute, puis ce fut le silence ; un silence encore plus effrayant.

Le lendemain matin, j'en parlai à Dick.

« Je te dirai plus tard », me dit-il nerveusement en regardant par-dessus mon épaule. Je me retournai et vis ce qui avait attiré son attention : Blake, le gardien, nous regardait.

Je dus patienter jusqu'à la fin du petit-déjeuner, après lequel nous étions libres de sortir. Comme il n'y avait pas de messe, nous avions toujours un peu de temps, même les jours d'école. Des groupes de filles et de garçons s'étaient formés, mais je remarquai que personne ne riait ou ne discutait.

Martin et moi fîmes quelques pas dehors, au soleil, avec un autre garçon du dortoir, Pete. Martin nous fit signe de le suivre. Nous nous arrêtâmes derrière l'angle d'un mur où l'on ne pouvait pas nous voir depuis le bâtiment principal. Les garçons s'adossèrent au mur, visiblement détendus. La ressemblance entre Pete et Martin me frappa – ils auraient pu être frères, ce qui me fit sourire, car John et moi étions si différents.

Martin parla le premier. « Écoute, Robbie, c'est pas une bonne idée de parler de ce que tu vois ou de ce que tu entends devant les gardiens, surtout Blake. Il y en a un autre dont tu dois te méfier aussi : c'est Parker. Fais-toi discret quand ils sont là. »

Puis il regarda ses pieds, évitant mon regard, avant de demander : « Est-ce que Blake t'a touché quand il t'a donné tes vêtements ? »

Je haussai les épaules : « Pas vraiment », répondis-je de la manière la plus détachée possible. Je n'ajoutai pas qu'il m'avait regardé prendre ma douche ni que quelque chose en lui me mettait mal à l'aise.

Quoi qu'il en fût, je n'avais pas l'intention de les laisser changer de sujet. Je voulais savoir ce qui s'était passé dans la nuit. « D'où venaient ces cris ? demandai-je.

— De la salle de punition, à côté du bureau du gardien en chef, me répondit Pete. En général on n'entend rien, mais ils ont dû laisser une porte ouverte.

— La salle de punition ? » répétai-je. Le simple fait que l'on puisse appeler une pièce ainsi lui donnait déjà un côté sinistre.

Les garçons se regardèrent et Pete enchaîna. « Ne dis rien à personne. On n'est pas censés en parler, mais il y en a aussi dans les caves. Elles sont encore pires.

— Dans celle qui est à côté du bureau du gardien en chef, c'est surtout des coups de bâton. Et ils n'y vont pas de main morte… », précisa Martin dans un frisson.

Je leur demandai ce qui se passait dans les autres pièces, mais ils n'en dirent pas plus ; visiblement, le seul fait d'en parler les effrayait.

« Qui était dans cette salle ? » demandai-je, et je sentis une pointe d'angoisse tout de suite après avoir posé cette question.

« Je pense que c'était ton copain du Sacré-Cœur, celui aux cheveux roux – Marc, c'est ça ? répondit Pete. Tous les garçons du dortoir étaient là, cette nuit.

— Ouais, d'ailleurs c'est bizarre pour un samedi soir, marmonna Martin. Ça devait être le tour des filles. »

Sur le coup, je ne compris pas ce qu'il entendait par là. J'étais trop bouleversé par ce que venait de dire Pete. Étaient-ce vraiment les cris de Marc que j'avais entendus ?

Je m'étais bien demandé pourquoi on ne l'avait pas transféré en même temps que moi, mais je supposais qu'il arriverait un peu plus tard. Si Pete avait raison, il était déjà là et on l'avait emmené directement dans la salle de punition.

« Qu'est-ce qu'il a pu faire ? » demandai-je.

Martin haussa les épaules. « Va savoir… S'ils veulent te frapper, ils n'ont pas besoin d'excuses.

— C'est une bande de salauds », dit Pete, un accès de colère dans la voix. « Ils sont censés être mieux que nous, ils nous traitent de petites merdes, ça oui, mais c'est eux, les petites merdes. » Son regard s'était embué et la colère s'était muée en haine.

« Il a peut-être répondu au gardien en chef, poursuivit Martin. Ça aurait suffi. Je t'ai dit qu'il était fou, ce salaud. De toute façon, s'ils veulent te bastonner pour te souhaiter la bienvenue, ils le font. C'est ce qu'ils font quand ils pensent qu'un nouveau va poser des problèmes. Histoire de bien montrer qui commande.

— Vous deux, vous avez dû être vraiment pénibles pour que les religieuses vous envoient ici ; on voit pas beaucoup de garçons de l'orphelinat, seulement ceux qu'elles arrivent pas à gérer. Est-ce que ton copain est plus âgé que toi ? demanda Pete.

— Oui, répondis-je, mais de six mois, seulement.

— Peu importe, pour eux, c'est le meneur, alors c'est lui qui doit prendre en premier. Pour qu'il soit bien cassé. C'est ce qu'ils essaient de faire. »

La discussion s'arrêta là. Je me faisais du souci pour Marc et j'étais bouleversé qu'il ait payé pour nous deux, si c'était vraiment le cas. Mais j'étais également terrifié à l'idée de me retrouver à mon tour dans cette salle de punition. Les épaules basses, je me dirigeai vers la salle de détente, pris un livre et m'assis à l'écart des petits groupes qui discutaient à voix basse. Je tournais les pages, mais mon esprit était ailleurs. Je n'arrivais pas à lire. J'essayais de faire le vide dans ma tête. Je restai comme coupé du monde pendant toute la journée.

Ce soir-là, dans mon lit, une pensée m'obsédait : « Cet endroit est encore pire que l'autre. » Ce que je ne savais pas encore, c'était à quel point il était pire.

Ils libérèrent Marc le lendemain matin – un Marc que je reconnus à peine. Cela ne faisait que deux jours que je ne l'avais pas vu, mais il avait l'air plus vieux et plus maigre. À son allure, je compris tout de suite qu'il était mal. Il se tenait les côtes, comme pour se protéger de nouveaux coups.

Toute naïveté et toute confiance avaient déserté son regard : ses yeux n'étaient plus qu'un grand vide. Ce regard, j'appris à le reconnaître ; c'est celui qui s'ancre dans les yeux de ceux qui ont perdu tout espoir et toute croyance en la possibilité d'une vie meilleure. Le garçon qui m'avait apporté à manger et rassuré sur le sort de Davie lorsque j'étais enfermé dans la grange, le garçon qui avait rendu mon travail à la buanderie supportable et ri avec moi sur la plage quelques jours plus tôt, ce garçon-là était mort ; il ne restait plus que son enveloppe blessée et traumatisée.

Il resta silencieux pendant quelques secondes, puis soupira. « Ce sont des salauds, Robbie ; de vrais salauds. » Et quand il prononça ces mots, je m'aperçus avec horreur qu'il lui manquait une dent à la mâchoire supérieure.

« Marc… », dis-je, mais je ne trouvai pas les mots et restai là à le regarder, les bras ballants. J'aurais voulu le réconforter comme lui l'avait fait pour moi, mais j'étais trop jeune pour exprimer ce que je ressentais, alors je restai muet.

Plus tard, dans un coin discret des jardins, il souleva sa chemise pour me montrer ses bleus. Ses côtes étaient marbrées et il avait des marques violacées dans le dos. Certains bleus étaient clairement dus à des coups de poing ; d'autres avaient enflé : il me dit que c'étaient des coups de bâton.

« Mais il y en a d'autres que tu peux pas voir, ajouta-t-il d'un air grave. Ces salauds savent aussi te frapper sans laisser de marques. Ils mettent un objet dur dans une serviette mouillée et ils te battent avec ça.

— Je t'ai entendu crier », finis-je par dire. En y repensant, je me souvins qu'il ne criait jamais quand les religieuses le frappaient, même à huit ans.

Sur le moment, il ne me dit pas ce qui l'avait fait hurler et les supplier d'arrêter. Mais les jours suivants, il me livra les détails par petits bouts et je pus reconstituer ce qu'il avait enduré.

Trois hommes l'avaient emmené dans les caves, l'avaient déshabillé et plongé dans un bain glacé. Ils lui avaient maintenu la tête sous l'eau pendant si longtemps qu'il avait cru se noyer. Ensuite, ils l'avaient remonté au rez-de-chaussée et l'avaient battu. Ils l'avaient menacé de le plonger à nouveau dans le bain glacé, l'avaient traîné jusqu'à la porte et frappé dans le dos.

Si tout cela ne l'avait pas fait crier, alors quoi ? me demandai-je. J'avais besoin de savoir ce qui lui était arrivé et ce que je risquais moi aussi si je ne me tenais pas à carreau.

Ce n'est qu'un peu plus tard qu'il me raconta la suite. Nous nous étions cachés dans un endroit où l'on ne pouvait pas nous voir. Les gardiens ne semblaient pas tenir à nous séparer, même si Marc avait été affecté à un autre dortoir. Ils pensaient sans doute que leur punition était une mise en garde suffisante. Nous étions assis sur l'herbe, plongés dans nos pensées. Comme s'il avait lu en moi, il finit par trouver le courage de répondre à la question que je me posais.

« Ils m'ont mis des trucs sur le zizi, dit-il soudain. Des trucs qui font mal. »

Je l'écoutais en retenant mon souffle. Il versa une larme qu'il balaya rageusement du revers de la manche. « C'est ça qui m'a fait crier, Robbie. J'ai pas pu m'empêcher. »

Il se leva et s'en alla, les mains dans les poches, le dos voûté. Je sentis qu'il ne voulait pas que je le suive.

À ce moment-là, je n'arrivais pas à concevoir ce qu'ils lui avaient fait. Qu'est-ce qu'ils avaient bien pu lui « mettre sur le zizi » ? Je ne le compris que les jours suivants, en regroupant ce que Marc voulut bien me dire et ce que j'arrivai à arracher à Pete et Martin.

Dans la cave, les gardiens avaient un petit générateur. La deuxième fois qu'ils y emmenèrent Marc, ils l'allumèrent et le lui montrèrent, en lui faisant bien comprendre que ça produisait de l'électricité. Marc se mit à trembler ; il savait que le mélange eau et électricité pouvait tuer. Les gardiens se moquèrent de lui et prirent la barre de métal reliée au générateur. Marc avait déjà vu des fermiers utiliser ce procédé pour assommer les vaches avant de les tuer, dans la ferme où il avait vécu étant petit. Les gardiens lui touchèrent le sexe avec cette barre de métal. La douleur fut si intense que même un adulte aurait hurlé. Marc n'avait que treize ans. Même le plus courageux des garçons se liquéfiait rien qu'à la vue du générateur, une fois qu'il avait subi cette torture.

C'était là qu'il s'était mis à hurler, à pleurer et à les supplier d'arrêter. Quand ils le remontèrent au rez-de-chaussée, Marc pensa qu'ils allaient enfin le laisser tranquille, mais ils n'en avaient pas encore terminé avec lui. Ils recommencèrent à le frapper ; une fois à terre, ils le traînèrent vers la porte.

Ils le menacèrent de le torturer à nouveau et de le replonger dans le bain glacé. Son corps fut pris de secousses à l'évocation de ces souffrances. Il tendit le bras pour s'agripper au jambage de la porte et serra si fort qu'il se cassa les ongles. Les gardiens riaient et continuèrent à le frapper. Marc hurla, là encore, et les supplia de ne pas l'emmener à nouveau là-bas. Ce sont ces cris que nous avions entendus depuis le dortoir.

Satisfaits d'avoir brisé sa fierté, les gardiens décidèrent d'arrêter. Ils laissèrent Marc dans une pièce, avec seulement un fin matelas pour s'allonger et rien pour se réchauffer. Il était sous le choc de tous les coups qu'il avait reçus, son corps frissonnait d'avoir été plongé dans l'eau glacée et il continuait d'être secoué de soubresauts après la douleur intense infligée par le générateur électrique. Il passa la nuit à trembler de froid et à pleurer de douleur.

Le matin, quand ils revinrent le chercher, il leur promit de ne pas poser de problème.

Il se détestait d'avoir pleuré.

Il les détestait.

Même entre nous, nous admettions rarement nos peurs. La honte nous faisait taire. La honte d'avoir peur des gardiens ; la honte de ce qu'ils faisaient de nous – des objets pitoyables qui pleuraient et les suppliaient.

Nous savions tous qu'il était inutile d'attendre de l'aide du monde extérieur. Si nous étions là, c'était parce que personne ne voulait de nous. Nous avions tous une raison d'être entre ces murs. Certains garçons avaient commis des crimes mais n'avaient pas l'âge d'aller en prison ; d'autres avaient été abandonnés ; d'autres n'avaient qu'un parent, malade et incapable de s'occuper d'eux ; d'autres encore avaient des troubles du comportement que leur famille ne pouvait plus ou ne voulait plus assumer. Pour tout le monde, nous étions des enfants à problèmes. Nous nous étions tous entendu dire, à un moment ou à un autre, que nous étions des bons à rien, des ratés ou de la mauvaise graine. Le gardien en chef et son équipe étaient des citoyens respectés ; ils contribuaient à débarrasser les rues d'une jeunesse qui dérangeait. Ils connaissaient des gens haut placés et nous disaient que personne ne nous croirait jamais. Ils répondraient que nous inventions des histoires folles, et nous serions les seules victimes si nous nous avisions de parler.

Il y avait aussi le risque qui pesait déjà sur nous au Sacré-Cœur : l'hôpital psychiatrique. Ceux que l'on ne croyait pas étaient forcément des menteurs compulsifs, et les menteurs étaient soit des malades, soit des gens dangereux. Ce que nous avions à raconter était si atroce qu'on nous aurait probablement classés dans l'une ou l'autre de ces catégories. Suffisamment malades pour être enfermés parmi les fous, entre les mains de médecins qui pourraient décider de ne jamais nous laisser ressortir.

Au moins, dans ce foyer, nous savions que nos quinze ans nous apporteraient la liberté.

30

Dès mes premiers jours à Haut-de-1a-Garenne, je sentis que Pete et Martin me cachaient quelque chose sur mon frère. « Est-ce qu'il était apprécié ? » leur demandai-je, dans le but de les faire parler.

« Oh oui ! répondit Martin. Tout le monde aimait John. Pas vrai, Pete ? »

Pete confirma d'un signe de tête mais là encore, je sentis qu'ils ne voulaient pas parler de mon frère.

« Qu'est-ce qu'il y a, alors ? Qu'est-ce que vous ne voulez pas me dire ? »

Pete regarda Martin, qui haussa les épaules : « Oh, vas-y, autant qu'on lui dise. Il le saura, de toute façon. »

Martin commença : « Pete le connaissait mieux que moi, il était déjà là quand ton frère est arrivé, mais je sais que John a passé de sales moments.

— Ouais, c'est vrai, confirma Pete. Ces salauds de gardiens l'ont pris en grippe dès le premier jour. Je sais pas comment il a fait pour s'en sortir. Mais je vais te répéter un truc qu'il m'a dit, une fois. Je ne l'ai jamais oublié, Robbie. » Il me lança un regard intense. « Il a dit qu'il devait être fort parce qu'un jour, lui, toi et ton autre frère, vous seriez à nouveau ensemble, et que c'était à lui de faire en sorte que ça arrive, parce qu'il était le plus grand. Et à mon avis, c'est ça qui l'a aidé à tenir dans sa tête, malgré tout ce qu'ils lui ont fait. »

L'émotion me noua la gorge. Je l'imaginais parfaitement tenir ce discours, même à huit ans. Après tout, c'était surtout lui qui s'était occupé de nous depuis toujours.

J'attendais la suite. Comprenant que je voulais tout savoir, Pete soupira et se résolut à me parler des années que John avait passées à Haut-de-la-Garenne.

Quand j'avais cinq ans et lui huit, John était mon héros, mon grand frère, mais maintenant que j'en avais douze, je me rendais compte que ce n'était encore qu'un petit enfant quand on nous avait séparés. Moi, au moins, j'avais Davie ; lui n'avait personne. John était vraiment un très beau petit garçon, qui semblait plus mûr que son âge car la vie avait déjà beaucoup exigé de lui.

Mais le soir, il mouillait son lit, ce qui était passible d'une punition à Haut-de-la-Garenne.

« Parker venait d'arriver, à l'époque. Tu te souviens que je t'ai dit que c'était vraiment un connard, celui-là ? John avait peur de lui. Le pauvre, il a essayé d'arranger ça sans que personne ne sache. Il a mis un truc sous ses draps, tu vois, pour pas tacher son matelas. Ça a marché pendant quelques jours, mais au bout d'un moment ça sentait un peu, et quelqu'un l'a dit à Parker. Le lendemain matin, il a débarqué dans le dortoir et a sorti John de son lit. Évidemment, il avait encore pissé. Parker a demandé à tous les gars de rester pour regarder ce qui arrivait aux petits dégoûtants comme John. J'étais dans le lit en face de lui, alors j'ai tout vu. »

J'avais mal au ventre en pensant à la honte qu'avait dû éprouver John, tiré de son lit et exposé ainsi à une trentaine de garçons de son dortoir. Je repensai au jour où je l'avais aidé à cacher ses draps sales pour que Gloria ne les voie pas. Il devait être terrifié, ce jour-là, sans moi.

« Et qu'est-ce qui s'est passé ? » demandai-je. Ça me faisait mal de l'entendre, mais j'avais besoin de savoir.

Pete fronça les sourcils, concentré sur ses souvenirs.

« Parker lui cria dessus en l'insultant. John le regardait avec ses grands yeux gris. Il ne pleurait pas, il ne bougeait pas. Après, Parker lui a demandé d'enlever son pyjama en lui disant qu'il fallait le laver. Et il lui a demandé de défaire son lit, comme ça, tout nu. John était tout rouge, mais ce connard était loin d'en avoir terminé avec lui. Il a posé les draps sur les épaules de John et il lui a enroulé la partie mouillée autour de la tête. « Et maintenant, sens ta pisse ! » il lui a crié, pour que tout le monde entende bien. Mais ton frère ne pleurait toujours pas, et c'est ce qui a le plus énervé Parker. Il a attrapé John et l'a poussé vers la porte en nous criant à tous de descendre sur les terrains de jeux. Il a même demandé à un gars d'aller dire à ceux des autres dortoirs de sortir. »

Je fermai les yeux pour retenir mes larmes. Il m'était presque insupportable d'imaginer John ainsi humilié par des inconnus. Pete continua son histoire ; j'avais envie de me boucher les oreilles, mais je n'en fis rien.

« Parker l'a fait courir en boucle avec ses draps autour de la tête, et tous les autres le regardaient. Il a dit à tout le monde ce qu'il avait fait, il l'appelait « le petit pisseur ». Certains gars ont rigolé ou l'ont hué, mais les autres avaient peur. Parker était vraiment impressionnant à l'époque, encore plus qu'aujourd'hui. J'avais même pas six ans quand c'est arrivé, mais je m'en souviens encore très bien. Moi aussi je faisais pipi au lit quand j'étais plus petit, et j'avais peur de me retrouver comme John. Mais lui, il pleurait toujours pas, tu vois. Pas encore.

— Qu'est-ce que Parker a fait après ça ? » Je savais qu'on ne s'arrêtait pas de faire pipi au lit parce qu'on avait été humilié.

« Oh, Parker lui a souvent fait faire ça. On a fini par avoir l'habitude de voir John courir avec ses draps autour de la tête. Quel que soit le temps, Parker le faisait courir. Et ton frère a pris le dessus sur Parker. Évidemment, après ça, Parker l'a vraiment détesté, mais je crois que John s'est dit que ça en valait la peine. »

Je sentis de l'admiration dans sa voix. « Comment ? demandai-je. Comment il a fait ?

— C'était quelques semaines après son arrivée, continua Pete. Je crois que John avait compris comment Parker fonctionnait. En tout cas, un matin, il s'est levé avant que Parker arrive, il a nettoyé sa pisse et il a attendu à côté de son lit. Quand Parker est arrivé, il lui a dit qu'il était prêt. Et tu sais ce qu'il a fait, une fois sur la pelouse ? Il a pris son drap, il l'a levé au-dessus de sa tête et il s'est mis à courir tellement vite que tous les gars ont commencé à l'encourager. John a rigolé et il s'est mis à battre des bras. On aurait dit un coureur qui passait la ligne d'arrivée aux Jeux olympiques ! Parker était vert de rage, et après ça, il a vraiment eu ton frère dans le nez. Mais c'était tout ton frère, ça, c'était vraiment un sacré mec. Même les gars plus âgés l'admiraient. »

J'imaginais bien John avec ses cheveux blonds, sa peau dorée et son petit corps compact en train de courir comme un fou, avec son drap qui virevoltait au-dessus de sa tête comme le drapeau géant de la victoire. Je voyais d'ici son sourire, ce grand sourire qui disait « Je m'en fiche », et j'étais fier du garçon plein de cran qu'il avait été à huit ans.

Pete me dit qu'après cet épisode, Parker s'était mis en tête de briser John et avait utilisé le moindre de ses faux pas pour le punir. « S'il marchait trop vite, il l'accusait de courir ; s'il marchait trop lentement, il l'accusait de traîner ; et quand John essayait de se défendre, il l'accusait de répondre et d'être insolent. Je me rappelle la première fois qu'ils l'ont battu. Ils l'ont fait devant nous, dans le dortoir. Parker lui a enlevé son pantalon, il l'a fait s'allonger sur son lit et il lui a dit d'écarter les jambes. Et puis il l'a frappé avec le bâton siffleur. » C'était le surnom d'un certain type de bâton qui chuintait en fendant l'air ; ses extrémités étaient entaillées et acérées à vous faire saigner. J'en avais entendu parler par certains garçons du Sacré-Cœur, même si les religieuses n'avaient jamais utilisé ce genre de chose. Je frémis en pensant à ce pauvre John.

« Il lui a flanqué des beignes en veux-tu, en voilà. Il avait le cul rouge comme un camion de pompiers et ça saignait de partout. John s'est mis à pleurer ; il a vraiment essayé de se retenir mais il a pas pu. Après, il a eu des bleus pendant toute la semaine. C'est la seule fois où je l'ai vu pleurer ; c'était pas un lâche, il gardait toujours la tête haute. »

Pete se tut et chercha ses mots en serrant les poings.

« C'étaient ces types, ces sales enfoirés, lâcha-t-il avec une rage soudaine. Tu sais, ces bâtards qui veulent toujours nous peloter ? Ils l'ont vraiment abîmé. » Pete se mit la main sur la bouche, presque comme s'il voulait empêcher d'autres mots de sortir. « Il se laissait pas faire, mais il avait que neuf ans à l'époque. Il les injuriait comme il pouvait, il leur donnait des coups de pied et il leur crachait dessus. Il les supportait pas. »

Pete avait l'air triste en évoquant ces souvenirs. « C'est horrible…, dit-il. Ils sont horribles. Il s'est fait beaucoup cogner dessus. Ça doit être au bout de deux ans que c'est devenu encore pire. Il a mordu les mains d'un gardien – il avait pas aimé où l'autre connard avait essayé de les mettre ! Ils l'ont emmené dans la cave et ils l'ont battu. Je sais pas vraiment ce qui s'est passé, Robbie, vu que j'y étais pas, mais je peux te dire qu'il avait du sang sur son slip le lendemain. Et il marchait bizarrement, tu sais, comme s'il avait vraiment mal. On lui a demandé, mais il voulait pas en parler. C'était même pas la peine d'insister. Il se mettait en colère quand on lui posait la question. J'avais à peu près huit ans à l'époque et je comprenais vaguement ce qui s'était passé. On m'avait déjà touché – tu sais, sur le zizi – et on m'avait fait tenir celui d'un de ces types, mais c'est tout. Alors je savais pas vraiment quoi, mais en tout cas ils lui avaient fait mal. »

J'avais la nausée. Je voulais supplier Pete de se taire ; lui dire que je ne voulais plus rien entendre, que c'en était trop. Mais je ne le fis pas. Peut-être que, d'une certaine manière, je devais à John d'écouter jusqu'au bout.

Pete regarda autour de nous d'un air presque inquiet, pour s'assurer que personne ne nous entendait. « Tu vois qui est Blake ? Lui, il aime les jeunes garçons. Ça a été pire quand il est arrivé parce qu'il a voulu ton frère pour lui tout seul. John était tout le temps emmené dans les caves. Mais quand il a grandi, il s'est mis à frapper Blake. Je l'ai pas vu, j'aurais bien aimé, mais il y avait d'autres gars là-bas. C'était à une de leurs soirées. John a donné un coup de poing à Blake en pleine tronche. Il l'a traité de sale pédé et tout ça. »

Je me demandais ce qu'il entendait par « soirées », mais je n'eus pas le courage de lui demander.

Martin enchaîna. « Ouais, j'étais là quand ça s'est passé. Ces salauds l'ont tellement battu qu'ils l'ont laissé deux jours dans la cave. Il était dans la pièce avec la baignoire. C'était ce sale connard de Blake. Quand il était bourré, il se vantait de ce qu'ils lui avaient fait. Il était pété de rire ; il voulait qu'on sache ce qui arrivait à ceux qui osaient lever la main sur eux.

« Ils lui ont mis une sorte de cagoule et ils lui ont maintenu la tête sous l'eau. Tout le monde paniquerait dans ces cas-là, t'as l'impression de te noyer. Ton frère s'est débattu, il les entendait rire et il a cru qu'il allait mourir ; peut-être qu'il aurait préféré. Ils me l'ont fait, une fois. » Il avait prononcé ces derniers mots presque dans un murmure.

Jusque-là, Martin avait évité mon regard ; il releva la tête pour voir comment je réagissais à ce qu'il venait de me dire. Je le regardai les yeux pleins de larmes. Subitement, Martin eut l'air d'un vieillard fatigué et pas d'un garçon de treize ans auquel la vie était censée s'offrir.

« Tu ferais n'importe quoi pour qu'ils ne recommencent pas. »

J'avais le ventre de plus en plus noué. Je repensais à ces quelques fois où John avait réussi à venir me voir sans rien me dire de tout ce qu'il avait subi.

« Mais bon, continua Pete un peu plus gaiement, vers la fin, ça s'est arrangé pour lui. J'ai l'impression que Blake a commencé à avoir peur de lui. Ton frère n'avait que quatorze ans, mais il était baraqué. Tu sais qu'il faisait des pompes et qu'il soulevait des poids ? À chaque fois qu'il avait le temps, il allait courir. Je sais pas où il a dégoté ces poids, mais il les soulevait tous les matins avant l'arrivée des gardiens. J'arrivais à peine à les soulever mais pour lui, c'étaient des bouts de plastique ! Il nous disait qu'il s'entraînait, mais il disait jamais pour quoi. » Il eut l'air pensif. « Oui, je crois que Blake était content quand il est parti. »

Quand j'avais revu John au Sacré-Cœur, son physique athlétique m'avait impressionné – les épaules larges, une taille fine et les muscles des bras et des jambes bien dessinés.

Maintenant, je savais pourquoi il avait ainsi sculpté son corps : il l'avait fait pour survivre.

31

Toute ma vie, j'avais envié le physique de John. Il avait de beaux cheveux blonds épais, tandis que les miens étaient ternes et me tombaient sur le front. Ses longs cils noirs et ses sourcils blond foncé soulignaient le gris clair de ses yeux, tandis que les miens, d'un bleu délavé, regardaient le monde à travers des lunettes en plastique rose pâle. John avait la peau mate et nette, sans le moindre de ces boutons qui sont le fléau de certains adolescents et qui n'allaient pas tarder à bourgeonner sur mon visage.

Loin d'avoir son physique sportif, j'avais les épaules étroites et des membres rachitiques. Malgré mes pompes quotidiennes, aucun muscle ne se décidait à se développer et je désespérais de jamais avoir la carrure de John à son âge.

Mais au bout de quelques jours à Haut-de-la-Garenne, je m'estimai heureux de ne pas être aussi beau que mon frère. Je me rendis vite compte qu'il valait mieux ne pas faire partie des « mignons », car la plupart des sanglots étouffés que j'entendais la nuit, dans le dortoir, étaient ceux de ces garçons.

Quand j'étais réveillé par le bruit feutré de pas dans l'allée, je retenais mon souffle, comme tous les autres garçons du dortoir. Nous restions là, immobiles, recroquevillés dans nos lits, la peur au ventre, à attendre que les pas s'arrêtent – les pas de ces hommes à qui l'on nous avait confiés – en priant pour que ce ne soit pas auprès de nous. « Pas moi, Seigneur, s'il Vous plaît, n'importe qui, mais pas moi ! » suppliais-je.

Nous fermions les yeux et, l'instant d'après, tentions d'apercevoir si le danger était passé et vers quel lit il se dirigeait. Ils venaient souvent chercher trois garçons de notre dortoir. Et la pitié qu'ils m'inspiraient ne pesait pas lourd face au soulagement de ne pas avoir été choisi. Du moins, pas cette fois-là.

Je savais, sans les voir, que ces garçons s'accrochaient à leurs draps dans une futile tentative de résistance. Mais ils ne pouvaient rien face à ces hommes déterminés à les arracher de leur lit. Ces nuits-là, je faisais semblant de dormir, mais j'entendais la main d'un adulte se poser sur la bouche d'un garçon, un souffle coupé, des pieds nus affolés sur le sol ; je savais alors qu'ils avaient sorti un garçon de son lit et qu'ils l'emmenaient hors du dortoir. Je pensais à la peur qu'il devait ressentir et aux larmes qu'il versait sans doute. Je savais quels mots devaient tourner en boucle dans son esprit terrifié : « Arrêtez-les, s'il vous plaît, faites quelque chose ! Aidez-moi ! » Mais personne ne réagissait jamais.

Une fois qu'ils étaient partis, le soulagement était perceptible. Tout le monde respirait à nouveau et les muscles se relaxaient. À chaque fois que cela se produisait, il flottait une odeur acide, celle de l'urine qui avait taché le lit désormais vide d'un petit garçon.

Oui, nous savions tous ce qui se passait. Mais nous n'étions que des enfants bien trop soumis à nos peurs pour trouver le courage de prendre la défense de l'un d'entre nous.

Nous savions tous qu'ils l'emmenaient dans la cave, où quelqu'un l'attendait. Un autre gardien, parfois, ou peut-être un homme de l'extérieur.

Il y en avait un qui nous rendait souvent visite. Il se promenait librement dans les couloirs, plaisantait avec les gardiens et, à Noël, alors que « Jingle bells » passait à la radio dans la salle commune, il offrait aux enfants assis sur ses genoux des cadeaux joliment empaquetés, des bonbons et de chaleureux sourires.

Mais aux garçons qu'on lui apportait dans la cave et qu'il attendait dans l'ombre, il donnait autre chose – quelque chose de spécial, disait-il. La souffrance et la honte.

Dans la salle à manger, le lendemain matin, j'évitais de regarder le visage livide de ceux qui avaient été choisis et, si une place était vide, je ne demandais pas où était le garçon qui manquait.

Les garçons que l'on appelait les « mignons » formaient un petit groupe à part. C'était à la fois leur honte d'être emmenés nuit après nuit, et la nôtre de ne rien faire pour les aider, qui nous tenaient à distance.

Je les voyais parfois dans les couloirs. Ils tressaillaient quand un gardien ou un garçon plus âgé les abordait, car les gardiens n'étaient pas les seuls à les martyriser. Ils étaient aussi dans le collimateur d'une bande que mon petit groupe prenait soin d'éviter.

C'était le genre de garçons qui avaient eu des problèmes de petite délinquance à l'extérieur. D'abord abandonnés par leurs parents, puis rejetés par leur famille d'accueil quand une poussée d'hormones avait transformé les jolis petits garçons en adolescents difficiles et agressifs, ils arrivaient aigris au foyer.

Ils étaient fiers de leurs mauvaises notes, dénigraient les sports d'équipe, se curaient les ongles avec un canif, évitaient de se laver, fumaient en cachette et mettaient du gel dans leurs cheveux gras. Ils se repéraient entre eux, au foyer, et formaient des petits gangs qui voulaient en découdre.

Sans aucun doute, ils avaient autrefois fait partie des victimes, de ceux que l'on traite de bâtards et dont on se moque. Et au fil des années, c'est tout naturellement que les petits garçons sans défense s'étaient transformés en voyous. Pour eux, la violence et la cruauté étaient la norme.

Le pire d'entre eux était un garçon à l'air benêt qu'on surnommait « Patate ». Il était tellement stupide qu'il ne comprenait même pas ce qui lui valait son surnom : son visage empâté, son cou épais, ses cheveux hérissés blond cendré et ses petits yeux mauvais. À l'époque où je le rencontrai, personne n'avait osé le lui dire.

Il traînait avec deux autres garçons aussi empotés que lui, deux frères. Ils passaient leur temps à suivre les plus jeunes du foyer, mais même eux ne voulaient pas se mêler à ce trio infernal. Alors ils devinrent les complices des gardiens.

Un des jeux préférés de Patate était d'espionner les salles d'eau. Il attendait là, jusqu'à ce qu'un garçon non averti se penche au-dessus d'un lavabo pour se débarbouiller ou se laver les dents. Il se glissait alors derrière lui, l'agrippait de ses grosses mains, le plaquait contre le lavabo et se mettait à se frotter contre les fesses du garçon, les yeux fermés et la bave aux lèvres.

J'évitais autant que possible de traîner seul dans les couloirs. Et puis un jour, quelques semaines après mon arrivée, Blake se dirigea vers moi de sa démarche fière qui défiait quiconque de se mesurer à lui.

« Dépasse-moi », le priai-je en silence en essayant de regarder ailleurs. Mais il n'en fit rien.

« Salut, Robbie, dit-il comme si nous étions amis, il y a une soirée, tout à l'heure, et tu es invité. »

En quelques semaines, j'avais déjà appris à me méfier de cet homme, et il dut lire une certaine suspicion dans mon regard. Pete et Martin avaient mentionné ces « soirées » ; ils ne m'avaient pas expliqué en quoi elles consistaient, mais cela ne me disait rien qui vaille.

Il poursuivit comme si de rien n'était : « C'est juste une petite réunion entre amis, histoire de mieux faire connaissance.

— Il y aura qui ? parvins-je à demander, ne voyant pas comment ne pas jouer son jeu.

— Quelques-uns d'entre vous, deux de mes amis et Anderson », répondit-il. En entendant ce nom, je frémis. C'était un des gardiens qui venaient dans le dortoir, la nuit.

Je repensai à Neville, à ses gros doigts qui me pelotaient, à la chaleur de son corps à travers mon pull-over, à la façon dont il m'avait forcé à le masturber et puis à l'odeur – cette odeur qui collait ensuite à mes doigts.

Je repensai à Dennis, en qui j'avais d'abord cru trouver un modèle. J'avais été tellement fier qu'il me remarque et qu'il me propose de faire partie de l'équipe, que j'avais eu du mal à m'endormir, ce soir-là. Mais je m'étais vite rendu compte qu'un sourire aimable pouvait cacher une personnalité bien différente. Un flash me traversa l'esprit et me fit tressaillir : l'image de Dennis nu, assis les jambes écartées, jouant avec son pénis comme avec un petit animal.

Ces moments avaient été difficiles, mais je savais que ceux qui m'attendaient seraient sans doute pires. Dès le premier jour, le regard de Blake sur moi, dans les douches, m'avait mis mal à l'aise.

J'allais ouvrir la bouche pour dire non. Non, je ne voulais pas aller à cette soirée, surtout s'ils étaient là.

Mais il ne m'en laissa pas le temps. Il était hors de question que je refuse. Il me saisit le poignet d'une main ferme.

« Après le dîner, tu montes au dortoir et tu nous attends. Compris ? »

La peur me noua le ventre. Je le regardai sans rien dire.

« Ne sois pas timide, Garner », dit-il d'une voix qui se voulait rassurante mais qui m'effraya encore plus. « Bientôt, tu seras à l'aise avec nous. Tu seras prêt à l'heure, n'est-ce pas ? »

Je n'avais pas vraiment le choix ; si je m'étais avisé de lui désobéir, je n'osais même pas en imaginer les conséquences. J'avalai ma salive. Je me sentais mal. J'avais espéré ne pas avoir attiré son attention, mais je me rendais compte qu'il avait seulement joué avec moi depuis le début. J'aurais voulu prendre mes jambes à mon cou, mais je n'avais nulle part où m'enfuir.

« Oui », répondis-je.

Il me fit un sourire, une petite tape un peu trop appuyée sur les fesses et s'en alla en balançant des bras ; il avait tout l'air de se réjouir de la petite soirée qui s'annonçait.

Ce soir-là, après le dîner, nous étions six garçons à attendre sur nos lits ; six garçons qui évitions de nous regarder ; six garçons déjà honteux de quelque chose qui ne s'était pas encore passé.

32

Bientôt, nous entendîmes des pas lourds dans le couloir. Une voix grave murmura quelque chose, après quoi une autre gloussa, et puis nous les vîmes entrer dans le dortoir. Le grand Blake, avec son sourire qui me glaçait, et son ami Parker, mince et sec, les cheveux blond cendré, âgé d'une trentaine d'années, peut-être un peu plus jeune que Blake.

« C'est bien, les gars ! » lança Blake d'un ton jovial, poursuivant sa comédie selon laquelle nous étions les acteurs consentants de son petit jeu. « Je vois que vous avez tous envie de vous amuser ! »

Les deux hommes se frottèrent les mains, comme s'ils avaient froid ; nous étions tous si silencieux que le sifflement de leurs paumes me parut bruyant. Tous nos sens étaient en alerte.

Légèrement en retrait derrière Blake, Parker ne disait rien mais nous dévisageait. Je me sentis sali par l'excitation de son regard. Il fit craquer les articulations de ses doigts poilus ; un bruit sec qui fendait le silence.

Blake s'approcha de moi et me mit la main sous le menton pour me forcer à le regarder. Il avait une haleine de cigarette, de bière et d'impatience bestiale qui me fit froncer le nez. J'essayai de retenir ma respiration pendant quelques secondes. Je me sentais totalement pris au piège, si près de lui, coincé entre mon armoire et mon lit. Ses yeux luisaient d'excitation.

« Allez, les gars ! » dirent-ils à l'unisson. « La soirée va commencer ! » ajouta Blake.

Leurs bras lourds sur nos frêles épaules, ils nous souriaient pour nous encourager à avancer. Et par la simple force de leur présence, ils nous firent sortir de notre refuge. Nous leur arrivions à peine à la poitrine ; s'ils avaient marché devant nous, on ne nous aurait même pas vus derrière leurs torses. Dans le couloir, m'efforçant de penser à autre chose, je me disais que dans ma courte vie, j'avais déjà arpenté des kilomètres de passages étroits et de couloirs sombres. Des kilomètres qui m'avaient mené dans des endroits où je ne voulais pas aller.

Ce soir-là, ce furent mes propres pas qui résonnèrent dans ma tête. Nous ne croisâmes personne jusqu'à la porte de la cave, comme si une espèce de commun accord avait fait en sorte que les couloirs soient vides et que nous passions inaperçus. Je me demandais si d'autres garçons se cachaient derrière les portes closes, soulagés de ne pas avoir été choisis.

Quelques marches menaient à l'entrée puis, derrière une porte, un escalier raide et étroit descendait à la cave, éclairée par une seule ampoule et quelques bougies qui projetaient des ombres dans les recoins. Contrairement aux autres parties du bâtiment, fraîchement repeintes, la cave sentait le renfermé. Des plaques de plâtre s'étaient détachées des murs humides ; le sol était brut, en ciment et en briques.

Des rires résonnaient dans les couloirs, qui semblaient venir de loin. Le bras de Blake pesait sur mon épaule : « C'est ici, Robbie », me dit-il.

Une faible lumière filtrait sous une porte. Mon mince espoir de me réveiller en plein cauchemar s'envola. Les rires venaient de derrière cette porte ; c'était là qu'avait lieu la soirée.

La porte s'ouvrit et on nous poussa à l'intérieur. Blake craqua une allumette et alluma une bougie. Il n'y avait aucun meuble dans la petite pièce sombre, sinon un matelas par terre. Je plissai les yeux pour essayer de m'accommoder au manque de lumière. Blake se pencha pour ramasser quelque chose qu'il me mit dans les bras. Cela ressemblait à des vêtements.

« J'ai oublié de te dire que c'était une soirée déguisée », dit-il en riant, et son rire augmenta encore mon angoisse.

« Ici, c'est le vestiaire, les gars. Vous allez enlever vos vêtements et mettre ceux qu'on vous a donnés. Vous avez cinq minutes. Enlevez bien tous vos vêtements avant de mettre vos déguisements. »

Il donna leurs déguisements aux autres, puis revint vers moi.

« Robbie, tu es nouveau. Je ne veux pas que tu fasses de bêtises. Il faut que les autres invités soient contents, tu es d'accord ? Alors je vais me répéter, pour ton bien : j'ai dit *tous* vos vêtements. Tu comprends ? » Je me sentis rougir de honte. Il attendait une réponse.

« Oui, je comprends », marmonnai-je.

Il continua de sa voix moqueuse : « Donc tu dois aussi enlever tes lunettes. Tu verras bien assez clair sans elles. » Il éclata de rire, mais il était le seul à avoir saisi l'humour de ce qu'il venait de dire.

Sans doute las de me tourmenter, Blake se tourna vers Christopher, un garçon de dix ans qui était régulièrement « emmené » la nuit. Il était souvent avec le petit groupe triste des « mignons ». Même au sein de ce groupe, on remarquait sa beauté éthérée. Avec sa peau soyeuse et pâle, ses lèvres d'un rose profond, ses grands yeux marron et ses cheveux bruns bouclés aux mèches dorées, il me rappelait le tableau d'un ange que j'avais vu au Sacré-Cœur. C'était l'une des rares images que j'avais aimées, parmi toutes les horreurs de la crucifixion qui s'étalaient sur la plupart des murs. Sœur Claire m'avait expliqué que le tableau original avait été peint de nombreuses années auparavant par un artiste du nom de Botticelli.

Blake s'approcha de Christopher, promena son index sur sa fine nuque, glissa ensuite le long de ses joues dans une caresse dérisoire, puis frôla ses lèvres qui tremblaient. Il se rapprocha encore pour lui murmurer quelque chose que je n'entendis pas. Les frêles épaules de Christopher tressaillirent et, malgré l'obscurité, je le vis rougir.

« J'espère que tu vas aimer ton déguisement, lui dit Blake. Je l'ai choisi exprès pour toi, Chrissie. » Christopher baissa la tête et murmura quelques mots totalement incompréhensibles.

Nous nous déshabillâmes à la lueur vacillante de la bougie. Il y eut bientôt six petits tas de vêtements sur le sol. Aucun de nous ne parlait. J'avais envie de demander aux autres ce qui allait se passer, mais je n'arrivais pas à trouver les mots.

Je découvris par la suite que tous les autres garçons, hormis les plus jeunes, avaient déjà participé à des soirées. Ils savaient ce qui nous attendait. Nous étions des jouets ; des jouets de différentes tailles avec lesquels des adultes allaient s'amuser.

Christopher poussa un soupir, presque une plainte, en dépliant son déguisement. Je ne reconnus pas ce que c'était ; ça avait l'air blanc et très brillant.

Le mien, à première vue, ne semblait pas trop mal – comme une grande cape avec une capuche. Je sentais quelque chose de dur à l'intérieur ; en le dépliant, je découvris ce qui ressemblait à un innocent bout de plastique rose pâle, presque blanc. Je me demandais à quoi il pouvait servir et compris soudain, en voyant des lanières, qu'il faisait partie de la tenue.

Brusquement, ce bout de plastique me dégoûta. Je ne voulais pas le toucher et je n'avais aucune envie de le porter, même si je ne comprenais pas comment j'étais censé le mettre. « C'est seulement un objet, me dis-je en essayant de calmer mon esprit qui s'emballait ; seulement un objet. »

À côté de moi, un garçon passait un déguisement de Tarzan – une tenue en fausse fourrure qui se fermait au-dessus de l'épaule et descendait à peine jusqu'à l'entrejambe. Il n'arrêtait pas de tirer sur le bas de cette tunique pour essayer de cacher ses fesses. Ce garçon, qui s'appelait Matt, était arrivé au foyer peu de temps auparavant. J'avais entendu dire qu'il se battait tout le temps et que sa mère n'arrivait plus à le contrôler. Jusqu'alors, j'avais tout fait pour l'éviter. Il avait toujours un air dur, comme s'il cherchait la bagarre. Mais ce soir-là, il avait perdu toute agressivité ; il ressemblait seulement à un garçon de neuf ans apeuré. Un peu partout sur ses côtes, je remarquai les traces jaunâtres d'anciens bleus et des cicatrices rondes et foncées, qui devaient provenir de brûlures de cigarettes.

« Matt, murmurai-je en lui montrant mon bout de plastique. Qu'est-ce que c'est ?

— C'est ta bosse, Robbie. Ces salauds aiment bien ce déguisement », me répondit-il comme si je savais de quoi il parlait. Voyant que je n'avais toujours pas compris, il me regarda d'un air plein de pitié. « C'est le déguisement du bossu ; tu sais, celui du film. »

Je fis la grimace ; j'avais vu ce film au Sacré-Cœur. C'était l'un des rares que les religieuses nous avaient autorisés à regarder. Selon leurs critères, c'était un film éducatif – peut-être parce que l'action se situait à Notre-Dame de Paris ou parce que Quasimodo était sonneur de cloches. Le livre de Victor Hugo, qui avait inspiré le film, était considéré comme un classique de la littérature, et elles avaient du respect pour l'instruction.

Je n'avais que six ans à l'époque ; les religieuses nous avaient installés devant un vieux poste de télévision en noir et blanc, en nous demandant de rester sages. C'était un véritable événement : durant toutes mes années au Sacré-Cœur, je n'ai regardé la télévision que deux fois.

Je me souvenais d'une belle gitane avec de longs cheveux frisés et d'un homme tellement hideux qu'il nous avait fait peur.

Le contraste saisissant entre ces deux personnages rendait le sonneur de cloches encore plus affreux, et j'étais beaucoup trop jeune pour comprendre que sa laideur était due au maquillage et à des accessoires de cinéma. Je l'avais trouvé tout simplement révulsant.

Je me demandais pourquoi ils voulaient me faire porter quelque chose qui allait me rendre difforme.

Matt avait presque l'air désolé pour moi. « Je vais te donner un coup de main. Ces connards me l'ont mis, la première fois qu'ils m'ont emmené ici. C'est la tenue d'initiation », me dit-il.

Il m'aida à accrocher l'horrible bosse rose dans mon dos.

Il remarqua que je regardais ses marques de brûlure : « C'est mon beau-père qui m'a fait ça. Et tu sais quoi ? Mon enfoirée de mère, elle le regardait faire. Elle disait que c'était tout ce que je méritais. Il me frappait, aussi. Je sais pas qui l'a dénoncé, mais les services sociaux sont venus et ils m'ont emmené ici. Ils savent pas que c'est encore pire… » Il ne me dit pas à quoi étaient dus ses bleus, mais j'eus l'impression qu'il était déjà descendu plusieurs fois dans cette cave.

« Quand tu viens ici avec eux, faut pas faire d'histoires, me conseilla-t-il. Ils nous donnent à boire, comme ça c'est moins difficile. On peut rien y faire. À part espérer qu'ils sont de bonne humeur. Ils nous donnent aussi des cigarettes. »

Il me fit un sourire qui se voulait encourageant et haussa les épaules, comme pour dire « Qu'est-ce qu'on y peut ? », puis il tira encore une fois sur le bas de son vêtement.

Deux des garçons étaient quasiment nus, avec un bout de tissu doré autour de la taille qui couvrait à peine leur entrejambe, et un petit foulard taillé dans le même tissu.

Le plus jeune, un garçon trapu qui ne devait pas avoir plus de sept ans, était déguisé en cow-boy. Il avait l'air endormi, les paupières lourdes et les joues rouges. Il me rappelait Davie à cet âge. J'aurais aimé l'emmener à l'abri loin de cette pièce, avec nous tous, mais nous ne pouvions aller nulle part.

La voix de Matt me sortit de mes pensées. « Allez, Robbie, y a rien à faire. Il faut que tu mettes le reste. Ils vont arriver d'une minute à l'autre et t'as pas intérêt à les énerver en étant en retard. »

Je revêtis la longue cape noire. Elle était pleine de taches et sentait la sueur. La seule idée de son contact sur ma peau nue me dégoûtait. Quand je ramenai la capuche sur ma tête, quelque chose de froid et caoutchouteux me tomba sur le visage, m'arrachant un petit cri de surprise.

« C'est juste un masque, me dit Matt. T'inquiète pas. » Il se pencha, chercha à tâtons sur le sol, derrière moi, et se releva avec une paire de vieilles bottines noires à lacets à la main.

« J'étais sûr qu'ils auraient laissé ça pour toi, me dit-il. Il faut que tu les mettes aussi. » Elles avaient l'air trop grandes d'au moins deux pointures. Je secouai la tête, incrédule.

« Il le faut, ça fait partie de ton déguisement. Ils savent très bien que je te l'aurai dit, alors on aura tous les deux des problèmes si tu ne les mets pas. »

Je glissai mes pieds nus dans les bottines, bien trop grandes comme je m'en doutais : je parvenais seulement à traîner des pieds.

Le déguisement brillant de Christopher se révéla être une tenue de danseuse : un tutu évasé au-dessus des hanches, les jambes nues et des ballerines de satin sales aux pieds. Il portait aussi, autour du cou, un collier de faux diamants qui étincelait à la lueur de la bougie, comme les larmes qui coulaient sur ses joues. Il savait ce qui allait lui arriver.

Ce qui lui arrivait toujours dans la cave.

Je serrai un coin de ma cape et regardai par terre. Ma vue était floue ; instinctivement, je remis mes lunettes, mais j'étais toujours aussi mal à l'aise, nauséeux et misérable dans ce déguisement ridicule. Je m'attendais à ce que les autres se moquent de moi ; mais ils n'en firent rien.

« Robbie, tes lunettes ! me siffla Matt. Allez, dépêche-toi de les enlever ! »

Je les reposai à contrecœur sur mes vêtements.

« De toute façon, c'est mieux si tu vois pas ces enfoirés, ils sont tellement dégueulasses, dit-il d'un air tristement ironique. Et il vaut mieux pas regarder de trop près ce qui se passe. »

Là-dessus, les gardiens arrivèrent. Blake me releva le menton d'une main et inspecta mon accoutrement. « Bien, Robbie », dit-il en me soufflant sa mauvaise haleine en plein visage. Parker s'était dirigé vers les deux garçons en tissu doré, blottis l'un contre l'autre dans un coin de la pièce en essayant de cacher le bas de leur corps. Il attacha deux laisses à leur foulard ; des laisses avec des chaînes qu'il tenait d'une main gantée de cuir noir. Dans l'autre, il avait un fouet constitué d'un manche court auquel étaient collés des petits bouts de tissu. Il n'était pas conçu pour faire très mal, mais il cingla tout de même quand Parker testa son accessoire sur la peau nue des garçons.

« Mes jolis petits esclaves », murmura-t-il en secouant les chaînes pour les faire se lever. Blake me poussa en avant et les « esclaves » fermèrent notre triste marche. Dans la pièce principale, trois hommes, dont Anderson, nous attendaient.

« Bonjour, mon petit garçon », dit l'homme qui nous rendait visite, s'adressant au garçon déguisé en cow-boy. « Alors, c'est toi, mon gentil coco-boy ? » Il prit le bras du garçon pour l'attirer doucement vers lui, sortit un gros bonbon de sa poche et le lui mit dans la bouche. Le petit garçon n'eut ni le sourire ni les yeux brillants de la plupart des enfants à qui l'on offre une friandise ; il resta debout près de l'homme, le regard vide.

« Hé, Quasi ! s'exclama Parker. Sois gentil, remplis mon verre ! »

Il me mit son verre dans la main et me poussa vers la table où étaient alignées un certain nombre de bouteilles. « Sers-moi un whisky, vieille branche ! » dit-il d'une voix railleuse.

Je restai là, serrant ma cape autour de mon corps nu, hébété. Je savais reconnaître une bouteille de gin, mais le whisky ? Et combien fallait-il en verser ?

Parker me donna un petit coup de pied dans la jambe.

« Tout de suite, Quasi ! Tu m'entends ? Et tant que tu y es, prends la carafe et sers deux verres à mes petits esclaves, ils ont soif. » Il eut alors un petit rire qui me rappela celui de Neville, et je frissonnai.

Je traînai des pieds jusqu'à la table et parvins à trouver la bouteille de whisky grâce à l'étiquette. Pendant tout ce temps, je sentais ma bosse qui me raclait le dos et je me disais que j'étais nu sous ma cape. Je lui apportai son verre. Quand j'arrivai près de lui, il mit la main sur ma capuche et la fit glisser dans mon dos, jusqu'à ma bosse.

« Quel horrible petit enculé tu fais, hein, Robbie ? »

Une fois de plus, un petit rire s'échappa de sa bouche. « Apporte leurs deux verres en même temps. Tu as deux mains, alors sers-t'en. »

Je renonçai à retenir les coins de ma cape. Je sentais confusément qu'en abandonnant mes efforts inutiles, je le priverais quelque peu de son plaisir sadique.

« Hé, Robbie ! dit Blake d'une voix déjà brouillée par l'alcool, tire là-dessus ! » Il me tendit une cigarette roulée. Elle avait un goût et une odeur étranges, pas du tout comme les Woodbine que j'avais fumées jusqu'alors. Il me la reprit, prit une bouffée, puis la passa à Christopher, qui tira sur la cigarette à s'en creuser les joues. « C'est ça, fifille, aspire à fond ! » Blake rit tout seul de sa petite blague.

« Prends aussi un verre, Robbie », dit-il, et il versa la carafe dans un gobelet en carton.

Soudain, je me rendis compte que j'avais la gorge desséchée et j'avalai mon verre, qui avait le goût de limonade. Je servis encore quelques verres, fumai à nouveau une de ces drôles de cigarettes et bus une autre limonade.

C'est alors que la lumière s'éteignit ; la pièce n'était plus éclairée que par la lueur des bougies. Quelqu'un mit un disque : une musique rapide et rythmée, avec de la batterie. J'avais la tête qui tournait ; mes yeux de myope cherchaient à percer les secrets des ombres. Après mon deuxième verre et ma deuxième cigarette, tout semblait avoir pris de l'ampleur : l'obscurité de la pièce, la lueur des bougies, le visage des hommes, leurs rires. Chaque note de musique vibrait dans ma tête.

L'homme qui venait nous rendre visite me tapota le crâne. Le petit cow-boy était assis sur ses genoux, suçant son pouce, les yeux vitreux. On lui avait enlevé son pantalon.

Un autre homme, qui n'avait pas encore parlé depuis que j'étais là, me demanda d'aller lui chercher un verre. Quand je le lui apportai, il frotta ma bosse, puis sa main se glissa sous ma cape pour me caresser. Il avait les ongles longs, pour un homme ; je les sentais s'enfoncer dans ma peau. Il respirait de plus en plus vite. Soudain, il me donna un coup de pied. « Ça, c'est parce que tu es vraiment un immonde petit bâtard », dit-il, et il se tourna vers Parker.

« Donne-moi l'un des tiens. » Il tendit la main pour attraper une laisse et tira le garçon vers lui.

D'autres mains me saisirent, me pincèrent et coururent sur mon corps. Je reconnus Anderson, le gardien. La pièce tournait.

En voyant Christopher sur les genoux de Blake, je réalisai que le petit garçon déguisé en cow-boy n'était pas le seul à qui l'on avait enlevé son pantalon. Blake, le visage rouge, bavait dans le cou de Christopher tandis que sa main faisait des mouvements de va-et-vient sous le tutu blanc.

L'homme aux ongles longs emmena son garçon dans la pénombre. J'entendis le bruit de plusieurs gifles, puis des pleurs vite étouffés, un soupir de satisfaction, des gémissements sonores et enfin un cri. Ils restèrent ensuite dans la pénombre pendant un long moment.

Je me sentais presque comme dans un rêve. Des volutes de fumée flottaient dans l'air et l'agréable odeur des cigarettes se mêlait à une autre que je reconnaissais – une odeur de sueur et de poisson pas frais. Quelqu'un vint me mettre une autre cigarette entre les lèvres et mes paupières se firent de plus en plus lourdes. Je sentais des mains sur moi ; des rires résonnaient un peu plus loin.

« Regarde le spectacle », me murmura une voix. Les yeux mi-clos, je vis les deux « esclaves » recroquevillés ; le fouet se levait et s'abattait sur eux dans un chuintement soyeux.

J'essayai de me redresser mais je n'y arrivais pas ; la pièce tournait trop. Ma vue était de plus en plus floue. Mon regard s'arrêta un instant sur Matt. Il bougeait la tête d'avant en arrière, ses petites mains posées sur de larges cuisses poilues.

Ensuite, d'autres mains me touchèrent et l'on força la mienne à se refermer sur un pénis et à y faire des va-et-vient. Puis quelqu'un se mit à me faire la même chose. Des mains me pétrissaient les fesses et parcouraient tout mon corps. Je gardai les yeux fermés, la plupart du temps ; j'avais envie que tout cela s'arrête. Tout se mit à ralentir et, à un moment donné, je dus m'endormir.

Quelqu'un me secoua pour me réveiller.

« La soirée est terminée », dit une voix. On nous emmena, Matt, les deux garçons et moi, dans la pièce où nous avions laissé nos vêtements. Quelques minutes plus tard, nous étions revenus dans le dortoir.

Je ne revis pas Christopher et le petit cow-boy avant le lendemain. Ce dernier avait le regard perdu dans le vide et Christopher, les yeux cernés de noir. Il détourna la tête pour échapper à nos regards ; quelque chose brillait sur sa joue.

« Ça va ? » me demanda Martin d'un ton bourru après le petit-déjeuner.

Je fis un petit signe de la tête. Je n'avais pas envie d'en parler et lui non plus, je pense. Mais les jours suivants, quand nous fûmes seuls, je commençai à poser des questions à Martin et Pete à propos de ces soirées. J'avais besoin de savoir, même si je les sentais réticents à me répondre.

« T'inquiète pas, me dit Pete. Tu fais pas partie des mignons, alors t'y retourneras sans doute pas souvent. Peut-être même que tu t'en sortiras avec seulement la soirée d'initiation. » J'eus l'impression qu'il se souvenait de la sienne, en me disant cela. « Quand on grandit, on les intéresse moins. Après douze ans, t'es à peu près tranquille. »

Ses propos étaient rassurants, mais une partie de moi avait besoin d'entendre le pire. Je devais sans doute penser que je pouvais m'y préparer, d'une certaine façon.

« C'est les plus petits qui me font vraiment de la peine, quand ils la leur mettent dans le cul, ajouta

Martin d'un air triste. Ça m'est jamais arrivé, heureusement, mais un gars m'a dit que ça faisait mal des fesses jusqu'en haut du crâne. Il m'a dit qu'après, il avait mal en marchant et que son cul saignait. »

Cette évocation me fit faire la grimace. Et puis une terrible pensée me traversa : est-ce que c'était arrivé à John ?

« T'as entendu parler des soirées d'anniversaire ? me demanda Pete. Parfois, ils font ça ; ils viennent te chercher en pleine nuit ; ils te chantent bon anniversaire. Et puis il y en a un qui fout sa bite dans ta bouche pendant qu'un autre te serre les couilles tellement fort que ça te fait mal. Tu peux même pas crier, parce que si tes dents le touchent, ils te mettent dans un bain d'eau froide et ils te gardent la tête sous l'eau jusqu'à ce que tu t'étouffes et que tu commences à t'évanouir. »

Nous restâmes silencieux, songeant à l'horreur que cela devait être.

Puis Martin reprit la parole, tout doucement : « Un gars m'a dit que le pire qui lui était jamais arrivé, c'est qu'ils l'avaient masturbé jusqu'à ce qu'il éjacule. Pour lui, c'était comme si son corps l'avait trahi. Comme s'ils avaient réussi à prendre totalement le contrôle sur lui. Il m'a dit qu'il se détestait pour ça. »

Je jetai un coup d'œil à Martin en me demandant s'il parlait de sa propre expérience, mais il n'en dit pas davantage.

« Fais profil bas, me conseilla Pete. Comme je t'ai dit, tu as de la chance de pas ressembler à ton frère. »

Maintenant que j'en savais davantage sur ces soirées, j'étais encore plus angoissé quand ces hommes entraient dans le dortoir la nuit. Est-ce que ça allait être mon tour à nouveau ? Qu'est-ce qu'ils allaient me faire, cette fois-ci ? Et quand les pas s'arrêtaient près du lit d'un autre, mon soulagement était immense.

33

Bien sûr, beaucoup de mes souvenirs de Haut-de-la-Garenne sont flous. Je me souviens que les gardiens nous tombaient dessus sans raison. Ils nous donnaient une gifle ou un coup de bâton dans les jambes aux moments où nous nous y attendions le moins, mais nous ne nous en étonnions même plus, tellement c'était fréquent. Je me souviens de la terreur d'être emmené à une soirée sans savoir ce qui m'attendait. Même si je m'en suis tiré à bon compte, sans doute parce que j'étais plus âgé et moins joli que beaucoup de garçons du foyer, j'ai vu des choses horribles.

Je me souviens aussi qu'il y avait des moments normaux, des moments où nous oubliions d'avoir peur, où nous jouions, où nous riions, où nous courions dans l'air frais, où nous tissions des amitiés, et même des moments tranquilles, intimes, où j'aimais m'asseoir avec un livre sous un arbre.

Certains souvenirs se sont perdus dans la grisaille de ces années de ma vie, éclipsés par la puissance d'autres images.

Trois souvenirs se sont imprimés à tout jamais dans mon esprit ; jamais je ne pourrai les effacer.

Le premier, c'est quand l'un de nous est tombé amoureux.

Dans notre petit groupe, nous avions tous entre treize et quatorze ans et demi, un âge où les hormones commencent à se réveiller et où les filles cessent d'être des camarades de jeux, avec qui l'on rit et l'on se chamaille, pour se transformer en mystérieuses inconnues.

Pete avait quatorze ans quand ça lui est arrivé. J'avais quelques mois de moins que lui et, si les filles suscitaient ma curiosité et même un vague intérêt, elles étaient loin de m'obséder. Aussi, quand il tomba amoureux, ne compris-je pas qu'il en fît une telle histoire.

Elle s'appelait Dianne. Elle était jolie – même moi, je m'en rendais compte. C'était une fille de treize ans, toute fine, avec de longs cheveux blonds qui lui tombaient aux épaules. Elle avait une peau de pêche, un petit nez et une jolie bouche bien dessinée. Ses grands yeux bleus ne montraient que peu d'intérêt pour ce qui l'entourait, et nous en particulier.

Pete l'avait remarquée dès son arrivée. Nous nous demandions tous pourquoi elle avait été placée en foyer. Elle ne ressemblait pas à ces filles qui volent dans les magasins ou qui disparaissent pendant des jours et refusent ensuite de dire ce qu'elles ont fait et avec qui. Mais nous percevions tous en elle un mélange d'innocence froissée, de douleur et de vulnérabilité, qu'elle s'efforçait de concilier.

Il ne fallut que quelques heures à Pete pour tomber amoureux, et il décida d'aller interroger les autres filles pour en savoir plus sur elle.

La mère de Dianne s'était remariée. Quelques jours après la cérémonie, elle s'était plainte que sa fille n'aimait pas son beau-père, et ensuite qu'elle avait essayé de le séduire. Un tel comportement était intolérable sous le toit familial.

La version de Dianne était différente : selon elle, son nouveau beau-père essayait de la peloter dès que l'occasion se présentait. Au début, elle n'avait rien dit à sa mère et avait tout fait pour éviter de rester seule avec lui. Sa tactique avait fonctionné jusqu'au jour où il avait quitté son travail plus tôt pour l'attendre à la maison à son retour de l'école.

Elle avait réussi à se débattre et avait couru trouver sa mère sur son lieu de travail. Là, entre deux sanglots, elle lui avait expliqué ce qui venait de se passer.

Sa mère, qui tenait plus à son nouveau mari qu'à sa fille, était allée voir les services sociaux, qui avaient choisi de croire la version des adultes : que Dianne avait essayé de séduire son beau-père. Quant à nous, nous étions persuadés que Dianne ne mentait pas.

Beaucoup de garçons essayaient de l'aborder, mais elle les regardait d'un air indifférent puis baissait la tête pour se réfugier derrière le voile de ses cheveux. Mais Pete, lui, dévoué comme un petit chien, parvint à gagner sa confiance.

Au bout d'une semaine – ce qui parut sans doute à Pete une éternité – elle le laissa prendre sa main dans la sienne. Il était sur un nuage et nous rebattait sans cesse les oreilles avec les qualités admirables de sa Dianne chérie.

Martin, Marc et moi nous regardions en haussant les sourcils, un petit sourire en coin. Mais Pete, tout à son premier amour, ne faisait même pas attention à nos moqueries.

Ils se retrouvaient dehors et allaient se cacher dans les buissons pour échanger d'innocents baisers. Pete passait le bras autour de ses frêles épaules ; Dianne posait une tête confiante sur son torse. Dans la salle de détente et aux repas, ils se regardaient dans les yeux, se faisaient des petits sourires et riaient à des blagues qu'ils étaient seuls à comprendre.

Je ne peux pas dire que je n'ai pas ressenti une pointe de jalousie, à cette époque. Pete était notre copain ; nous faisions tout ensemble. Mais d'un autre côté, cette histoire me faisait chaud au cœur. C'était une tranche de bonheur que je vivais de l'extérieur.

Mais bien entendu, ce bonheur n'était pas destiné à durer. Sans le savoir, Pete avait dérogé à une règle élémentaire de survie : ne pas s'intéresser à quelqu'un qu'un gardien veut garder pour lui seul.

Pete et Dianne se firent remarquer, car ils se montraient de moins en moins discrets. Nous savions tous ce qui arrivait aux « mignons », et nous avions tous pris des coups, mais d'une certaine manière, nous n'imaginions pas qu'il puisse se passer grand-chose pour les filles.

Ils patientaient, ces gardiens ils attendaient le bon moment. Ce n'était pas seulement elle qui les intéressait ; ils voulaient aussi donner une bonne leçon à Pete.

Une nuit, ils vinrent la chercher. Ils étaient trois. Elle ne faisait pas le poids et quand bien même elle aurait réussi à leur échapper, où aurait-elle pu aller se réfugier ?

Elle était si légère qu'ils n'eurent qu'à la cueillir dans son lit pour l'emmener dans la cave. Ils ne touchèrent pas à Pete ; ce n'était pas la peine. Ils se délecteraient de sa souffrance un peu plus tard.

Le lendemain matin, elle refusa d'abord de lui parler. « Va-t'en », lui dit-elle quand il vint la voir.

« Qu'est-ce qui se passe ? » lui demanda-t-il en voyant son teint blafard et ses yeux gonflés d'avoir trop pleuré. Elle repoussa sa main et s'en alla.

Il la suivit. Il avait vu les bleus, juste sous ses oreilles ; les traces que laisse une main qui empêche une tête de se redresser.

« Qui t'a fait ça ?

— Personne, laisse-moi tranquille. »

Il repartit en traînant des pieds, la tête basse, comme un petit animal à qui son maître vient de botter les fesses.

Il la supplia de lui parler. Pendant des jours, elle refusa.

Elle marchait recroquevillée sur elle-même, comme pour contenir sa douleur. Toutes les nuits, ils revinrent la chercher, jusqu'à ce qu'elle n'essaie même plus de résister.

Elle finit par dire à Pete ce que ces hommes lui avaient fait. Comment ils l'avaient maintenue et avaient relevé sa chemise de nuit. D'une certaine façon, lui dit-elle, c'était encore pire que s'ils l'avaient déshabillée. Deux des hommes lui avaient tenu les jambes et le troisième l'avait violée. Le premier soir, elle avait saigné.

« Ma première vierge », avait dit l'homme avec un petit sourire satisfait.

« C'est les meilleures », avait renchéri le deuxième, avant de la violer à son tour.

« J'ai mal, leur avait-elle dit. J'ai vraiment mal. »

Ils lui avaient donné quelque chose à boire, ce qui l'avait fait somnoler et avait atténué un peu la douleur. Puis le troisième l'avait violée lui aussi, en lui disant qu'il allait battre le record de ses deux collègues. Mais elle ne pouvait pas dire s'il l'avait fait, car tout s'était brouillé. Ensuite, ils lui avaient dit qu'elle était à eux ; qu'ils pouvaient l'avoir quand ça leur plaisait.

« Je le dirai, avait-elle dit. Je le dirai. »

Ils s'étaient moqués d'elle. « Quoi ? Ta propre mère dit que tu es une sale petite pute, toujours derrière beau-papa, alors qui va te croire ? »

La deuxième et la troisième nuit, ils avaient recommencé. Ils l'avaient fait encore boire et fumer leurs drôles de cigarettes. Les deux nuits suivantes, ils avaient testé autre chose. Ils avaient commencé par la faire boire et fumer une cigarette, de celles qui font voir la vie en rose. Puis ils l'avaient immobilisée, mais plus doucement cette fois, et l'avaient violée tous les trois en même temps, chacun dans un orifice différent. Ils avaient fait attention à ne pas trop l'abîmer. Tour à tour, ils l'avaient fait changer de position et dans l'entre-deux, elle buvait une nouvelle gorgée et tirait sur sa cigarette. Et à la fin, ils l'avaient abandonnée comme un vieux jouet dont on ne veut plus.

Voilà ce qu'elle raconta à Pete. Elle avait besoin que quelqu'un lui dise que ce n'était pas sa faute.

Mais Pete était trop jeune, et d'ailleurs, que pouvait-il faire ? Il n'était pas capable de la reconstruire ni même de la consoler. Je le croisai par hasard juste après la confession de Dianne. Il lâcha tout d'un seul jet, en état de choc.

« Comment ils ont pu faire ça ? Comment ils ont pu faire ça ? » Il n'arrêtait pas de répéter cette phrase.

Je fis de mon mieux pour essayer de le calmer, mais c'était peine perdue.

« Je peux pas supporter ça, me dit-il. Il faut que je me tire d'ici.

— Fais pas ça, Pete. Tu sais ce qui va se passer si tu t'enfuis. »

Mais il était dans un tel état qu'il ne m'écoutait pas. Il se mit à courir et je le regardai s'en aller jusqu'à ce qu'il disparaisse à l'horizon.

Quelques jours plus tard, nous apprîmes ce qu'il était advenu de lui. Un des gardiens l'avait raconté à des garçons qui étaient venus nous le dire, à Martin et moi.

Un policier avait arrêté Pete et l'avait fait monter à l'arrière de sa voiture. Il devait encore se consumer de rage, en proie au chaos provoqué par les révélations de Dianne, mêlées aux souvenirs des tortures et des abus sexuels qu'il avait lui-même subis dans ce foyer. Soudain, toute cette rage avait explosé en lui. Dans un cri, il s'était jeté sur le policier et avait serré ses mains autour de son cou. La voiture avait fait une embardée mais le policier était parvenu à se défaire de son étreinte et à lui passer les menottes.

Pete ne revint pas à Haut-de-la-Garenne. Il fut conduit à l'hôpital psychiatrique, où on lui passa une camisole de force.

Dianne fut elle aussi transférée. Dans un foyer pour mères célibataires, me dit-on.

34

Le deuxième souvenir qui s'est imprimé dans mon esprit est celui qui me hante le plus. C'était environ un an avant que je ne quitte le foyer.

Ce matin-là, nous sentions bien que quelque chose s'était passé ; quelque chose de sérieux. Le gardien en chef avait un air grave, les autres gardiens se taisaient et certains garçons étaient très pâles et visiblement secoués.

C'étaient des garçons du dortoir de Marc. « Qu'est-ce qui s'est passé ? » lui demandai-je. Il se tourna vers moi, la mine défaite, et me dit qu'un garçon, que je ne connaissais que de vue, était parti.

« Et alors ? C'est pas le premier », répondis-je. Je ne comprenais pas en quoi cela justifiait une telle tension.

« Non, Robbie, c'est pas ça. Il s'est pendu.

— Pauvre gars… Mais pourquoi il a fait ça ? Il avait réussi à sortir, non ?

— Sois pas bête, me répondit-il avec un certain agacement. Il savait qu'il se ferait prendre. Et il savait ce qu'ils allaient lui faire. »

Je le savais, moi aussi. Depuis que j'étais arrivé à Haut-de-la-Garenne, plusieurs garçons avaient essayé de s'enfuir, dont Pete, peu de temps auparavant. À chaque fois, je m'étais demandé où ces garçons comptaient aller. Jersey est une île, et personne ne leur aurait vendu un billet pour s'en aller par le ferry. Tout ce qu'ils parvenaient à grappiller, c'étaient quelques heures de liberté avant que la police ne les retrouve et ne les ramène au foyer. Je repensai à l'escapade que nous avions jugé bon de tenter avec Marc, et à la manière dont cela s'était terminé.

Ces garçons n'avaient-ils pas vu qu'à peine la police repartie, les autres coupables étaient emmenés dans les caves ? Ils y restaient parfois deux jours, parfois plus. Mais dans tous les cas, lorsqu'ils en ressortaient, ils se montraient toujours obéissants et soumis.

Il arrivait qu'ils deviennent comme les garçons que l'on emmenait régulièrement dans les salles de punition : ils se repliaient sur eux-mêmes. Non pas par goût de la solitude, mais parce qu'ils ne semblaient plus capables d'assumer la relation à l'autre. Certains d'entre eux erraient dans le parc et quelques-uns, comme Marc, éprouvaient un mélange de souffrance et de colère.

Marc se tenait à distance des autres garçons du foyer, à part moi. D'une certaine manière, sa colère le coupait du monde. Sa voix me tira de mes pensées : « Il serait sorti dans un an, dit-il tristement.

— C'était sans doute trop long pour lui, répondis-je.

— Sans doute... », reprit-il, puis il poussa un grand soupir.

Nous ne parlâmes pas beaucoup, après cela, mais toute la journée et les jours suivants, je pensai à ce garçon que je n'avais pas connu. Je pensais à sa détresse, une détresse qui avait dû ressembler à la mienne. Et pour la première fois depuis un an, je sentis les larmes me monter aux yeux.

Qu'allait-il advenir de nous ? Une fois sortis de Haut-de-la-Garenne, à quinze ans, qu'est-ce qui nous attendait ? Je serrai les poings très fort en pensant à John. Il représentait mon avenir. Je savais qu'il m'attendait, et ensuite nous attendrions tous les deux que Davie sorte de l'orphelinat. Et là, enfin, nous formerions à nouveau une famille : nous trois contre le monde entier.

Je m'accrochais à ce rêve pour supporter le quotidien. Un jour, j'en étais certain, il allait se réaliser. Mais beaucoup de garçons n'avaient rien. Comment faisaient-ils ?

Par deux fois, déjà, j'avais eu une réponse à cette question. D'abord Jimmy, et puis ce garçon que je ne connaissais pas. Je me mis à pleurer. Pour eux. Pour nous tous.

Le choc de la mort de ce garçon retomba peu à peu. Personne ne tenta plus de s'échapper, mais Marc semblait plus distant que jamais. Il avait quelques mois de plus que moi et devait donc sortir un peu plus tôt, mais étant donné son attitude, notre amitié de longue date commençait déjà à me manquer. Je me disais que Martin serait plutôt content de le voir partir, car la distance qu'imposait Marc l'empêchait de s'intégrer à notre petit cercle, malgré tous mes efforts en ce sens.

« Marc », lui dis-je un matin, alors que nous étions seuls, assis dans un coin du parc à l'abri des regards. « Tu vas sortir avant moi. Qu'est-ce que tu vas faire, une fois dehors ? »

Je vis un éclair de panique dans ses yeux, lui qui avait toujours l'air dur.

« Je sais pas, répondit-il. Personne m'attend, dehors. Qui pourrait bien s'intéresser à nous ? On est pas comme les autres, tu sais… »

Pour moi, nous étions quasiment des frères. Ne nous connaissions-nous pas depuis que nous étions tout petits ? J'essayai de trouver les mots pour l'en convaincre.

« Mais Nicolas va bientôt sortir du Sacré-Cœur et moi j'ai plus qu'un an à attendre. On peut tous se retrouver dehors. On pourra peut-être partager une maison. Tu pourras aller habiter au foyer, avec John, jusqu'à ce que je sorte. »

Marc me lança un regard qui se passait de mots mais qui semblait dire : « Tu ne comprends donc pas. »

« John et Davie sont tes frères, finit-il par dire. Vous formez une famille. » Pour lui, ce mot semblait exclure le reste du monde.

Je ne parvins pas à lui exprimer le fait que je le considérais lui aussi comme quelqu'un de ma famille.

Ce fut notre dernière conversation.

Il ne vint pas dîner ce soir-là, et à l'heure d'aller nous coucher, les uns et les autres commencèrent à spéculer sur ce qu'il avait bien pu faire. Ce n'est que deux jours plus tard que la nouvelle se répandit parmi les gardiens et les pensionnaires. Pour moi, ce fut comme un immense coup de poing en plein ventre.

Marc ne voulait pas qu'on décroche son corps d'une branche d'arbre. Il ne voulait pas qu'on le retrouve la langue pendue entre des lèvres bleues. Il ne voulait pas non plus laisser comme dernière image celle d'un cadavre aux jambes maculées d'excréments. Pas plus qu'il ne voulait finir dans un cercueil ; il avait peur du noir.

Il se rendit en ville sans autorisation – ce qui n'avait pas grande importance. Il alla directement dans un magasin d'accessoires de camping acheter des cartouches de butane.

Il les emporta ensuite dans un bunker, à moins d'un kilomètre du foyer, où il nous était arrivé de nous cacher pour fumer.

Avec un canif, il troua les cartouches de gaz, puis craqua une allumette.

J'espère pour lui qu'il est mort rapidement.

Son souhait fut exaucé ; son corps ne fut pas mis en terre dans un cercueil. Il ne restait pas grand-chose à enterrer.

35

Marc mourut peu avant mes quatorze ans et le jour J, je n'avais aucune envie de les fêter. Une seule chose m'apporta un petit rayon de soleil : Blake me dit que désormais, j'avais le droit d'aller en ville une fois par mois, dans la mesure où j'en demandais la permission.

Le samedi suivant, je décidai donc d'aller chercher John à Saint-Hélier. D'après ce que m'avaient dit les autres garçons, il vivait probablement dans un des foyers réservés aux anciens pensionnaires de Haut-de-la-Garenne. Je fis le tour de ces hébergements et finis par trouver celui où il avait une chambre. Je m'assis sur les marches pour l'attendre. Environ une heure plus tard, John arriva avec deux amis. Il avait l'air d'un homme, avec son pantalon élégant et sa veste bleue.

« Robbie ! » s'exclama-t-il en courant vers moi.

Nous discutâmes pendant des heures dans un café voisin. Je lui racontai ce qui était arrivé à Marc ; il fronça les sourcils et secoua la tête en soupirant. « Bien sûr qu'il aurait pu vivre avec nous. Quel idiot ! » Il me tapota l'épaule pour m'exprimer sa compassion.

Il me demanda comment se passait l'école et ce que j'avais l'intention de faire en sortant.

« Je voulais devenir dessinateur, peut-être pour faire du dessin technique, répondis-je, mais le prof dit qu'il faut faire des études pour ça. Alors j'ai décidé que j'arrêterais l'école à quinze ans et ils m'ont trouvé un contrat d'apprentissage chez un électricien. » Je le regardai timidement, désireux d'obtenir son approbation.

« C'est bien, fit-il. Arrête l'école dès que tu peux ! »

J'étais tellement heureux de le revoir que je ne pensais plus à l'heure, mais John gardait un œil sur sa montre. « Ne sois pas en retard, sinon ils te laisseront plus sortir », me dit-il. Nous convînmes d'un rendez-vous pour le mois suivant, et il fit un bout de chemin avec moi pour me raccompagner à Haut-de-la-Garenne.

Le troisième souvenir que je garde en mémoire est un mélange de souffrance et de sentiment de victoire – mais la souffrance s'invita la première.

Deux semaines après avoir vu John, j'appris que Davie allait être transféré à Haut-de-la-Garenne. Il était devenu ingérable. Les religieuses avaient tenté l'isolement et sans doute d'autres punitions, mais en vain.

Patate et sa clique vinrent me trouver, ce matin-là.

« Hé, Garner, paraît que ton petit frère arrive bientôt ? Il est plus mignon que toi, non ? »

À ce moment-là, Parker apparut. À sa tête, je sus qui avait informé Patate.

« Allez, réponds-leur, Robbie. Sois poli ! » me lança-t-il.

Patate affichait un grand sourire dédaigneux. « Hé, Parker, est-ce que tu crois que le petit est aussi mignon que John ? »

Je me représentai le visage candide de Davie ; il était incapable de se méfier des gens.

« Oh, mon Dieu, me dis-je. Ces salauds n'auront qu'à lui promettre un paquet de bonbons pour qu'il aille avec eux. »

Ils se mirent à rire en comprenant ce à quoi je pensais.

« Paraît qu'il est plus gentil que ton grand frère. Quel connard, ce John ! Mais le petit devrait aimer les soirées déguisées. »

Ils ricanèrent tous bêtement, Parker le premier.

Comme je ne réagissais pas, ils se lassèrent de leur petit jeu.

Parker me sourit d'un air méprisant : « Allez, Garner, tire-toi. T'es vraiment trop minable. »

Je n'eus pas besoin de me faire prier.

Ce petit groupe m'avait toujours fait peur ; maintenant que Davie allait arriver, je paniquais. Malgré les risques que cela impliquait, je décidai de quitter le foyer pour aller trouver John. Hors d'haleine, je lui racontai toute l'histoire à propos de l'accident de Davie et des séquelles qu'il avait laissées. Je lui fis également part des menaces à peine voilées que Parker et ses sbires venaient d'exprimer. Je voulais qu'on s'enfuie tous ensemble pour sauver Davie de ce qui l'attendait sans le moindre doute.

John posa la main sur mon épaule : « Calme-toi », me dit-il, mais je vis bien qu'il était aussi inquiet que moi. Il réfléchit un instant. « La solution n'est pas la fuite. Dis-toi bien que j'y ai déjà pensé, mais tu es trop jeune pour trouver un travail, tu n'as encore aucune référence et tu terminerais à la rue. Tu te débrouilles bien à l'école. Il faut pas gâcher ça. En plus, tu as décroché un apprentissage. Non, tu dois rester.

— Mais… et Davie ? demandai-je, désespéré.

— T'inquiète pas. Si tu arrives à faire profil bas pendant quelques jours, tout ira bien. Ces salauds ne toucheront pas à Davie. Fais-moi confiance », me dit-il, et j'eus envie de le croire.

Bien entendu, je me fis épingler en revenant au foyer. Ils devinèrent où j'étais allé. Ce soir-là, dans mon lit, je rêvais que je courais le long de la plage et que soudain mes jambes se bloquaient. J'essayais de mettre un pied devant l'autre, sans y parvenir. Je sentais comme un poids qui m'empêchait de bouger. Un murmure me parvint et j'ouvris brusquement les yeux. C'était Blake. Il avait les mains plaquées sur ma poitrine.

« Garner, tu n'as pas été sage », me dit-il. À son haleine, je compris qu'il avait bu. Une silhouette arriva derrière lui : Parker. Mon ventre se noua. Parker aimait nous faire souffrir. Je n'eus pas le temps d'ouvrir la bouche pour leur dire que je ne savais pas de quoi ils parlaient ; déjà, des mains se faufilaient sous mes bras pour m'emmener loin de mon abri douillet.

Je sentis un genou dans mon dos et une main dans mes cheveux. Le bras retourné, on me projeta hors de la pièce, comme je l'avais vu faire sur d'autres garçons.

J'avais une main sur la bouche mais même si j'avais pu crier, cela aurait été inutile. Dans le dortoir, tout le monde aurait retenu sa respiration pour ne pas se faire remarquer. Je me demandais combien de garçons regardaient la scène les yeux mi-clos, et s'ils étaient soulagés qu'on soit venu pour moi et pas pour eux. Mais ils l'étaient bien sûr.

Ils me traînèrent dans le couloir jusqu'aux escaliers qui descendaient à la cave, où ils me poussèrent si fort que je faillis tomber.

Ils m'emmenèrent dans une pièce que je ne connaissais pas ; une pièce presque carrée, sans aucun meuble, mais seulement une baignoire qui ressemblait à un abreuvoir.

« Déshabille-toi, Garner. »

Je me mis à trembler. Avec un petit sourire, Parker se dirigea vers moi. D'une main, il défit la cordelette de mon pyjama, qu'il baissa d'un coup sec de l'autre main.

« Tu es allé voir ton frère. On t'a vu. Je pensais que tu étais plus intelligent que ça. On te l'a pourtant dit, Garner, il faut demander la permission. Ton saligaud de frère aurait dû le savoir, lui aussi. »

J'ouvris la bouche pour nier en bloc, mais un coup de poing dans le ventre me cassa en deux.

« On ne t'a pas donné l'autorisation de parler ! » cria Blake, et Parker partit d'un petit rire.

Il prit le temps de bien me montrer ce qu'il fit ensuite, et ses yeux se mirent à briller quand il vit la terreur qui devait avoir envahi mon visage. Il prit une serviette et l'enroula lentement autour d'un bout de tuyau en métal, avec lequel il me frappa les côtes. J'eus le souffle coupé. Je me retournai, et Blake me donna alors un coup de ceinture dans les jambes. J'étais nu des pieds à la taille ; j'essayai de me protéger en mettant les mains devant moi.

La baignoire commençait à se remplir. Parker me frappa encore deux fois dans les côtes. Je tombai par terre et l'un d'eux m'enleva ma veste de pyjama. Quatre mains me soulevèrent et me jetèrent dans l'eau glacée.

« Je crois qu'on devrait te noyer, Garner. C'est ce que méritent les petits vauriens de ton espèce. »

C'était la voix de Parker, qui serra la main autour de mon cou. Pris de panique, je me débattis et tentai de la retirer, mais il serra encore plus fort et poussa ma tête sous l'eau. Je ne parvins pas à retenir ma respiration. J'avais de l'eau dans le nez et dans la bouche, puis tout commença à devenir noir.

Ils me sortirent de la baignoire, m'allongèrent par terre et, tout en riant, me tapèrent dans le dos jusqu'à ce que je vomisse toute l'eau que j'avais avalée. Et puis ils m'abandonnèrent ainsi, mouillé et gelé.

Je me recroquevillai par terre, secoué par des tremblements de panique et de froid. Je les avais entendus fermer la porte de l'extérieur en partant.

Je ne sais plus combien de temps je restai là. Je sombrai dans un sommeil hagard et c'est un coup de pied dans les côtes qui me réveilla. La ceinture de Blake claqua à nouveau sur ma peau nue et je me repliai encore un peu plus sur moi-même pour essayer de me protéger. Une main me tira par les cheveux d'un coup sec ; je tentai de trouver appui sur mes genoux pour atténuer la douleur.

« Lève-toi, Garner ! » m'ordonna Blake. Je me relevai en tremblant, ma tête entre mes mains.

« On va te ramener, Garner. Alors qu'est-ce que tu feras, la prochaine fois que tu veux aller voir ton frère ?

— Je demanderai la permission », répondis-je doucement.

Il me balança mon pyjama en me disant de m'habiller. J'avais les doigts tellement gelés que je ne pouvais pas fermer les boutons de ma veste.

« Il fait moins le malin, hein ? lança Parker à Blake.

— Ouais, c'est un petit saligaud à la noix, celui-là.

— Qu'est-ce que tu es, Garner ? Dis-le, allez, dis-le. » Parker était juste devant moi, ses yeux froids dans les miens.

« Je suis un petit saligaud à la noix », répétai-je en retenant mes larmes.

Ils me raccompagnèrent au dortoir, où je me glissai sous mes draps. J'aurais voulu rester là pour toujours. J'aurais voulu me sentir en sécurité, mais j'avais oublié à quoi cela ressemblait.

36

Je ne me souviens plus s'il faisait beau ou si la pluie menaçait, le dimanche matin où j'appris ce qui était arrivé à Parker. Je me rappelle très bien où j'étais, mais je ne sais plus ce que je faisais.

Après le petit-déjeuner, j'avais traîné dehors jusqu'à un coin où Marc et moi allions souvent nous asseoir pour discuter. Depuis sa mort, j'évitais la compagnie des autres garçons. J'avais de plus en plus besoin d'être seul. Mon vieil ami me manquait beaucoup. Ce que je ressentais n'était pas un simple sentiment de solitude, mais plutôt un grand vide que même les moments passés avec John n'arrivaient pas à combler. Mon éloignement n'était pas pour plaire aux autres garçons, mais leur réaction me faisait prendre encore plus de distance. Ils n'avaient jamais été proches de Marc et ils ne savaient pas ce que c'était que de perdre un ami très proche dans ces conditions. Vous avez beau vous dire que ce n'est pas votre faute, une partie de votre conscience ne vous laisse pas en paix ; elle ne cesse de vous répéter que si vous aviez été à la hauteur, votre ami aurait eu la force de tenir.

Ce qui rendait les choses encore plus difficiles, c'est que nous ne pouvions pas parler des suicides en présence des gardiens. Entre nous, nous nous demandions combien de temps les gardiens pensaient pouvoir sauver les apparences. Il y aurait bien un moment où les gens allaient s'interroger sur le fait que des enfants soient tellement déprimés qu'ils en arrivent à se tuer ? En tout cas, c'était ce que j'espérais. « On » ne croirait sans doute pas nos histoires, mais ces suicides ne pouvaient tout de même pas passer inaperçus ?

Quand j'en parlai à John, il me regarda avec un mélange de pitié et d'agacement.

« Tu ne comprends pas, Robbie ? Tout le monde se fiche bien de nous. Pourquoi est-ce que tu crois qu'on nous a mis dans ce foyer ? Parce qu'on représentait un problème pour quelqu'un, un problème dont personne ne voulait. Non, les autorités ne feront rien. » Son dernier commentaire ne me marqua pas, sur l'instant, mais plus tard, je m'en souvins.

Ce matin-là, en voyant Martin courir vers moi, je me demandais bien ce qu'il pouvait me vouloir. Il avait l'air tout excité, mais je n'étais pas pressé de savoir pourquoi.

« Hé, Robbie, tu as entendu ? me demanda-t-il.

— Entendu quoi ?

— Ils disent que c'est ton frère, mais personne ne sait vraiment. »

Mon cœur s'emballa. Est-ce qu'il était arrivé quelque chose à John ? Martin vit mon inquiétude et s'empressa de me rassurer.

« T'inquiète, il a rien ! » Il me fit un grand sourire carnassier. « Mais ce connard de Parker, on peut pas en dire autant ! »

Parker… Je repensai à ses menaces à propos de Davie, à ses yeux cruels et froids, au plaisir qu'il prenait à faire du mal.

« Il s'est fait casser la gueule, continua Martin d'une voix enjouée. Il est à l'hôpital. »

J'aurais peut-être dû éprouver un minimum de compassion, mais cette nouvelle eut pour seul effet de me remonter le moral.

« On l'a trouvé dans les toilettes des hommes. Je ne sais pas qui l'a fait, mais ils pensent qu'il y avait au moins deux personnes. Ils lui ont cassé le bras droit, et pas qu'un peu. Il paraît qu'on voyait l'os ! Et il a quelques côtes cassées, aussi.

— Tu sais autre chose ? demandai-je.

— Il était inconscient quand on l'a trouvé. Ils ont dû l'emmener en ambulance. La police était à l'hôpital. »

Cette information me mit quelque peu mal à l'aise.

« Ils ont dit qui avait fait ça ? demandai-je.

— Non. » Martin éclata de rire. « Cet idiot a dit qu'il les avait pas vus, qu'on l'avait attaqué par-derrière. Mais il était étendu près des lavabos, quand on l'a trouvé. Et qu'est-ce qu'il y a, au-dessus des lavabos ?

— Des miroirs ! » répondis-je. Je souris en imaginant Parker en train de se recoiffer et voyant tout à coup surgir quelqu'un qu'il n'avait aucune envie de croiser.

« Bien sûr qu'il sait qui c'était, mais il a trop peur pour parler. Et je vais te dire un truc : les gardiens ont pas l'air rassurés. John a fait équipe avec d'autres gars d'ici et du Sacré-Cœur ; ton pote Nicolas en fait partie.

— Mais ils se connaissent même pas ! m'exclamai-je, interloqué.

— Oui, mais ils te connaissent *toi*, Robbie. Et ils connaissent Davie. C'est un avertissement pour dire à ces pauvres types de vous laisser tranquilles. Pour leur dire que s'ils continuent à te faire du mal, ils sauront les retrouver. Tu comprends ? » Il fit une pause. « J'espère que Parker sera pas le seul ! » Je savais que Pete lui manquait autant que Marc me manquait, mais au moins son ami était encore en vie, même s'il était enfermé dans un hôpital psychiatrique.

Davie arriva peu de temps après. Je ne l'avais pas vu depuis plus de trois ans, mais il n'avait pas beaucoup changé. Il avait grandi, bien sûr, mais il était toujours aussi replié sur lui-même et lent dans ses réponses. Il m'apprit que Sœur Claire avait quitté le Sacré-Cœur, ce qui semblait l'avoir affecté davantage que mon départ. Il me lança son regard candide.

« C'est bien, ici ? me demanda-t-il.

— Pas trop mal », répondis-je en croisant les doigts.

Après « l'accident » de Parker, les gardiens et leurs sbires me laissèrent tranquille, mais je n'oubliai jamais qui ils étaient ni ce qu'ils avaient fait. Au moins, pendant ces derniers mois à Haut-de-la-Garenne, je savais que Davie n'aurait rien à craindre.

Je savais aussi qu'après mon départ, ces monstres auraient conscience qu'il y avait désormais un second Garner dehors ; un second Garner qui saurait où ils allaient boire un verre et ce qu'ils faisaient de leur temps libre. Et je priais pour que cela suffise à garantir la sécurité de Davie.

37

Avant même que le soleil ne donne au ciel un éclat rose, avant les premiers chants des oiseaux, et avant que le dortoir ne bruisse d'autres sons que celui de la respiration profonde de garçons endormis, je m'éveillai. Aux petites heures du jour de mon quinzième anniversaire.

Les neuf années précédentes, je n'avais pas fêté mon anniversaire, mais cette fois-là, ce serait différent, me dis-je. Le jour que j'avais attendu avec impatience, avec appréhension, et surtout avec espoir, était arrivé. Le jour où j'allais sortir de Haut-de-la-Garenne.

Mr Smith, le responsable des services sociaux qui m'avait dit trois ans plus tôt combien j'allais aimer Haut-de-la-Garenne, devait venir me chercher après le petit-déjeuner. Il m'emmènerait dans ce qu'ils appelaient un « foyer », une de ces nombreuses maisons mitoyennes qui avaient été reconverties spécialement pour accueillir des adolescents comme nous.

On m'avait donné un pantalon gris et une veste en prévision de mon départ. Dans mon lit, je pensais au jour qui commençait ; ce jour dont John m'avait promis qu'il arriverait, le jour où nous serions enfin ensemble. Il restait encore quelques heures, certaines formalités à accomplir et des papiers à remplir, mais rien, vraiment rien ne pourrait m'empêcher de franchir ces portes pour m'engouffrer dans le monde extérieur.

J'avais préparé mon sac la veille : un vieux jean, une chemise, un pull-over et des sous-vêtements. Tout ce que je possédais se résumait à quelques affaires de toilette, un stylo, des crayons et des cahiers à dessin. Mais cela m'importait peu. Je devais commencer mon apprentissage le lundi suivant. J'allais gagner un peu d'argent et une nouvelle vie s'offrait à moi, avec mon grand frère.

Dès que le dortoir s'éveilla, je mis mes nouveaux vêtements et descendis retrouver Davie pour mon dernier petit-déjeuner à Haut-de-la-Garenne. J'étais triste de devoir le quitter une fois de plus, mais il ne restait plus que deux ans avant qu'il sorte à son tour. Nous avions appris à nous faire à l'idée qu'une année, ce n'était pas si long; et deux années, ce n'était que deux fois pas si long. En tout cas, c'était ce que nous nous étions dit la veille. J'avais préféré lui faire mes adieux à ce moment-là, pour ne pas ternir la joie du grand jour.

À peine avais-je avalé ma dernière bouchée qu'un membre du personnel vint me demander d'aller dans le bureau du gardien en chef.

C'était la première fois que j'y allais le cœur léger, à part le tout premier jour. Il ne pouvait plus rien me faire. En entrant dans son bureau, je me trouvai face à face avec un homme qui me parut plus petit et plus insignifiant que jamais. Il affichait un masque de convenance, celui qu'il montrait aux services sociaux et à la police, celui d'un homme bien intentionné. Il était presque impossible de déceler en lui le sadique ivre de pouvoir qui contrôlait ce régime de terreur et de corruption, où certains se délectaient de faire souffrir de vulnérables enfants.

Il me serra la main comme s'il me souhaitait le meilleur. Et c'est à contrecœur que je me laissai prendre dans son jeu de rôles hypocrite. Poliment et sans émotion, je le remerciai pour les années passées dans son institution.

Je retournai ensuite dans mon dortoir pour saluer mes amis. Nous nous fîmes les traditionnelles promesses de rester en contact et de nous revoir quand ils sortiraient. Mais sans beaucoup d'illusions, car nous désirions tous oublier ce foyer.

Je m'assis ensuite sur mon lit pour attendre Mr Smith. Davie vint s'asseoir à côté de moi. Sa lèvre tremblait quand il me dit ce qu'il m'avait déjà dit trois ans plus tôt.

« Je sais que tu dois partir, Robbie. Mais ce n'est pas pour toujours, hein ?

— Non, Davie, répondis-je, ce n'est pas pour toujours. Et quand tu sortiras, on sera là pour t'attendre, John et moi. Et on vivra ensemble à nouveau. »

Il me sourit d'un air confiant. « Est-ce que j'aurai ma propre chambre ?

— Oui, Davie », répondis-je, et il eut l'air content.

Je regardai par la fenêtre du dortoir. « À quelle heure est-ce que Mr Smith prend son petit-déjeuner ? Où est-ce qu'il est ? » Je commençais à m'impatienter. Et soudain, il arriva.

« Bien, mon petit Robbie, me dit-il en guise de salutation. Prêt à commencer ta nouvelle vie ? »

Les mots me manquaient ; je lui répondis par un grand sourire. Je fis une rapide accolade à Davie, pris mon sac et suivis Mr Smith. Les escaliers, la porte d'entrée, le parking, sa voiture, le portail… et enfin, j'étais libre.

Mr Smith conduisait une Ford Anglia turquoise. Arrivés à destination, John nous attendait. Il ouvrit la portière et je sautai à l'extérieur. Pendant un instant, serrés dans les bras l'un de l'autre, nous oubliâmes que nous n'étions plus censés être des petits garçons. Je pleurais de joie, pour la première fois depuis mes cinq ans.

Mr Smith me présenta aux propriétaires du foyer, dans un tourbillon d'activité. Puis il s'en alla, et John et moi restâmes là à nous sourire, comme deux idiots.

On m'avait affecté dans le même dortoir que lui, une pièce qui ne contenait que cinq lits. Je connaissais déjà un peu deux des garçons de notre chambrée, qui étaient sortis quelques mois avant moi. John me dit qu'ils n'étaient pas très liants, pas plus que le troisième garçon, qui était là depuis déjà un an.

« On leur a proposé de sortir avec nous, mais ils veulent pas. Ce putain d'endroit leur a laissé des traces. Je leur ai dit de ne pas se laisser avoir. “Laissez pas ces salauds gagner”, je leur ai dit, mais ils m'écoutent pas. Ils font des cauchemars horribles. » Il marqua une pause, les yeux dans le vague. « On en fait tous. C'est pas facile de contrôler les rêves, hein ? Enfin bref, tout ce qui les intéresse, c'est de gagner assez d'argent pour se tirer d'ici. Ils veulent plus voir personne d'ici. Je vais pas leur jeter la pierre. Ils parlent pas beaucoup ; le soir, ils regardent la télé et ils boivent des bières ensemble. Mais bon, assez parlé d'eux ! C'est ton anniversaire et il faut que je te trouve de nouvelles fringues. Mon petit frère doit être à la mode ! »

Il me fit un grand sourire. « On va faire du shopping. Et après, tu vas boire ta première pinte de bière. Pas grave que t'aies pas dix-huit ans ; j'ai un copain qui travaille au pub. Et puis avec tes nouveaux vêtements, personne saura que t'as seulement quinze ans. » Comme John venait lui-même d'avoir dix-huit ans, je lui faisais confiance sur toutes les petites choses importantes de la vie, comme boire de l'alcool avant l'âge légal.

« Nicolas nous rejoint au pub, ajouta-t-il.

— Où est-ce qu'il vit ? demandai-je, tout excité à l'idée de revoir mon vieux copain.

— Dans un autre foyer à deux pas d'ici. Mais il reviendra ici après, et quand on aura tous dîné et qu'on se sera changés, on sortira fêter dignement ton anniversaire et ta libération ! »

Nous marchâmes jusqu'à la rue principale ; John savait exactement dans quels magasins il voulait m'emmener. Il m'acheta d'abord un jean Levi's dernier cri, tellement serré aux jambes que je me demandais si j'allais pouvoir m'asseoir. Ensuite, les chaussures : ma première paire de « grand » ! Il choisit des chaussures pointues, d'un bleu électrique. Il appelait ça des Winkle-pickers et m'assura que c'était la grande mode.

Puis nous allâmes au pub, l'Eagle Tavern. C'est là que, le jour de mes quinze ans, on me servit ma première pinte de bière.

Il y avait un vieux juke-box dans un coin. Comme je n'en avais jamais vu, John dut me montrer comment ça fonctionnait. Je choisis « Good luck charm », une des dernières chansons d'Elvis Presley.

Nicolas arriva, une carte d'anniversaire à la main. Beaucoup plus grand et plus mûr que dans mes souvenirs, il n'avait plus grand-chose à voir avec le petit garçon aux taches de rousseur que j'avais connu, dont le sourire était si plein d'espoir. Il m'ébouriffa les cheveux et je me jetai sur lui pour le serrer dans mes bras. Ce n'était pas si évident pour moi d'être tactile – aujourd'hui encore, je préfère garder mes distances – mais Nicolas était mon ami d'enfance, et j'étais vraiment heureux de le revoir.

Il approchait de ses dix-huit ans mais paraissait plus que son âge. Je crois que c'était notre cas à tous. Un peu gênés par cette effusion, nous fîmes un pas de côté et nous donnâmes un petit coup de poing sur le bras.

« Il faut fêter ça, Robbie ! » me dit-il, sans même tenir compte du fait que j'avais déjà une pinte devant moi. Il se dirigea nonchalamment vers le bar et en revint avec ce qu'il appelait un « brown boiler », un cocktail composé pour moitié de « brown ale » et pour moitié de « mild ale ».

« Ne lui en donne pas plus ! » lança John, et il me fit un petit sourire pour atténuer sa remarque. « C'est pas le moment de te saouler, Robbie. La journée va être longue et il faut que tu tiennes jusqu'au bout ! »

Assis à côté d'eux, je m'imprégnais de l'atmosphère de ce pub enfumé qui sentait la bière. Nicolas et John proposèrent d'aller danser dans la soirée et me titillèrent sur le fait de trouver une petite amie. Quand nous eûmes terminé nos verres, nous retournâmes au foyer, d'excellente humeur et ravis du dîner qui nous attendait. Nicolas y avait déposé ses vêtements de rechange un peu plus tôt et John, toujours aussi persuasif, avait obtenu l'autorisation des propriétaires pour qu'il dîne avec nous.

Pour mon dîner d'anniversaire, je mangeai des grillades et quelques tranches de pain beurré, arrosées de nombreuses tasses de thé. Même si la qualité de la nourriture était le point fort de Haut-de-la-Garenne, mon premier repas en toute liberté eut une saveur incomparable.

Après le dîner, par réflexe, je faillis aller demander aux propriétaires l'autorisation de sortir. Je commençai à me lever de table et m'interrompis dans mon mouvement.

« Où est-ce que tu vas comme ça ? » me demanda John.

Je lui dis ce qui m'était passé par la tête.

« Oui, commenta-t-il, j'ai été comme toi pendant longtemps. Mais tu es libre, maintenant, petit frère, ne l'oublie jamais. »

Nous allâmes tous trois prendre une douche et nous changer. Je me glissai dans mon nouveau jean, boutonnai ma chemise et enfilai une veste noire au revers brillant que John m'avait prêtée. John et Nicolas mirent leurs beaux costumes de rockers : gris argenté pour Nicolas, bleu vif pour John. La panoplie fut complète avec les cravates western, les chaussures pointues et du gel dans les cheveux. John et Nicolas se modelèrent une banane très tendance ; quant à moi, j'avais les cheveux lissés en arrière.

« Ça va pousser », me dit gentiment John en regardant mes cheveux courts.

Nous étions fin prêts à ressortir.

Dans le bar où nous nous arrêtâmes, nous commandâmes cette fois du vin rouge français, ce que je trouvai très chic.

« Bon, lança Nicolas quand nous eûmes terminé la bouteille, on va aller danser et tu vas rencontrer une fille ! » Et il prit la tête de notre petite troupe pour aller au Springfield's, le dancing local, où nous choisîmes une table près de la piste de danse. Je m'amusai à regarder mon grand frère et mon vieux copain aborder de jolies filles, prendre leur main et les mener sur la piste où, fasciné, je les vis se déhancher au son du rock and roll, la musique qui explosait à cette époque.

« La prochaine fois, on t'apprendra à lever des filles ! » me dirent-ils en riant. « Et je t'apprendrai à danser le rock, Robbie », ajouta John.

Je me sentis soudain pris d'une intense bouffée de joie qui provoqua un afflux de sang dans mon visage. C'était à la fois l'excitation de la jeunesse, tout simplement, et le sentiment naissant que la vie pourrait bien être une belle aventure, finalement. Croyant que je rougissais, Nicolas et John se moquèrent de moi. Je n'eus pas envie de les contredire.

Un peu plus tard, John et moi nous retrouvâmes seuls. Nicolas avait disparu au bras d'une fille.

Nous allâmes faire un tour sur la plage. L'air était encore imprégné de la douceur du soleil de l'après-midi. Un léger vent balaya le sable et vint caresser mon visage. Je pensai alors à Marc et à cette nuit que nous avions passée sur la plage. Mon cœur se serra, mais je ne voulus pas me laisser gagner par la tristesse. Marc aurait souhaité me voir heureux, me dis-je. Il était certain que je retrouverais John un jour, et il serait content que ce jour soit arrivé.

Soudain, John me posa une question d'une voix hésitante : « Robbie, je sais que tu as reçu des coups, mais est-ce que quelqu'un t'a… enfin… touché, quand tu étais là-bas ? Quand tu étais petit, est-ce que les grands t'ont fait quelque chose ? »

Je repensai aux religieuses qui me donnaient le bain, à cinq ans et demi, en frictionnant mon petit pénis comme si elles voulaient meurtrir un morceau de chair qui n'aurait pas fait partie de mon corps.

Je repensai à Neville qui nous avait accrochés, Davie et moi, près des poulets tout juste décapités. Alors qu'ils crachaient le sang en battant des ailes, il avait mis la main dans nos pantalons. Et je me rappelai ce qu'il avait fait à ce moment-là.

Et je ressentis à nouveau cette terreur de l'enfant à la merci de l'adulte. Ils nous avaient si souvent rabaissés, martyrisés, avilis.

Je repensai aussi aux soirées dans les caves, à ce que j'y avais vu et vécu.

« Non, lui répondis-je, c'est arrivé à certains de mes amis, mais pas à moi. »

John poussa un soupir de soulagement, sans me regarder. Nous continuâmes de marcher le long de la plage.

« Et toi ? » demandai-je, sans lui dire que j'avais entendu parler de ce qu'il avait subi. Je me demandais comment je réagirais s'il me disait la vérité, et en même temps, je priais pour qu'il ne le fasse pas. « Au foyer, est-ce que les grands te touchaient quand tu étais petit ? Ou ces salauds de gardiens, ils t'ont fait des choses ? »

Il y eut un silence. Je n'osais pas le regarder.

« Le soir, commença John, quand ils avaient bu, ils venaient dans les dortoirs. Ils choisissaient un gars, ils le sortaient du lit et ils l'emmenaient à la cave pour leurs soirées. » Il me parlait de petits garçons qui tremblaient de peur parce qu'ils avaient entendu ce qui arrivait aux enfants qu'on emmenait la nuit. « Et dans la cave, ils leur mettaient la tête sous un oreiller pour qu'ils puissent pas crier. Et ils leur faisaient du mal. Salement. »

À mesure qu'il parlait, des vagues de douleur contenue s'échappaient de lui. J'aurais voulu dire quelque chose, n'importe quoi, pour les dissiper. Mais je restai muet. J'aurais voulu tendre la main vers lui, le toucher, le réconforter comme il l'avait fait lorsque j'étais tout petit et que j'avais mouillé mon lit. Mais nous n'étions plus des petits garçons, alors je ne fis rien.

Nous arrivâmes à un muret au bout de la plage. John s'y assit et je m'assis à ses côtés. Il sortit son paquet de cigarettes, en alluma deux et m'en tendit une. Il tira une grande bouffée, toussa et recracha un nuage de fumée.

« Dans la cave, continua-t-il, il y avait une pièce où ils enfermaient parfois les garçons pendant plusieurs jours. Et la nuit, ils les violaient jusqu'à ce qu'ils saignent, ou ils les forçaient à ouvrir leur petite bouche pour prendre leur pénis. Ils avaient le ventre flasque et poilu, et ils sentaient la sueur et le sperme. »

Les larmes coulaient sur les joues de John. Des larmes de colère et de douleur. Je ne disais toujours rien.

« Quand ces vieux dégueulasses leur éjaculaient dans la bouche, les garçons faisaient tout ce qu'ils pouvaient pour ne pas avaler. Mais ces types le voyaient bien, alors ils leur pinçaient le nez pour les empêcher de respirer et les forcer à avaler. »

« Voilà ce qui est arrivé à certains garçons, là-bas », dit-il, et ces mots faisaient écho entre nous ; des mots impossibles à prononcer. « Mais ça ne m'est pas arrivé à moi. »

Il tira à nouveau sur sa cigarette et la jeta par terre. Lentement, il l'écrasa du bout du pied puis se leva. Nous ne pouvions pas nous regarder. Plus aucun mot n'était nécessaire. C'était inutile, nous nous étions déjà tout dit.

Nous reprîmes le chemin du foyer, les mains dans les poches, en sifflotant, avec la fière arrogance des grands garçons.

Épilogue

John et moi avions besoin d'obtenir des réponses à certaines questions du passé. D'abord, j'allai rendre visite à Stanley. Je savais où il était : il n'avait jamais quitté l'hôpital psychiatrique. Je parvins à dépasser la terreur que m'inspirait ce lieu depuis mon enfance, et me décidai à aller le voir.

Il était devenu un vieil homme qui avait l'air plutôt heureux. Nous fumâmes une cigarette ensemble et discutâmes de mon travail et de ce que devenaient John et Davie.

Je ne lui demandai pas pourquoi il avait voulu se pendre, ni pourquoi il nous avait abandonnés. Je le voulais, mais j'en étais incapable. De son côté, il n'en parla pas.

Peu après cela, John me dit qu'il comptait aller en Angleterre. Il avait retrouvé la trace de Gloria et voulait avoir une discussion avec elle. Je décidai de l'accompagner; je voulais tourner la page et commencer une nouvelle vie.

Avant de partir, nous fîmes savoir à qui de droit, à Haut-de-la-Garenne, que nos amis garderaient un œil sur Davie. L'Angleterre n'était qu'à quelques encablures…

Quand le ferry quitta le port de Saint-Hélier, j'eus l'impression de laisser derrière moi un bout de mon passé.

D'après nos informations, Gloria vivait dans une petite ville du Suffolk, dans laquelle nous nous rendîmes par le train. Puis nous marchâmes depuis la gare jusqu'à l'adresse qu'on nous avait indiquée : une jolie maison jumelle dans une rue calme.

Bien entendu, elle avait un homme dans sa vie – un petit homme à qui je n'aurais pas pu donner d'âge et qui la fournissait en gin et en cigarettes. C'est lui qui nous ouvrit : « On vient voir notre mère. »

Bouche bée, il appela Gloria en maintenant la porte à peine entrouverte.

« Mes fils ! » s'exclama-t-elle en ouvrant la porte en grand, sans que rien laissât penser qu'elle éprouvait le moindre regret ou remords.

C'était très étrange de revoir notre mère – même si nous ne l'avions jamais appelée comme ça. Ce n'était plus la Gloria rousse et voluptueuse que nous avions connue ; mais une femme d'âge mûr, empâtée, avec un gros ventre et les paupières lourdes des gros buveurs.

Je ne me rappelle pas comment elle justifia le fait de nous avoir abandonnés, peut-être parce que je n'écoutais pas. Je n'étais là que pour John ; quand il était petit, il avait aimé Gloria, tandis que moi, je l'avais aimé lui.

Elle nous demanda si nous étions en bonne santé et combien nous rapportait notre travail.

Quand nous lui parlâmes de l'accident de Davie et des lésions cérébrales qu'il avait causées, elle ne manifesta aucun intérêt.

Nous lui demandâmes ce qu'était devenue notre sœur.

« Je suis venue la rechercher », nous dit-elle.

Elle était allée au Sacré-Cœur rechercher Denise. Mais nous, elle nous avait abandonnés.

John blêmit et resta sans voix. Quant à moi, je ne ressentais rien. Elle n'avait nullement honte. Pour elle, elle n'avait rien fait de mal.

« Où est Denise ? demanda enfin John.

— Elle est chez des amis. »

John serra les poings mais ne dit rien. Nous nous regardâmes. « On ferait mieux de s'en aller, maintenant », dis-je.

John avait la réponse à ses questions. C'était par manque d'amour qu'elle nous avait abandonnés ; et parce qu'elle voulait être libre.

John et moi restâmes en Angleterre. Il trouva un travail de vendeur et je poursuivis mon apprentissage d'électricien.

Nous écrivions de jolies cartes postales à Davie.

Quand il eut l'âge de quitter Haut-de-la-Garenne, on l'envoya travailler dans une ferme à Jersey. Il ne pouvait pas se débrouiller sans l'aide d'un adulte.

À vingt et un ans, John devint le tuteur légal de Davie. Nous le fîmes venir en Angleterre et lui trouvâmes un travail de portier dans un hôtel. Il put enfin avoir sa chambre à lui.

Je voulus rencontrer Denise. Elle ressemblait à Gloria plus jeune, avec une coiffure choucroute. Nous n'avions rien en commun. Nos vies avaient pris des chemins trop différents. Je ne la revis jamais.

Au fil des années, j'ai eu des nouvelles de quelques garçons du Sacré-Cœur et de Haut-de-la-Garenne.

Quand il est sorti de l'hôpital, Pete s'est perdu dans l'alcool, comme beaucoup de ceux qui n'ont ni racines ni famille. Les bars sordides représentaient le centre de sa vie sociale. Il se liait avec des inconnus et buvait avec eux, une heure ou une journée, jusqu'à ce que sa colère reprenne le dessus et qu'il se mette à se battre.

Nicolas est parti en Angleterre où il est devenu boulanger. Il s'est marié et a eu un fils. Je sais qu'il lui a acheté un petit chien pour ses cinq ans, parce qu'il nous a envoyé une carte à Noël, cette année-là, avec une photo de toute la famille.

Christophe s'est prostitué, habillé en travesti. On m'a dit qu'il était mort du sida.

Les « mignons » ont quitté Jersey. Je n'ai plus jamais entendu parler d'eux.

J'ai perdu Martin de vue, mais quelqu'un m'a dit qu'il s'était marié trois fois.

Stanley est mort à quatre-vingts ans.

Gloria est morte à une soixantaine d'années. Je ne suis pas allé à son enterrement.

John n'y est pas allé non plus, parce qu'il est mort avant elle d'une maladie du motoneurone. Cette terrible maladie dégénérative a mis mon frère en fauteuil roulant, puis en maison de santé.

C'était il y a bien longtemps.

Je n'ai aucune photo de nous quand nous étions enfants. Aucune photo de famille de cette époque. Mais cet album, je l'ai au fond de mon cœur et il me suffit de fermer les yeux pour le feuilleter à loisir et nous revoir tels que nous étions.

John à huit ans, blondinet à la peau mate, courant sur la plage en riant, une pomme volée à la main.

Davie à trois ans, tout en courbes et en fossettes, battant des bras au rythme de sa conversation incessante.

John assis sur le mur du Sacré-Cœur, près de sept ans plus tard, avec déjà l'allure d'un jeune homme, prononçant mon prénom les yeux brillants.

Davie à cinq ans, pâle et maigre, ne souriant presque jamais.

Davie encore, à dix ans puis à treize ans, le visage grave, les yeux dans les miens, me posant cette question : « C'est pas pour toujours, hein, Robbie ? »

John à dix-sept ans, si beau, si confiant d'avoir tourné la page du passé pour vivre enfin l'avenir qui s'offrait à lui.

John dans un fauteuil roulant, le corps amorphe et les traits tirés.

John me souriant quand je lui remettais sa couverture sur les genoux, de ce sourire qui disait : « On est tous les deux, petit frère, rien que toi et moi contre le monde entier. »

Après l'enterrement de mon frère, j'ai fait quelque chose que je voulais faire depuis l'enfance, lorsque je regardais la mer.

J'ai acheté un billet d'avion.

« Est-ce que tu veux venir ? demandai-je à Davie. Viens avec moi, voir des pays lointains où le soleil brille dans le ciel bleu.

— Vas-y seul, me répondit-il. J'aime mon travail. J'aime ma chambre. Ce n'est pas pour toujours, hein, Robbie ?

— Non, Davie. Je vais revenir », lui promis-je pour la troisième fois.

La douleur du deuil passée, je suis revenu en Angleterre. Davie travaillait toujours dans cet hôtel où il avait sa chambre.

J'ai posé mes valises près de chez lui et j'ai trouvé du travail. Je vis seul, mais je vois Davie deux ou trois fois par semaine. Nous dînons ensemble ou nous allons boire un verre au pub. Sa vie a l'air de lui convenir.

Je pensais que mon passé était derrière moi mais un jour, j'ai allumé la télévision. « Des restes humains ont été trouvés dans les sous-sols d'un orphelinat de Jersey », annonçait le présentateur.

Pendant une semaine, je n'ai plus voulu écouter les informations. Je suis resté chez moi, la télévision éteinte. Je n'allumais même plus la radio. Mais il semblait impossible d'échapper aux journaux. Ils étaient partout : chez l'épicier, au garage et même entre les mains de mes collègues, et leurs gros titres me sautaient aux yeux. À la cantine de mon entreprise, les radios diffusaient des détails de l'affaire et tout le monde y allait de son hypothèse sur ce que l'on risquait encore de découvrir.

Peu à peu, la chape de plomb dont j'avais recouvert mes sentiments se fissura. Sans cette barrière protectrice, mes souvenirs affluèrent : les coups, les viols, les humiliations et tous ces actes d'une cruauté impensable. Ces souvenirs que j'avais réussi à endiguer pendant tant d'années exigeaient mon attention.

Souvent, après avoir quitté Haut-de-la-Garenne, je m'étais demandé pourquoi nous n'avions pas appelé à l'aide – mais à qui aurions-nous pu nous adresser ? Dans notre esprit, la police et les services sociaux n'étaient pas de notre côté. Ils nous paraissaient plutôt être de mèche avec les autorités responsables de ces foyers. Alors nous nous sommes tus. Même entre nous, nous ne parlions pas toujours de ce qui se passait dans ces caves. Nous avons tout gardé en nous.

Aujourd'hui, certaines personnes courageuses ont fini par s'adresser à la police, et devant l'accumulation des plaintes, une enquête a été ouverte. Je ne sais pas trop quoi en penser. Les gardiens qui nous ont maltraités sont désormais des vieillards, pour peu qu'ils soient toujours en vie. À quoi vont servir les recherches, sinon à réveiller des souvenirs que j'aurais préféré oublier à jamais ?

Je le vois si nettement, maintenant, cet autre moi, ce jeune garçon qu'on a privé de son enfance. Car il vit toujours à côté de l'adulte que je suis devenu.

C'est un garçon maigrelet aux genoux cagneux et aux coudes saillants ; un garçon qui essayait d'être fort, un garçon qui voulait plus que tout trouver un foyer, un endroit où des adultes s'occuperaient de lui avec amour. Mais évidemment, ce n'était pas son destin. La sécurité à laquelle il aspirait, c'est son moi adulte qui allait la lui procurer : cet homme qui a besoin de routine, qui borde bien son lit chaque matin et qui fait toujours la vaisselle avant d'aller se coucher.

REMERCIEMENTS

Un grand merci à Barbara Levy
et à son assistante, Vicki Salter ;
à Gill Paul ; à Carole Tonkinson
et toute l'équipe de HarperCollins.

PAPIER À BASE DE
FIBRES CERTIFIÉES

Le Livre de Poche s'engage pour l'environnement en réduisant l'empreinte carbone de ses livres. Celle de cet exemplaire est de :
300 g éq. CO_2
Rendez-vous sur
www.livredepoche-durable.fr

Composition réalisée par Belle Page

Achevé d'imprimer en mars 2015 en France par
CPI BRODARD ET TAUPIN
La Flèche (Sarthe)
N° d'impression : 3010099
Dépôt légal 1re publication : avril 2015
LIBRAIRIE GÉNÉRALE FRANÇAISE
31, rue de Fleurus – 75278 Paris Cedex 06

66/3346/6